: **mairisch** verlag

Albert Bouley gewidmet

GUSTAV

Gustav Glander kommt an einem sonnigen Märzentag in der geräumigen Wohnstube des Glanderhofs zur Welt, auf einem Höhenzug über dem Tal, fernab von Dorf und Kreisstadt. Seine Niederkunft ist gut vorbereitet, denn die einzige Hebamme in der Gegend ist seine Mutter selbst, und mit dem Einsetzen der Geburtswehen hat Magda Glander ihrem Mann erst in ruhigem Tonfall, dann immer bestimmter zu verstehen gegeben, was zu tun ist. Josef Glander hat alle Anweisungen befolgt und noch mehr heißes Wasser und zunächst die falschen, dann aber die anderen, die richtigen, die guten, dicken Tücher aus der unteren Kommodenschublade gebracht. Er hat seiner Frau den Schweiß von der Stirn gewischt, mitgeatmet und seinen Blick fest im Gesicht seiner Frau gehalten, und erst als Magda schreit: »Ich schwöre, ich bringe dich später um, Josef Glander!«, wagt er es, hinabzuschauen, wo er zuerst das Köpfchen sieht und dann pfeilschnell den ganzen Bub, in Schleim und Blut, auf den guten Tüchern liegend. Ein Zittern läuft durch den kleinen Körper, dann öffnen sich die blauen Lippen des Neugeborenen zu einer erstaunlich kräftigen Schreierei. Dem Vater wird ganz heiß. Tränen verschleiern ihm die Sicht auf den Sohn, und die Welt steht für ihn still. Aber nur kurz.

»Wir sind hier noch nicht fertig, Josef Glander!«

Später, als der kleine Gustav gewaschen und gewickelt in Magdas Armen liegt, öffnet Josef Glander auf Geheiß seiner Frau die Fenster, sieht hinaus, über den See, hinüber zu den Bergen, die noch Schnee tragen und durch die klare Luft greifbar nahe scheinen, so als wollten sie ihrerseits das Kind sehen. Hinter den Bergen zieht der Frühling aus Italien herauf, der erste Frühling im Leben ihres Sohnes. Gute Luft strömt von draußen in den Raum und auch das energische Zwitschern der ersten Singvögel. Magda wiegt das Kind, sieht hinaus in das vertraute Panorama, das heute majestätischer scheint und prachtvoller als sonst, und sie glaubt in diesem Moment, dass es ein gutes Leben werden wird, das da eben begonnen hat.

»Ich habe irrsinnigen Hunger«, stellt sie fest und sieht Josef auffordernd an, lacht leise über die wachsende Ratlosigkeit im Gesicht ihres Mannes und weist ihn an, die Türen zwischen Stube und Küche geöffnet zu halten. Dann ruft sie ihm ein Rezept hinüber in die Küche: »Mach das Feuer an, leg zwei Speckstreifen in die kalte Pfanne und lass sie rösch werden.« Obwohl Magda Glander laut rufen muss, liegt der Bub ruhig und wohlig in den weichen Tüchern. »Und jetzt zwei Eier drüberschlagen, leicht salzen und ein bisschen warten. Schneid derweil schon das Brot.« Magda Glander sieht hinunter zu Gustav, streichelt sanft, nur mit den Fingerkuppen, die weichen Wangen des Kindes. Das Knistern und der Geruch von brutzelndem Speck erfüllen die Luft. Aus der Küche sind unchristliche Flüche zu hören. Magda Glander freut sich auf das Essen und muss wieder lachen: Das Erste, was ihr Sohn also von der Welt wahrnimmt, ist der Duft von Spiegeleiern mit gebratenem Speck.

1

Oh, Frau Möninghaus, guten A-ha-bend! Frau Möninghaus, unseren Haus-Apéro, den müüüssen Sie probieren«, Gerd Möninghaus äffte den Kellner nach, der eben mit der Bestellung verschwunden war. Silke Möninghaus studierte derweil teilnahmslos die Stuhlbeine am Nachbartisch. »Frau Möööninghaus, auch einen Apéro für Ihren Gatten?«, flötete Gerd Möninghaus, der sich noch nicht so richtig an die seltene Rolle als Begleiter seiner Frau gewöhnt hatte.

»Gerd. Ich hatte mich auf diesen Abend gefreut.«

Möninghaus rückte sich gerade und fand die eigene Stimme wieder: »Ist doch wahr, dieses alberne Getue ist unerträglich«, er blickte mürrisch hinauf zu den funkelnden Kronleuchtern, studierte die Gobelinstickereien auf den schweren Wandbehängen: »Gott, da kriegt man ja schon vom Hinsehen eine Hausstauballergie, das ist ja alles uralt hier.«

»Ja, Gerd. Mit alten Sachen kennst du dich ja aus. Aber der Küchenchef, der ist neu und darum sitzen wir hier, weil meine Leserinnen das interessiert, und der Verlag bezahlt auch dein Essen, also verwöhne die Welt mit deinem schönsten Lächeln, sie ist gut zu dir.«

Der Kellner erschien und servierte den Aperitif: »So, da haben wir unseren Mandarinen-Espuma, Frau Möninghaus, mit Wodka und Wakame-Algen, getoppt mit Osietra-Kaviar Malossol und Mandarinenfruchtfleisch. Sehr zum Wohlsein.«

Silke Möninghaus ergriff ihr Cocktailglas, prostete ihrem Mann mit einem breiten Grinsen zu, beugte sich dann nach vorn und flüsterte: »Und überhaupt, da kannst du mal nachfühlen, wie mir das immer geht, wenn ich ständig den großen Kunstexperten Gerd Möninghaus zu seinen furzlangweiligen, achsowichtigen Vernissagen begleiten muss. Da gibt es dann warmen Sekt, immer diese nervig laute Disko-Bums-Mucke und pro Gast ein halbes Räucherlachs-Canapé mit versalzenem Discounterlachs auf fitzelig dünnen Papierservietten serviert, deren erste Lage sich immer schon mit der Mayonnaise vermählt hat. Papierservietten muss ich essen, wenn ich dich begleite, Gerd, Papierservietten!« Silke Möninghaus nickte abschließend, sie lächelte jetzt nicht mehr, hob das Glas zum Mund, und Kaviarperlen und Algenhäutchen verschwanden zwischen ihren signalrot geschminkten Lippen. »Wir könnten uns ja heute Abend auch mal unterhalten, über deine Tochter zum Beispiel.«

»Und was macht die so?«, fragte Möninghaus müde.

Zu seiner Überraschung kramte seine Frau jetzt die aktuelle Ausgabe des Frauenmagazins hervor, dessen Chefredakteurin sie war, blätterte energisch im Heft und wurde im Reiseteil der Zeitschrift fündig. Sie reichte ihm das aufgeschlagene Heft, ihr roter Fingernagel markierte ein kleines Bild am Ende eines Beitrags über *Das junge Ibiza – die schönsten Wohlfühlresorts*. Gerd Möninghaus studierte das Foto lange, las die Bildunterschrift mehrmals: *Relaxte Chillout-Sounds serviert DJane Mika zum Sundowner an der Strandbar.* Auf dem Foto war eine junge Frau hinter einem Tresen mit zwei Plattenspielern zu sehen, sie trug einen übergroßen Kopfhörer und blickte ernst auf das Mischpult zwischen den Plattentellern, unter ihrem rechten Arm klemmte eine Schallplattenhülle. Er ging mit dem Gesicht ganz nah heran an das Bild, kniff die Augen zusammen, entzifferte die Schrift auf dem Albumcover: *Facing the sun*, stand da.

Er blickte hoch und sah fragend seine Frau an: »Aber Michaela heißt doch Michaela.« Gerd Möninghaus leerte das Cocktailglas mit einem Zug, schauderte, strich sich beiläufig über die Lippen. »Und warum sind denn bitte ihre Haare blau?« Aber sie war es, eindeutig. Seine Tochter. Michaela Möninghaus. Eigentlich *Hotelfachfrau in Ausbildung*, im Luxusresort *Aguas de Ibiza*. Jetzt aber wohl DJane an der Strandbar, Möninghaus beugte sich abermals hinab zu Foto und Artikel, *einer der schönsten Sunsetbars Ibizas*. Mit blauen Haaren. »Konntest du das nicht verhindern?«

»Ich dachte, wenn ich nichts sage, merkt's vielleicht keiner in der Redaktion, schlafende Hunde soll man ja ... und so war's dann auch, Glück gehabt.« Silke Möninghaus lachte kurz und künstlich, griff zum leeren Cocktailglas, blickte sich dann suchend nach dem Kellner um.

»Was haben wir nur falsch gemacht?«, fragte Gerd Möninghaus die geleerten Gläser vor sich.

Dann bemerkte er erstmals den Mann, der ihnen schräg gegenüber an einem Zweiertisch saß und, offensichtlich alleine, bereits beim Hauptgang angekommen war. Der Mann war von riesenhafter Gestalt, im Stehen sicher über zwei Meter groß, schätzte Möninghaus, klein und zerbrechlich wirkte im Vergleich der gedeckte Tisch, an dem der Riese saß, das Weinglas in seiner Hand wirkte wie Puppenhaus-Zubehör. Konzentriert schnupperte der Riese am Wein, ließ ihn fachmännisch und elegant im bauchigen Glas kreisen, senkte nochmals die imposante Nase hinein, nahm einen Schluck, kaute mit geschlossenen Augen, sog Luft durch die Lippen, schluckte und nickte dann anerkennend. Der Mann trug eine sandfarbene Cordhose und ein marineblaues Hemd unter einem dunklen Sakko. Eine legere Eleganz, die in auffälligem Missverhältnis zum dichten, nachlässig gepflegten Bart des Riesen stand, auch seiner Frisur hatte der Mann nur wenig Aufmerksamkeit gewidmet, vielleicht ließ sich das dicke, dichte schwarzgraue Haar einfach nicht besser bändigen. Wie ein Wilder, der sich fein angezogen hatte, für einen Ausflug unter die Menschen, dachte Möninghaus, der plötzlich von einem Gefühl der Vertrautheit zu diesem Mann ergriffen wurde. Merkwürdig bekannt schien ihm das Gesicht des Riesen, die wachen blauen Augen unter dichten Augenbrauen, die markante Nase, Möninghaus versuchte sich zu erinnern, ob und wo er diesem Mann schon einmal begegnet war.

»Und, was macht die Arbeit? So als König ohne Königreich?« Seine Frau unterbrach die ergebnislose Gedankenrecherche. Sie sprachen nie über ihre Arbeit, der Fakt, dass sie beide im selben Verlagshaus angestellt waren, hatte den Radius möglicher Gesprächsthemen zwischen den Eheleuten schon früh derartig eingeengt, dass sie beschlossen hatten, nur noch in Notfällen ihre Gedanken zu Verlagspolitik, Kollegen und Mitarbeitern auszutauschen. Ein solcher Notfall war in den vergangenen Wochen eingetreten.

»Der hat wirklich alle entlassen, alle. Wir waren zwölf Redakteure. Nur Wolfgang und ich sind noch übrig. Nächste Woche ist Umzug, Wolfgang und ich teilen uns dann ein winziges Zimmer, in diesem Nebengebäude in der Köhlerstraße, da, wo die Kundenzeitschriften gemacht werden. Für jede Scheißbesprechung mit dem feinen Herrn Chefredakteur darf ich dann zehn Minuten ins Verlagsgebäude rüberwackeln.« Möninghaus machte eine Pause. »Mir tut's so leid um die Kollegen. Die finden doch nichts mehr, die gehen doch alle stramm auf die Sechzig zu!«

»Was hat denn Braunauer dazu gesagt?«

»Das ist die Zukunft, hat er gesagt. So geht Zeitschriftenmachen heute, hat er gesagt. Kleine Redaktion, zwei Leute, Chefredakteur, Grafiker, den Rest kaufen wir über Freie ein. Das hat er gesagt. Und dann einfach alle rausgeschmissen. Muss die erst mal ein Vermögen an Abfindungen gekostet haben. Die Kollegen haben wohl alle ordentlich Geld bekommen. Aber zur Frühpension reicht's halt auch nicht. Die werden das Geld noch brauchen. Die waren ja alle ihr ganzes Berufsleben lang Redakteure eines Kunstmagazins. Die überleben doch keine fünf Minuten auf dem freien Markt. Braunauer hat zwar allen ganz generös angeboten, weiter frei für uns zu schreiben, was die jetzt aber natürlich erst mal nicht machen, die sind beleidigt und das zu Recht.« Möninghaus starrte auf eine einzelne, schwarz glänzende Kaviarperle, die sich zwischen dem Tischtuch und seiner Serviette versteckt hatte. »Ich habe keine Leute, ich habe keine Ahnung, wie ich das nächste Heft fertig kriegen soll. Wie bitte? Ja, danke, Weißwein, prima, nehm ich.«

Die Weingläser wurden gefüllt, junge Mädchen servierten die Vorspeise, auf das Kommando des Kellners im Hintergrund wurden die silbernen Cloches gelüftet, und sofort waberte dichter weißer Nebel über den Tisch, der intensiv nach Fichtennadeln roch und sich hartnäckig über den Tellern hielt. Nur langsam schälte sich ein Bastkörbchen aus dem Nebel, darin ein Fichtenzweig, auf dem zwei butterschwitzende Garnelen lagen.

»Großartig!«, rief Silke Möninghaus und zückte ihr Handy.

»Das sind unsere norwegischen Garnelen in Meersalzbutter aus dem Fichtenrauch«, erklärte der Kellner und wünschte: »Guten Genuss!«

Gerd Möninghaus versteckte sein aufkommendes Gelächter hinter vorgehaltener Hand, auch, weil sich seine Frau schon konzentriert Notizen machte. *Guten Genuss.* Er kicherte leise.

Kommt man nicht drauf. Er war froh, seiner Frau nicht mehr erzählen zu müssen, was Braunauer ihm am Ende des Gesprächs, schon an der Tür, noch mit auf den Weg gegeben hatte, unangenehm nah war er dabei an ihn herangetreten, hatte die Stimme gesenkt, als verrate er ein Geheimnis: »Wissen Sie, Herr Möninghaus, mit der Kunst ist das im Verlagsgeschäft genau wie im richtigen Leben, Kunst muss man sich leisten können. Und den Fakt, dass Sie und der Herr Lechner hier überhaupt noch an einem Kunstmagazin arbeiten dürfen, haben Sie anderen, wesentlich erfolgreicheren Formaten unseres Hauses zu verdanken. Außerdem glaubt der Vorstand noch, und die Betonung liegt auf *noch*, Herr Möninghaus, an die Notwendigkeit eines Kunstmagazins im Verlags-Portfolio. Ja, wenn's nach mir ginge ... Überzeugen Sie mich, Herr Möninghaus. Rechtfertigen Sie das in Sie gesetzte Vertrauen. Große Geschichten, Herr Möninghaus. Emotionen. Rock 'n' Roll! Schaffen Sie das, Herr Möninghaus?« Ohne eine Antwort abzuwarten, hatte der Chefredakteur ihn aus dem Zimmer geschoben.

»Das hier ist übrigens auch Kunst«, sagte Silke Möninghaus und holte ihren Mann mit einem beherzten Schlag mit dem Messer an seinen Tellerrand zurück ins Restaurant *Belvédère*.

»An der Jakobsmuschel ist noch die Verpackung dran«, konstatierte Möninghaus, als der nächste Gang serviert worden war und der Service sich wieder zurückgezogen hatte.

Seine Frau seufzte ins Weißweinglas: »Das ist Lardo. Eine italienische Spezialität, der weiße Rückenspeck vom Landschwein, wird mit Salz und Gewürzen eingerieben und zwischen Carrara-Marmorplatten gereift. Auf diesem Teller ummantelt er, hauchzart geschnitten, eine perfekt gebratene Jakobsmuschel, ein dünnes Kleidchen, das durch die Hitze durchscheinend, fast durchsichtig geworden ist und jetzt leicht schmelzend der Pilgermuschel seine Würze schenkt. Dazu passt der Dillblütenschaum mit den gerösteten Fenchelsamen hervorragend. Und diese frische, ganz zarte Schärfe des gegrillten Frühlingslauchs, der bringt da noch eine rauchige Note ins Gericht. Schatz, herzlichen Glückwunsch, du sitzt gerade vor einem perfekten Teller.«

Möninghaus lachte kurz, ein bisschen auch über sich, löffelte vorsichtig den ersten Happen, aß konzentriert, zerdrückte das zarte Muschelfleisch am Gaumen, schmeckte die Süße der Sauce, das Salzige vom Speck, der im Mund endgültig schmolz, wie überhaupt alles sich in Wohlgefallen auflöste – und er verstand. Es ist eigentlich wie mit der Kunst, dachte er. Manches muss man einfach auch erst mal erklärt bekommen, um es überhaupt schätzen zu können. Wie immer war sein Teller schneller geleert als der seiner Frau, die immer wieder innehielt, das Besteck tonlos auf den Teller sinken ließ, in Zeitlupe kaute, sich dann mit einem kurzen Bleistift eine weitere Notiz ins kleine Moleskine-Büchlein schrieb, das sie unter der Serviette versteckte. Als er sich erhob, blickte sie überrascht auf. »Ich muss mal schnell, äh, bin gleich wieder da.«

»Könntest du damit vielleicht warten, bis ich auch …«, sagte Silke, doch Möninghaus hatte keine Zeit zu verlieren, der Riese war nämlich aufgestanden und durchschritt das Restaurant in Richtung der Waschräume. Möninghaus folgte ihm, den Protest seiner Frau hörte er schon nicht mehr, das hier war seine Chance, sich den Mann mal genauer anzusehen.

Möninghaus öffnete die Tür und kniff die Augen zusammen. Diese Toilette musste ein beleidigter Innenarchitekt entworfen haben, gleich nachdem er erfahren hatte, dass seine Dienste im denkmalgeschützten Restaurant selbst nicht benötigt würden. Die blendend weißen, fugenlosen Wände waren mit einer Art blau-rosa schimmerndem Perlmutt überzogen, statt eines Waschbeckens mit Wasserhähnen plätscherte ein breiter Strom quer durch ein langes Becken aus schwarzem Stein, das mit Naturkieseln gefüllt war. In der gegenüberliegenden Wand bildeten eiförmige Vertiefungen die Pissoirs und Möninghaus stellte sich genau neben den Riesen, der es schon hörbar laufen ließ. Man musste schon ordentlich zielen, die Mulden hatten allerhöchstens die Größe eines Straußeneis, Möninghaus hatte aber ein ganz anderes Problem, er musste gar nicht pinkeln, der Riese neben ihm ließ immer noch einen nicht enden wollenden, satten Strahl hören. Möninghaus lächelte gequält hinunter zu seinem Schwanz, der gänzlich funktionslos zwischen Daumen und Zeigefinger klemmte. Als der Riese den Reißverschluss nach oben zog und hinüber zum Wasserbecken ging, ließ Möninghaus noch etwas Zeit verstreichen, als habe sich da jetzt doch noch was getan bei ihm, verpackte dann seinerseits alles wieder und stellte sich neben den Riesen an den künstlichen Fluss. Im breiten Spiegel konnte er dem Mann jetzt seitlich direkt ins Gesicht sehen. Das Gefühl von vorhin, dieses Gefühl, in ein vertrautes Gesicht zu blicken, tippte ihm erneut auf die Schulter, er kannte den Riesen. »Guten Abend«, sprach er zum Spiegelbild des Mannes, er versuchte dabei, möglichst deutlich freudige Überraschung in die Worte zu legen, mit einem Anflug von *Wir kennen uns doch!*.

Der Riese nickte knapp, zeigte an den Rand des Beckens und sagte: »Die gelben Kiesel da, das sind die Seifen.«

Möninghaus starrte die gelben Kieselsteinimitat-Seifen an, die ihn in diesem Umfeld eher an WC-Frisch-Klosteine erinnerten, dann wandte er sich direkt dem Riesen zu, jetzt galt es. »Wir kennen uns doch!«, sprach er mit fester Stimme, genau in dem Moment, als der andere den Knopf für das Handtrocknungssystem gefunden hatte. Das dröhnende Rauschen des Gebläses schluckte seine Worte, und noch ehe der Luftstrom wieder abriss, hatte der Riese die Toilette verlassen.

Zum Hauptgang war er wieder zurück und ertrug den tadelnden Blick seiner Gemahlin. Auf dem Teller lag ein Tafelspitzstück von einem Rind, das angeblich in Japan mit Bier genährt und mit täglichen Massagen verwöhnt worden war, so erklärte es ihm zumindest seine Frau, und er möge insbesondere das süßsaure Kompott von Pflaume und Preiselbeere wahrnehmen. Dieser Teller sei Ausdruck der Philosophie des Küchenchefs, nämlich die Kombination aus einer regionalen Küche, die der Idee der nordischen Küche tief verbunden sei, mit ausgewählten Zutaten, Rezepten und Techniken aus aller Herren Länder, sozusagen die logische Fortsetzung der Fusion-Küche der Neunziger. Zudem eine echte Wohltat und Bereicherung, dass jetzt ein so brillanter Koch wie Matthiesen, nach all den Jahren der strengen und eingrenzenden New Nordic Cuisine, seinen Blick wieder auf die kulinarische Vielfalt der Welt richten würde. Ohne Standort und Heimat zu verleugnen, wohlgemerkt. Möninghaus nickte mechanisch alle Punkte ab und beobachtete den Riesen, der eben einen Espresso verschluckt hatte und jetzt Anstalten machte, seine Rechnung zu begleichen, der Oberkellner hatte das lederne Rechnungsmäppchen schon in der Hand.

»Hörst du mir überhaupt zu?«

Plötzlich stand der Koch im Restaurant, ohne die anderen Gäste eines Blickes zu würdigen, ging er direkt zum Tisch des

Riesen. Der war aufgestanden, die Männer lachten und nach einem kurzen Gespräch gaben sie einander die Hand. Bevor der Koch wieder in der Küche verschwand, legte er behutsam, fast zärtlich, seine rechte Hand erst auf die Schulter des Riesen, berührte dann mit derselben Hand noch den Oberarm seines Gegenübers, nickte und wandte sich lächelnd zum Gehen. Kurz sah der Riese dem Koch noch hinterher, dann erschien schon der Oberkellner. Er begleitete seinen Gast zur Garderobe und hielt ihm mit einem letzten Gruß die hohe Flügeltür auf.

»Und dann bin ich zum Mond geflogen«, sagte Silke Möninghaus.

»Ach wirklich«, sagte Möninghaus und erhob sich, »das ist spannend, Silke, kleinen Moment, ja?« Ohne ein weiteres Wort ging er in Richtung der Getränkebar, hinter der eine automatische Schiebetür in die Küche führte. Der Oberkellner schnitt ihm kurz vor der Bar den Weg ab.

»Moment, Monsieur! Zur Toilette geht es links die Treppen runter.«

»In die Küche, ich möchte in die Küche, Herr ...?«

»Adam, Adam mein Name. War denn mit dem Menü etwas nicht in Ordnung, Monsieur?«

Möninghaus ging in sich. Dazu konnte er so gar nichts sagen, irgendwie.

»Nein, nein, ich möchte nur den Küchenchef sprechen. Also loben. Ja. So.«

Oberkellner Adam musterte seinen Gast. Das war der Mann von Frau Möninghaus, der Chefredakteurin der *Woman's World*, sie war als fachlich versierte Restaurantkritikerin bekannt, wieso schickte sie jetzt ihren Mann vor? Armer Kerl. Adam setzte sein verbindlichstes Lächeln auf: »Herr Möninghaus, jetzt gehen die

Desserts raus und Herr Matthiesen muss noch mal richtig ran, machen wir's doch so, Sie genießen Ihr Dessert, und den Herrn Matthiesen, den schick ich Ihnen zum Kaffee.«

»Sie kennen meinen Namen?«

»Selbstverständlich, Herr Möninghaus.«

Möninghaus schwebte zurück zum Tisch. Überraschend, wo man überall auf treue Leser seines Kunstmagazins traf! Als er wieder Platz nahm, konnte nicht mal die Gereiztheit seiner Gattin am Hochgefühl etwas ändern.

»Sach mal, was ist denn heute los mit dir, ADHS, oder was? Da bist du allerdings jetzt doch einen Ticken zu alt, um da noch mit anzufangen!«

»Tschuldigung«, er griff die Hand seiner Frau und beugte sich zu ihr über den Tisch: »Stell dir vor, dieser Kellner, der Oberkellner, der hier der Chef ist, der liest unsere *KunstStücke*!«

Nach dem Dessert sah sich Silke Möninghaus ziemlich rasch nach dem Service um: »Wir müssen los, mein Schatz, ich habe heute noch eine Überraschung für dich.«

»Jetzt noch?« Möninghaus sah auf die Armbanduhr, es war schon nach elf.

»Ja, jetzt noch, ich kümmer mich mal um …, ach du liebe Güte, da kommt Matthiesen, kommt der zu uns? Was will der denn, ein Schwätzchen halten?«

»Frau Möninghaus!«

»Herr Matthiesen. Toll war's, ein Genuss, vielen Dank!«

Der Chefkoch deutete ein bescheiden-devotes Sichwinden an und nickte lächelnd. »Aber sagen Sie, Herr Matthiesen, ich bin erstaunt, Sie hier zu sehen, Sie gehen doch sonst sehr ungern ins Restaurant?«

»Ja, das stimmt, Frau Möninghaus, ich sach immer, ich habe meinen Gästen schon das Beste gegeben, was ich habe, meine Kochkunst und mein ausgezeichnetes Serviceteam, was soll ich denn da am Ende noch rumgurken. Aber heute ist eine Ausnahme, Herr Adam erzählte mir, Ihr Mann wolle mich sprechen?« Jetzt sahen beide Gerd Möninghaus an, seine Frau entgeistert, Herr Matthiesen erwartungsvoll.

»Ja! Genau!«, sagte Möninghaus. »Und da wären wir auch gleich beim Thema: Herr Matthiesen, Sie waren ja vorhin schon mal draußen, da an dem Tisch da, da saß ein groß gewachsener Herr und den haben Sie verabschiedet.«

Matthiesen runzelte die Stirn: »Äh, nein, eigentlich ... nein.«

»Hab ich doch gesehen, Herr Matthiesen. Vertraulich am Arm gefasst haben Sie den Mann sogar!«

Der Koch schüttelte den Kopf.

»Kommst du mal auf den Punkt bitte, Gerd, vielleicht hast du ja einen von Herrn Matthiesens Köchen gesehen?«

»Das kann sein«, sagte Matthiesen und Möninghaus glaubte, Erleichterung in der Stimme des Kochs zu hören.

»Ach, jedenfalls wollte ich wissen, wer der Herr war, ich glaube, ich kenne den nämlich.«

»Ich kenn den nicht.« Matthiesen sah hinüber zu dem Tisch, an dem der Riese gesessen hatte. »Aber vielleicht kann uns ja der Herr Adam da weiterhelfen, Herr Adam, kommst du mal? Und bring mal das Reservierungsbuch mit!«

»Was darf ich notieren, wann dürfen wir uns wieder auf Sie freuen?« Adam war an den Tisch getreten und öffnete das Reservierungsbuch.

»Der Herr Möninghaus möchte wissen, wer der Herr war, der alleine an Tisch sechzehn saß.«

Herr Adam klappte das Buch mit einem Knall zu: »Ach so, da muss ich Sie um Verständnis bitten, dass wir aus Gründen der Diskretion niemals Auskunft über unsere Gäste geben.« Adam ließ die Worte wirken, nach einer Kunstpause beugte er sich verschwörerisch hinunter zu den Eheleuten Möninghaus und flüsterte: »Und in diesem Fall würde nicht mal Folter etwas nützen. Der Herr hatte nämlich nicht reserviert.«

Matthiesen und Adam verabschiedeten sich an der Tür von den Silke und Gerd Möninghaus, winkten dem abfahrenden Taxi hinterher. Adam blies langsam die Luft aus seinen aufgeblähten Backen: »Meine Güte, immer wieder überraschend, was die Leute so reitet.«

Matthiesen nickte lachend. Gemeinsam gingen sie wieder hinein, um jetzt zügig den Feierabend vorzubereiten. In der Küche roch es schon nach Reinigungsmittel, die Köche scherzten, schlugen sich gegenseitig mit den nassen, schweren Putzlappen gegen die Beine. In der Abwäsche schepperten Töpfe und Bleche, zwischen wachsenden Tellerstapeln arbeiteten schweigend die Spüler, routiniert, schwitzend, im heißen Dampf der weit geöffneten Maschinen. Matthiesen schloss die Tür des Küchenbüros hinter sich, warf sich in den Bürostuhl und rollte zum Schreibtisch, genoss kurz die Stille. Seine Jungs hinter dem großen Fenster, wie ein Stummfilm in verschwitztem Weiß.

Der Küchenchef zog das Handy aus der Hosentasche, tippte die Kontaktliste an, fand schnell den Namen, den er suchte, und stellte die Verbindung her: »Ja, hey, ich bin's. Ja, so schnell spricht man sich wieder. Nein, nein, du hast nichts vergessen. Aber, weißt du was, da hat sich grade ein ganz besonderer Gast nach dir erkundigt. Ich dachte, das solltest du wissen.«

Im Taxi war die Stimmung zunächst frostig, Silke Möninghaus nannte dem Taxifahrer leise eine Adresse, echauffierte sich dann umso lauter über »diesen wirklich unmöglichen Auftritt« ihres Mannes. Sie wollte wissen, was ihn »geritten« hätte, und zählte auf, wo sie sich jetzt überall nicht mehr sehen lassen könne.

Möninghaus entschuldigte sich wortreich und erklärte die Sache mit dem Gast, der ihm so seltsam bekannt vorgekommen war. »Das kennst du doch auch«, sagte Gerd Möninghaus.

Silke Möninghaus schüttelte den Kopf.

»Ich muss dann einfach wissen, wer das ist, ich brauche dann Klarheit, um nicht wahnsinnig zu werden.«

Das Taxi hielt nach kurzer Fahrt schon wieder an. »Wo sind wir?«, fragte Gerd Möninghaus und sah mit angewinkeltem Kopf aus dem Fenster des Wagens: »Huch. Das *Royal Grand*?«

Die Gesichtszüge seiner Frau wurden augenblicklich weicher, sie lächelte. »Komm mal her, du Verrückter«, sagte sie und küsste ihn kurz, für einen Augenblick spürte er ihre Zungenspitze zwischen seinen Lippen. Dann setzte sie sich aufrecht und strich sich die Locken hinters Ohr. Möninghaus sah die feinen grauen Haare, die sich eingeschlichen hatten ins Blond und spürte plötzlich eine Verliebtheit in sich, die er verloren geglaubt hatte.

»Also«, sagte Silke. »Wir sind heute auf den Tag genau 22 Jahre verheiratet!« Möninghaus zog erstaunt die Augenbrauen nach oben. »Und da habe ich mir gedacht, Schnapszahl, Schnapsidee!« Sie griff seinen Kopf im Nacken, zog ihn zu sich heran und flüsterte ihm mit extratiefer Stimme ins Ohr: »Und darum schenke ich dir eine Nacht mit mir, im *Royal Grand*.«

Möninghaus spürte, wie ihm das Blut in den Schwanz schoss: »Das ist eine sehr gute Idee«, flüsterte jetzt auch er mit brüchiger Stimme.

»Macht dann 12,80 bitte, ja!«, bellte der Taxifahrer ungeduldig.

Sie hatte wirklich an alles gedacht. Das Nachtzeug, die Kulturtaschen, ihre Kosmetik und frische Kleidung für den nächsten Tag hatte sie am Morgen per Kurier ins Hotel und auf das Zimmer bringen lassen, dort stand auch eine Flasche Champagner auf Eis. Silke Möninghaus kicherte, als sie im Fahrstuhl ihrem Mann zwischen die Beine griff und sich an ihn schmiegte.

»Ich bin ein Idiot!«, murmelte Möninghaus zwischen dem dritten und vierten Stockwerk. »Der Mann im Restaurant, das war …« Weich stoppte der Lift im sechsten Stock. Lautlos öffneten sich die Türen und ein glockenklarer Gong erklang. »Natürlich. Das war der große Glander!«

2

Josef Glander reckte das Kinn zur Badezimmerdecke, schabte sich Schaum und graue Stoppeln aus dem Gesicht: »Ist Arturo eigentlich schon da, oder hat er sich verfahren, der alte Haschbruder?«

Den bösen Blick, den ihm seine Frau über den Schminkspiegel zuwarf, lachte Josef Glander einfach weg. Im Badezimmer duftete es blumig frisch, nach Aufbruch, Erwartung und kommenden Feierlichkeiten, nach den schönen Stunden, die sich immer ankündigten, wenn Magda Glander das teure Parfüm auftrug. Sie trug es nur zu besonderen Anlässen, zum Kirchgang, einer Abendeinladung, manchmal auch zur Elternsprechstunde in der Schule, wenn Gustav etwas ausgefressen hatte. Letzteres, fand Magda Glander, schadete zwar der Gesamtwirkung des Parfüms, war aber nötig, es schien Gustavs Klassenlehrer zu besänftigen, der sich gerne hitzig in Wallung redete und atemlos Vorfall an Vorfall reihte. Magda Glander trat dann ein Stück näher an den jungen Mann heran, sah ihm in die Augen, nickte und sagte: »Ich verstehe das.« Sie konnte sehen, wie die Nasenflügel des Pädagogen bebten, wenn er heimlich ihren Duft einsog, augenblicklich entspannte er sich und kam in kurzen Sätzen zum Ende seiner Ausführungen.

»Dein Klassenlehrer, der Herr Rögger, der kommt heute auch«, sagte Magda Glander, als sie den Jungen im Badezimmerspiegel entdeckte. Gustav stand in der Tür, verdrehte die Augen. »Komm, der ist sehr nett. Und der glaubt an dich, Gustav, gut siehst du aus!« Gustav Glander trug glänzend schwarze

Lackschuhe, die er zuvor nur ein einziges Mal im Schuhgeschäft hatte tragen dürfen. Über die Knopfleiste des weißen Hemdes lief die geborgte Krawatte des Vaters, die dieser zuletzt bei der Beerdigung der Großmutter getragen hatte, schwarz wie der Anzug, den sie extra für heute gekauft hatten.

»Das glaub ich ja jetzt nicht, kommst du mal bitte her!« Die Mutter faltete das Einstecktuch neu, zog kraftvoll an den Ärmeln der Anzugjacke und seufzte: »Der Bub wächst also auch auf dem kurzen Weg vom Schneider zurück nach Hause.« Sie strich Gustav durchs Haar, zupfte nochmals am Tuch, zog erneut die Anzugärmel erfolglos in die Länge. Durch das geöffnete Zimmerfenster war das Röcheln eines Motors zu hören, dann ein asthmatisches Hupen.

»Onkel Arturo ist da!«, rief Gustav, befreite sich aus der Umarmung seiner Mutter und rannte los.

»Hoffentlich schenkt dein Bruder dem Bub nicht Haschisch zur Konfirmation«, murmelte Josef Glander, während er versuchte, die gesprenkelten Blutungen am Hals mit Klopapierfetzen zu stoppen.

Magda Glander griff sich das rechte Ohr ihres Mannes, drehte es schwungvoll so weit es ging nach hinten, und in den Schmerzensschrei ihres Mannes hinein erklärte sie: »Du wirst sehr nett sein zu meinem sehr lieben Bruder Arturo!« Dann ließ sie das Ohr los und ging hinunter, um ihren Bruder zu begrüßen.

Nach und nach trafen die Verwandten am Hof ein, die weit Gereisten waren schon in der Nacht angekommen und hatten in den umliegenden Pensionen Platz gefunden. Immer mehr Autos parkten entlang der schmalen Straße zum Glanderhof und dem alten Sägewerk hinter dem Haus. Gustav gab den Einweiser, begrüßte die aussteigenden Gäste, wischte sich die Küsse der Tanten mit dem Handrücken aus dem Gesicht. Magda Glander ging mit einem Tablett herum, reichte dick gebutterte Hefezopfscheiben mit Himbeermarmelade vom letzten Sommer, ihr Mann servierte Sekt oder Orangensaft, immer ein Glas in jeder Hand, sein rechtes Ohr leuchtete. Die Nachbarsmädchen sammelten leere Gläser und Teller ein, sie trugen schöne, weiße Kleider, unter ihnen auch Katrin, ihr sah Gustav lange hinterher. Ihr rotblondes Haar glänzte, kurz trafen sich ihre Blicke, und sie schenkte ihm ein Lächeln aus tausend Sommersprossen. Es dauerte ewig, bis alle Gäste zu trinken hatten und auf Gustavs Wohl anstießen: »Viva!«

In Kolonne ging es hinunter ins Dorf und zur Kirche, einige Wagen hupten wie bei einer Hochzeit. Ein blauer Himmel zog sich über das saftige Frühlingsgrün der Hügel, der Fluss neben der Kirche war vom Schmelzwasser angeschwollen und glitzerte blendend im Sonnenlicht, beim Aussteigen setzten die Tanten ihre Sonnenbrillen auf. Blumengestecke wurden knisternd von zartem Papier befreit, die überflüssigen Mäntel auf den Rücksitzen der Autos verstaut, Gesangsbücher aus Handschuhfächern gezerrt. Gustav bekam eine Kerze in die Hand gedrückt, auf der in Wachsbuchstaben sein Name und das Datum seiner Konfirmation standen. Den Tropfschutz am Ende der Kerze hatte sein Vater kurzerhand aus einem Bierdeckel gebaut, rund um den Kerzenstumpf war zu lesen: *Unser Bier, ein guter Schluck Heimat!* Gustav fand die Kerze insgesamt schrecklich und verbarg sie hinter seinem Rücken, als er über den Kies lief, um seine Mitkonfirmanden und den Pfarrer zu begrüßen. Im Augenwinkel sah er, wie seine Mutter am Ende der Kirchtreppe dem Klassenlehrer die Hand gab. Sie redeten kurz miteinander, dann sahen sie zu ihm herüber. Weinte seine Mutter? Jetzt winkten beide, seine Mutter hatte tatsächlich Tränen in den Augen und lächelte. Gustav sah schnell weg und beschleunigte seine Schritte.

Die Kirchenbänke waren alle besetzt, später eintreffenden Gästen blieben nur noch Stehplätze unter der Orgelempore. Als der Organist seinen donnernden Empfangschoral zu spielen begann, rieselte Holzstaub aus den Bodenbrettern der Empore.

Der Pfarrer erklärte eingangs, er freue sich, »dass Sie zumindest dann mal den Weg in die Kirche finden, wenn Gott sich Ihrer Kinder annimmt«. Dann begann ein für die Konfirmanden nicht enden wollender Ablauf von Gebeten und Gesängen. Während der Predigt verfolgte Gustav einzelne, größere Staubflocken, die im schräg einfallenden Sonnenlicht schwebten, eine Flotte imperialer Sternenzerstörer formierte sich, um im Kampf gegen die Rebellen das Schicksal dieser Kirche zu besiegeln. Endlich rief der Pfarrer die Konfirmanden nach vorne, die Kerzen wurden umständlich angezündet, das Glaubensbekenntnis gesprochen. Dann traten sie einzeln vor den Pfarrer und erhielten aus dessen Hand Gottes Segen und den biblischen Konfirmationsspruch, den sie sich ausgesucht hatten und der sie nun auf allen Lebenswegen begleiten würde, so hatte der Pfarrer es im Konfirmationsunterricht erklärt. *Sei getreu bis an den Tod, so will ich dir die Krone des Lebens geben* war Gustav Glanders Konfirmationsspruch, und er ahnte, dass darin Bedingungen versteckt waren.

Viel später erst öffneten sich die schweren hohen Holztüren. Aus der Kühle der dunklen Kirche ging es augenblinzelnd hinaus in den warmen Frühlingstag, alle küssten sich und alle küssten vor allem Gustav, dessen Handrücken und Einstecktuch sich langsam vom Lippenstift der Tanten färbten. Seine Mutter weinte jetzt eigentlich die ganze Zeit, kaum dass sie ihn einmal ansah.

Dann wurden Fotos gemacht, in Reihe warteten die Familien vor der Kirchentreppe auf ein Foto mit dem Pfarrer, während die neuen Gemeindemitglieder mit ihren Konfirmationskerzen Lichtschwerter-Gefechte austrugen.

»Alle in die Autos und mir nach!«, rief irgendwann Josef Glander, er hatte sich in der geöffneten Wagentür auf den Trittrahmen des Mercedes gestellt und winkte mit der ausgestreckten Hand in Richtung See.

»Ich fahr mit Onkel Arturo!«, rief Gustav aus dem aufgeklappten Wagenfenster des Citroën 2CV seiner Mutter zu, die sich suchend umblickte.

Er hatte sich vorsichtshalber schon früh in die Ente des Onkels gesetzt, der sich jetzt lachend auf den Fahrersitz warf, die braunen Locken hinters Ohr klemmte und dann mit gespieltem Ernst verkündete: »Das wird eine Höllenfahrt, für richtige Männer.« Arturo drehte den Zündschlüssel, riss an der Revolverschaltung, die Ente heulte auf und war in zwei Sätzen vom Kirchhof verschwunden. Hinter der nächsten Kurve öffnete der Onkel das schwarze Verdeck: »Wollen wir mal den Tag hereinlassen«, der Fahrtwind verwirbelte ihre Haare. In jeder Kurve wurden sie im Wagen herumgeschleudert, und es war Gustavs Aufgabe, mit einer Hand die Gitarre des Onkels festzuhalten, die in einem löchrigen Pappkoffer verstaut war und zwischen seinen Beinen klemmte. Der Tag leuchtete. Auf der Bundesstraße, sie konnten den See schon sehen, schlug sich Onkel Arturo mit der flachen Hand auf die Stirn, trat auf die Bremsen, verlangsamte die Fahrt: »Wir haben was vergessen!« Mit einer Hand öffnete er die Brusttasche seiner dunkelgrün gefärbten Jeansjacke und fischte eine Musikkassette heraus, die er in den Schlitz des Kassettenspielers schob, den Lautstärkeknopf am Autoradio drehte er ganz nach rechts. Drei kurze Trommelschläge, dann noch mal zwei, dann setzte ein federnder Bass ein, majestätisch erhoben sich die Bläser, Arturo war aufgesprungen und schaute jetzt oben zum Verdeck heraus, lenkte die Ente mit links, streckte den rechten Arm mit geballter Faust in den blauen Himmel und schrie in den Fahrtwind: »*Buffalo Soldier! Dreadlock Rasta! There was a buffalo soldier, in the heart of America!*«

Gustav musste sehr lachen, Onkel Arturo tauchte zurück in den Wagen: »Bob Marley, kennste?« Gustav lachte immer noch und schüttelte den Kopf. Als sie vor dem Restaurant bremsten und dabei tiefe Spuren in den hellen Kies gruben – die Festgesellschaft stand schon wartend an den Türen -, sangen sie beide im Chor: »*O jojojo jojojojo jojojojojojojo jo!*« Arturo würgte die Ente ab, drückte den Eject-Knopf, fing die herausfliegende Kassette auf und reichte sie Gustav: »Hier, für dich mein Freund.«

»Oh danke! Ich kann nur leider zu Hause keine Kassetten abspielen.«

»Das kann sich ja noch ändern«, erklärte Onkel Arturo, stieg aus und ging zum Kofferraum. »Komm mal mit«, sagte er und drehte sich zur Festgesellschaft auf dem Rasen vor dem Restaurant um. »Geht schon mal rein, Leute, wir haben hier noch zu tun.«

Schnell waren alle verschwunden, nur Magda Glander kam herüber zu den beiden: »Na, Geheimnisse?«

Arturo zwinkerte erst seiner Schwester zu, dann Gustav, öffnete dabei sehr langsam die Kofferraumklappe und sprach: »Gustav, zu deinem Eintritt in die christliche Gemeinde und in das Leben als Erwachsener schenke ich dir: eine Wolldecke!« Gustav lachte und zog an der Wolldecke, die um einen Karton gewickelt war. *Schneider* stand auf dem Karton über der Zeichnung einer Kompaktanlage. »Stereo-Lautsprecher, Plattenspieler mit einstellbarer Geschwindigkeit für LPs und Singles, Radio und Doppelkassettendeck zum Kopieren«, erklärte Onkel Arturo.

»Viel zu viel, kleiner Bruder«, zischte Magda Glander, deren Augen sich schon wieder mit Tränen füllten.

»Ich hatte eine gute Saison auf den Weihnachtsmärkten in Bozen und Meran«, flüsterte Arturo ihr ins Ohr, eine Luftgitarre spielend. Der Konfirmand überlegte, vor Glück mal zu schreien, und tat das dann auch.

Von Vater und Mutter gab es eine Uhr, sogar genau die, die er sich gewünscht hatte, mit Digitalanzeige.

»Ich habe gehört, die Kinder verlernen dann, die Uhr richtig zu lesen«, wusste Tante Merli, die Schwester seines Vaters, aber der Vater schüttelte nur unwirsch den Kopf, drückte seinen Sohn ungewohnt lange, dann sahen alle schweigend auf die Uhr.

»Wenn ich Sie dann zu Tisch bitten dürfte«, sagte das junge Mädchen, das auch schon den Sekt verteilt hatte, sie trug einen schwarzen Rock und eine enge weiße Bluse, Gustav konnte die Form ihres Busens erahnen. »So, und du, junger Mann, kommst mal mit mir, du sitzt nämlich heute am Kopf der Tafel.« Sie lachte, und Gustav schluckte trocken. Sie hatte das blonde Haar streng nach hinten gekämmt, es wurde mit einer großen schwarzen Spange zusammengehalten, das konnte Gustav sehen, als er hinter ihr her zum Tisch ging. Er überlegte, ob er Katrin schöner fand oder die Bedienung. Von seinem Platz aus konnte er die ganze Tafel überblicken, und aus den Kopfreihen zu beiden Seiten tauchten immer wieder Gesichter auf, die ihm zuzwinkerten, lächelten oder ein Glas in seine Richtung hoben. Mit einer Hand fuhr er vorsichtig über die kühle Tischdecke und konnte dabei die

Stickereien unter seinen Fingerspitzen spüren. Das polierte Silberbesteck funkelte und die glänzenden Unterteller reflektierten die Flammen der Kerzen. Die Suppe wurde serviert, eine duftende dunkle Consommé, unter den Fettaugen drängten sich Grießklößchen, Markklößchen und gewürfeltes Rindfleisch, die Gemüsestreifen waren beeindruckend fein geschnitten. Der Vater war aufgestanden, schlug den Suppenlöffel ans leere Wasserglas und dankte der Festgesellschaft für ihre Anwesenheit, erwähnte weite Anfahrtswege und die großzügigen Gaben, wünschte dann einen guten Appetit, bevor alles kalt werde. Gustav tauchte den Löffel in die Suppe, probierte vorsichtig.

Er mochte die Brühe der Mutter, die oft als Suppe auf den Tisch kam, mit Suppennudeln als Vorspeise zu einem süßen Auflauf mit Obst, an seltenen Tagen schwammen bleiche Maultaschen mit Hackfleisch-Spinatfüllung darin, ein Festessen. Zur Herstellung diese Bouillon gab Mutter *Maria hilf* ins kochende Wasser, ein gelbes Brühpulver mit getrockneten Kräutern, der Vater dunkelte die klare Suppe bei Tisch mit Maggiwürze ein, bis Mutter »Josef!« sagte. Aber diese Brühe hier war anders. Salziger, würziger, klarer und dunkler, sie schmeckte intensiv und fleischig, es war, als hätte jemand Mutters Brühe übertrieben. Die Grießklößchen zerfielen, wenn man sie am Gaumen zerdrückte, mischten sich im Mund mit der Brühe zu einer Köstlichkeit, die Markklößchen waren von cremiger Konsistenz. Gustav löffelte schneller, während der Vater sich mit Arturo darüber stritt, ob Schildkröten in der Suppe seien. Arturo war sich sicher, sprach von Tierquälerei und rührte seine Suppe nicht an. Wie aus dem Nichts näherten sich die Kellner dem Tisch, kaum dass die Löffel gesunken waren, hoben mit ruhigen, beinahe synchronen Bewegungen und ernsthaften Mienen die Teller von den Tischen, schenkten Wein nach. Onkel Arturo sprach lange mit der hübschen Bedienung, die Gustav zu seinem Platz geführt hatte, nickte dabei unentwegt und zeigte seine weißen Zähne. Die Mutter hatte sich zu Herrn Rögger gesetzt, auch sie redeten miteinander, eigentlich sprach nur Herr Rögger, und immer wieder sahen beide zu Gustav hinüber, seine Mutter lächelte jetzt, wenn sich ihre Blicke trafen. Schon öffnete sich die Küchentür wieder, auf schweren Glastellern wurden Landschaften aus bunten Salaten serviert, darauf je zwei gebratene Fischfilets, die mit cremiger Sauce beträufelt waren.

»Unser Duett von Bodensee-Felchen und Egli an salade mesclun mit Kerbel-Hollandaise«, erklärte der älteste der Kellner, alle am Tisch klatschten. Der Salat war bitter und scharf, Gustav pickte die süßen Tomatenwürfel heraus, verteilte sie auf den buttrig-nussigen Fischfilets, auf denen die wolkenweichluftige Sauce langsam schmolz, es war das Beste, was er je gegessen hatte.

Es war lauter am Tisch geworden, fordernd wurden Weingläser in die Luft gehalten, hellgelber Müller-Thurgau floss aus schweren grünen Flaschen und befeuerte die Gespräche und Witze der Tischgesellschaft. Gustav war müde geworden und blinzelte in die Nachmittagssonne. Die Terrasse vor dem Panoramafenster war in goldenes Licht getaucht, die zugeklappten Sonnenschirme warfen lange Schatten. Große Platten mit Schweinerollbraten, Rinderfiletsteaks und Putenschnitzeln wurden hereingetragen.

»Vorsicht, heiß!«, rief einer der Kellner, der eine Auflaufform mit Kartoffelgratin auf eine der zuvor verteilten Wärmeplatten stellte, cremig blubberte die fette Sahne zwischen den goldbraunen Kartoffelscheiben. Auch dampfende Butterspätzle kamen auf den Tisch und ertranken nur kurze Zeit später in dunkler Morchelsauce. Die Kellner trugen jetzt weiße Stoffhandschuhe und servierten die Gemüse, grüne Bohnen und Möhren, mit Vorlegebesteck von nadelfein zerkratzten Goldplatten, die hübsche Bedienung brachte Gustav noch eine Cola.

Ob er mal die Küche sehen wolle, fragte ihn das Mädchen plötzlich, und Gustav errötete. Die Mutter, die die Frage mitbekommen hatte, nickte ihm über die Tafel hinweg aufmunternd zu und Gustav nickte daraufhin seinem Colaglas zu.

»Also dann«, sagte das Mädchen aufmunternd, und Gustav folgte ihr, den Blick auf den Fußboden gerichtet, nur kurz sah er ihre schwarzen Schuhe mit dem hohen Absatz. Das Lärmen und Lachen der Festgesellschaft wurde leiser, und als das Mädchen die Schwingtüren zur Küche öffnete, war das Restaurant hinter ihnen verschwunden, gleißendes Neonlicht erhellte den weitläufigen, fensterlosen Raum. In der Hitze schwitzten über Töpfe gebeugt die Köche, blaugelbe Flammen züngelten an rußschwarzen Pfannen, entzündeten sich am heißen Fett, dazwischen kurze, laute Rufe, knappe Befehle. Schwere Stahltüren öffneten sich im weißen Kachelwerk, kurz waren die Stahlregale der Kühlhäuser zu sehen, in denen sich volle Gemüsekisten stapelten, in Eiswannen lagen glänzende Fischleiber, die Mäuler weit geöffnet, als schnappten sie nach Luft. Jemand trug ein großes Stück Fleisch an Gustav vorbei, Blut lief über die Hände des Mannes, der das Stück auf einen massiven Holzklotz warf, breite Knochen ragten aus dem dunkelroten Fleisch heraus. Mit einem Beil schlug der Koch mächtige Steaks aus dem Stück, zwinkerte Gustav zu, der sich umdrehte: Das Mädchen war verschwunden. Gustav lief einfach weiter, in jene Richtung, in der er den Ausgang und die Türe zum Restaurant vermutete, in dem seine

Familie saß. In einem riesigen Aquarium kämpften Krebse miteinander, kreuzten die Scheren, die sich öffneten und schlossen.

»Hechtklößchen mit Krebsschwänzen können in drei Minuten.«

»Oui, Chef!«, brüllte der Mann, den Gustav nicht hatte kommen hören. Der Koch fuhr mit einer großen löchrigen Kelle ins Becken, balancierte bald darauf fünf Krebse durch die Küche, Gustav folgte ihm interessiert. Der Mann warf die graugrünen Krebse in einen Topf mit kochendem Wasser. Die Tiere verschwanden augenblicklich zwischen Zwiebelringen, Lorbeerblättern und grob geschnittenem Gemüse, tauchten Sekunden später wieder an der Oberfläche auf, die Panzer jetzt leuchtend rot. Kurz tauchte der Koch die Tiere aus dem Sud in ein Bad aus Eiswürfeln und Wasser, drehte, riss und trennte dann die Schwänze vom Körper der Krebse, brach die schützenden Panzer zwischen Daumen und Zeigefinger, zog das Fleisch aus der harten Hülle. Die Schwänze sahen aus wie dicke rote Raupen. In einer Pfanne schmolz Butter, der Koch schnitt die Raupen am Rücken ein, zog mit einer Pinzette etwas langes schwarzes aus dem Krebsschwanz. »Ist der Darm«, sagte er und warf die Krebsschwänze in die knisternde Butter, schwenkte die Pfanne kurz, würzte mit Salz, griff in ein Kästchen und bestreute alles mit gehackter Petersilie. Danach griff er nach einem kleinen Blech, auf dem Küchenpapier lag, verteilte den Inhalt der Pfanne darauf und schob das Ganze unter eine Lampe. Aus einem zweiten Topf fischte er dampfende weiße Klöße, die er ebenfalls auf das Blech gab. »Hechtklößchen kann!«, schrie der Koch jetzt.

Am Ausgang der Küche stand ein anderer Koch, er trug die größte Kochmütze unter den Männern, lehnte an einem Stahlregal und sortierte Bestellungen, die er mit Magneten an das

Regal heftete. Auf seiner Kochjacke war in feinem Schwung ein Name eingestickt, aus der Brusttasche der Uniform ragten Kugelschreiber und ein goldener Löffel. »Gut, dann brauch ich jetzt noch einmal die Gemüse dazu, Herrschaften, und zweimal das Lamm. Service in zwei Minuten!«, rief er in Richtung Restaurant. Dann drehte er sich wieder um und sah direkt Gustav an: »Oh, Besuch, ein junger Koch? Wie heißt du?«

»Gustav«, sagte Gustav.

»Gustav, magst du mir mal die Hechtklößchen und die Krebsschwänze bringen, bitte?« Gustav nickte, sah den Koch neben sich an, der nickte, und Gustav griff nach dem Blech.

»Stopp! Nie ohne Torchon!« Der Krebskoch reichte Gustav ein schweres blaues Tuch und zeigte ihm, wie er das Blech am besten tragen sollte.

Gustav balancierte das Blech zum Mann am Küchenregal. »Sehr gut, Gustav, danke! Lugge, Bruno Lugge. Ich bin hier der Küchenchef. Stellsch dich mal da rüber, dann kannsch zuschauen«, sagte der Küchenchef ganz freundlich mit normaler Stimme. In der nächsten Sekunde brüllte er wieder: »Messieurs, Tisch drei, Sauce, Beilagen, jetzt!« Aus einem Stieltopf heraus wurde Spinat angerichtet, darauf drapierte der Küchenchef die Hechtklößchen, rief: »Hechtklößchen zu fest, heute Abend neu!«, tunkte, ohne eine Antwort abzuwarten, den goldenen Löffel in einen anderen Stieltopf, probierte die Sauce, zog überrascht die Augenbrauen hoch, gab Salz und einen Spritzer Weißwein dazu, fuhr mit einem Mixstab hinein, bis sich am Rand des Töpfchens feiner Schaum bildete. Mit einem größeren Löffel gab er jetzt den Schaum über die dampfenden Fischklöße und rief »Service!«, pickte die Krebsschwänze vom Küchenpapier und verteilte sie auf dem Teller, dessen Rand er mit einem weichen Tuch abwischte und dabei »Service jetzt, Herrgott!« brüllte. »Lamm ist fertig?«

»Oui, Chef, steht!«

Die Kellner drängten in die Küche, das hübsche Mädchen war auch dabei, sie lächelte Gustav an und hob den Daumen, als hätte er gekocht. Gustav sah schnell weg.

Der Küchenchef schlug ihm auf den Rücken: »So läuft das bei uns! Und du, willst du mal Koch werden?« Gustav hatte keine Ahnung, was er mal werden wollte.

»Was wolltest du denn mal werden, als du so alt warst wie ich?«, fragte Gustav den Onkel auf der Rückfahrt. Im Wagen roch es nach dem Rotwein, den Arturo sich vor dem Dessert über die Hose gegossen hatte, schwungvoll aus seinem Leben erzählend.

Arturo lachte: »Kaugummifabrikant, glaube ich.« Dann betätigte er die Hupe: »Echt, dein Vater fährt einen Scheiß zusammen, Tempo dreißig auf der Bundesstraße, so winken die uns auf jeden Fall raus.« Dreimal ließ der Onkel das Fernlicht an- und wieder ausgehen, winkte dann grinsend, das Gesicht rot erhellt von den Bremsleuchten des Schwagers. »Jedenfalls hab ich zur Konfirmation eine Gitarre geschenkt bekommen, und auf der hab ich dann gespielt auf meinen Reisen. Ich bin nach Spanien gefahren, durch Frankreich, Portugal, und überall gab es Menschen, die mich gerne spielen hörten und kleines Geld gaben. Und dann konnte ich nicht aufhören mit dem Reisen, und das mach ich heute noch. Ich bin Musiker, auf Reisen. Aber egal, was dir dein Vater erzählt, ich habe noch eine Wohnung in Bozen, und in meiner Freizeit arbeite ich als Möbelpacker, hörst du!« Arturo lachte, sah, dass Gustav eingeschlafen war, und drehte die Musik leiser.

Kurze Zeit später war auch er eingeschlafen. Sie erwachten beide, als die Ente bereits über den Kies schlingerte und seitlich in den Weidezaun schlitterte. Der Motor erstarb mit vorwurfsvollem Husten, in die Stille hinein zogen sich, mit leisem Knistern, feine Linien durchs Glas der Frontscheibe, die sich Sekunden später in tausend funkelnde Glassteinchen auflösten und über das Armaturenbrett ins Wageninnere rieselten. Durchs nun geöffnete Fenster konnten sie Gustavs Vater sehen, der auf sie zugerannt kam. Oben auf der Straße blinkten die Warnlichter des Mercedes, Magda Glander stolperte hochhackig hinter ihrem Mann die Böschung hinunter.

»Nix passiert«, sagten Gustav und Arturo gleichzeitig, als die beiden das Auto erreichten. Arturo war ausgestiegen und hob beschwichtigend die Hände in die Höhe.

»Mein Sohn«, sagte der Vater, »sitzt in deiner Schrottkarre, Herrgott.« Dann holte Josef Glander aus und gab Onkel Arturo eine Ohrfeige.

»Josef Glander!«, zürnte die Mutter, schwer atmend holte sie aus und gab ihrerseits jetzt ihrem überraschten Mann eine Ohrfeige, zog dann Gustav aus dem Wagen und drückte ihn fest an sich.

»Wirklich. Nix passiert!«, wiederholte Gustav im Arm der Mutter. Dann standen alle schweigend. Der Vater sah hinab auf seine Schuhe, Mutters Blick verlor sich in der Dunkelheit des nahen Waldes, und Arturo blickte ungewohnt ernst direkt ins müde Scheinwerferlicht seines Wagens. Dann setzte er sich hinters Steuer und drehte den Zündschlüssel. Der Motor sprang sofort an.

»Du fährst bei uns mit, junger Mann«, sagte der Vater und zeigte auf Gustav. Weiter oben auf der Straße standen noch mehr Autos und Menschen, die Festgesellschaft im Licht der Warnblinker, wie ein Scherenschnitt, im schwarzen Gras des Fahrbahnstreifens stehend. »Nix passiert!«, rief Josef Glander und winkte den Wartenden.

Später in der Stube musste Gustav wieder und wieder den Unfall erzählen, und das war nicht so leicht, denn er hatte selbstverständlich, genau wie Onkel Arturo auch, ganz sicher nicht geschlafen. Er nahm also dessen Geschichte von der plötzlichen Reh-Erscheinung dankbar auf, man kann doch nicht einfach ein Tier überfahren.

»Wo war denn da bitte ein Reh, da war doch kein Reh, das hätte ich doch gesehen, dieses Reh!«, grantelte der Vater. Der große Rest der Festgesellschaft, die es sich um den Tisch, am Kaminofen, auf dem Sofa und in den Sesseln bequem gemacht hatte, glaubte Arturo.

Freispruch, da war man sich einig: »Der Arturo, der bringt ja selbst seine Bettwanzen noch auf einem Bierdeckelchen nach draußen, damit die noch ein schönes Leben haben«, wusste Tante Merli zu berichten.

Die Mutter holte große Schalen mit Kartoffelsalat aus dem Keller, entfernte lächelnd das Zellophan, so als enthülle sie wertvolle Gemälde, und die Festgesellschaft klatschte, als sie dampfende Schüsseln mit heißen Saitenwürschtle auf den Wohnzimmertisch stellte.

»Ich hab schon gedacht, es gibt heut gar nichts mehr zum essen«, rief jemand.

Der Vater schenkte Bier nach und selbst gebrannten Apfelschnaps für alle: »Da nehmt ihr nachher alle ein Taxi, es sollen Rehe unterwegs sein heut Nacht, hat man mir erzählt.«

Onkel Arturo, von Schnaps und Freispruch befeuert, nahm die Gitarre, zwinkerte Gustav zu, zupfte ein paar Akkorde, sang dann *Emancipate yourselves from mental slavery, none but ourselves can free our minds ...*

Es wurde viel geklatscht am Ende des Liedes und noch mehr Schnaps eingeschenkt, man ließ den Sänger hochleben und der Vater hatte noch einen Wunsch: »Kannst du auch mal was spielen, was wir alle auch verstehen, wo wir mitsingen könnten, vielleicht?«

Ohne zu zögern nahm der Onkel die Gitarre wieder auf: »Mitsingen, ja klar«, antwortete er, ein Lachen unterdrückend und zu Gustav gebeugt. Dann sang er *Die Gedanken sind frei, wer kann sie erraten? Sie fliehen vorbei, wie nächtliche Schatten. Kein Mensch kann sie wissen, kein Jäger erschießen, mit Pulver und Blei* und alle sangen mit, dieses Lied, das Gustav noch nie zuvor gehört hatte, *Die Gedanken sind frei!*.

SILKE

Hitzefrei. Silke bummelt auf dem Rückweg nach Hause, sieht sich die Gärten und Häuser auf ihrem Schulweg genau an, versucht, hinter Gardinen zu schauen, begrüßt den Zwergschnauzer von nebenan. Über den bunten Blumenbeeten hängen dicke Hummeln in der Luft. Der Rasensprenger vom Nachbarn wirft streifige Regenspuren auf den heißen Asphalt. Silke läuft zweimal darunter durch, ohne nass zu werden, der Asphalt riecht nach Staub und Teer. Der Nachbar lacht.

Zu Hause in der Wohnung ist es kühl, fleckig fällt das Licht durch die nur halb geöffneten Rollos. Es ist Freitag, und Mutter hat Fisch gebraten mit Zitrone und Paprikapulver, dazu gibt es Salat mit durchsichtigem Dressing und dampfende Kartoffeln mit Petersilie bestreut.

»Ah, was Leichtes«, sagt der Vater und lockert die Krawatte. Silke stochert im Fischfilet herum, das blättrig zerfällt.

»Kannst du bitte ordentlich essen.« Silke zuckt zusammen, es ist die Großmutter, die jetzt schon seit Tagen zu Besuch ist, sie ist alt und streng und schläft viel und kann Silke wahrscheinlich nicht leiden, denkt Silke und steckt sich ein winziges Stück Bratfisch in den Mund, kaute sichtbar zögerlich. »Hast du dem Kind denn so gar keine Tischmanieren beigebracht, Gudrun?« Die Mutter schaut konzentriert auf ihren Teller, kaut schweigend, auch der Vater tut, als wäre die Großmutter nicht da, lächelt Silke über den Tisch hinweg zu. »Gudrun, ich rede mit dir.«

Nach der Mittagspause geht der Vater wieder runter in den Laden, die Großmutter möchte in die Stadt, will nicht nur rumsitzen in der kleinen Wohnung, wenn sie schon mal da ist, sagt sie. Silke muss mit und geht an der Hand der Großmutter, die faltige Hand ist schwitzig, mit braunen Punkten auf der Haut, die Oma riecht nach Blumen. Sie gehen durch die Fußgängerzone, die Großmutter bleibt überall stehen, kommentiert die Auslagen der Geschäfte.

»Es ist wirklich viel zu heiß für einen Bummel«, sagt Mutter plötzlich. »Ich lade euch auf ein Eis ein.« Silke freut sich.

Später sitzen sie vor dem Eiscafé und bestellen Erdbeertraum, zwei Kugeln Schokolade im Becher und Spaghettieis. Silke lacht, das Spaghettieis sieht wirklich aus wie Spaghetti mit Tomatensauce, die kalten Eisnudeln schmelzen im Mund, sie schmecken vanillecremig, und sie schmecken am besten, wenn man dazu nicht zu viel von der süßen Erdbeersauce erwischt hat. Zu wenig Erdbeersauce darf es aber auch nicht sein. Die Großmutter isst ihr Schokoladeneis auf, ohne den Löffel auch nur einmal abzusetzen, schabt eilig den verbliebenen Schmelz aus dem Metallbecher, zieht dann Silkes Spaghettieis zu sich herüber. Silkes Augen weiten sich.

»Darf ich mal probieren?«, sagt die Großmutter und schaufelt Spaghettieis, bis nur noch ganz wenig im Becher ist.

Silke will nicht weinen, schluckt und sieht zur Mutter: »Darf ich noch ein Spaghettieis?«

Die Mutter nickt und sieht unglücklich aus dabei.

»Das Kind hatte doch schon ein Eis, Gudrun.«

Mutter ist aufgestanden, hat dabei den Stuhl hinter sich umgeworfen, alle Leute gucken, sie schreit: »Mein. Kind. Bekommt jetzt noch ein zweites Eis!« Sie hebt den Stuhl auf, setzt sich wieder, dreht sich zum Kellner um, der eilig herbeigelaufen kommt: »Herr Ober, bitte noch ein Spaghettieis für meine Süße. Und ich nehm ein Glas Prosecco!« Die Oma sagt nichts mehr, hat die Hand vor den Mund gelegt und sieht die Fußgängerzone hinunter. Mutter streichelt Silkes Arm und lächelt komisch. Das neue Spaghettieis schmeckt nicht mehr so gut und schmilzt in der Nachmittagssonne.

3

Das Büro war eine Frechheit. Es war winzig. Wolfgang Lechner saß Möninghaus gegenüber und rieb sich dauernd die geröteten Augen, starrte in den Pausen angestrengt auf den riesigen Bildschirm seines Computers, der Rücken seines Bürostuhls schabte an der Wand hinter ihm: »Boah, Scheiße! Ich seh gar nix, ich müsste viel weiter weg sitzen.«

»Du brauchst vor allem eine Brille, alter Mann!« Auch Möninghaus saß eingeklemmt zwischen Tischkante und Mauerwerk. Sie hatten die Armlehnen seines Bürostuhls abgeschraubt, so konnte er zumindest seitlich von der Sitzfläche rutschen, um aufzustehen.

»Wohin?« Der junge Mann stand im Türrahmen, in seinen Armen die ersten drei von insgesamt zehn Jahrgängen *KunstStücke – das Magazin für Gegenwartskunst*, die Möninghaus im Archiv bestellt hatte.

»Es heißt *wohin, bitte*. Und jetzt kommen Se rein und packen das hier auf meinen Schreibtisch, bitte«, sagte Möninghaus und winkte den jungen Mann durch die Tür. Die Tür stand immer offen, Möninghaus und Lechner hatten Angst zu ersticken, die Fenster ließen sich nicht öffnen, wegen der teuren Klimaanlage, das hatte ihnen der Hausmeister beim Einzug erklärt.

»So. Das sind dann alle«, erklärte der junge Mann nach wenigen Minuten.

Möninghaus blickte mit großer Müdigkeit auf die Heftstapel, die seine gesamte Schreibtischfläche einnahmen. »Drüben, bei meiner Frau, ne: Jedes scheiß Kochrezept aus deren

Versuchsküche wird da digitalisiert, sogar Leserrezepte werden für die Ewigkeit verschlagwortet, verlinkt und archiviert, jederzeit abrufbar, von jeder Suchmaschine dieser Erde, ein Kosmos gefüllt mit unzählbaren Kartoffelsalatvariationen und Kürbissuppen mit Ingwer, dazu 400 Millionen Muffinrezepte! Alles online, alles digital.« Möninghaus sackte in sich zusammen und blätterte in einem der vergilbten Hefte. »Aber mal ein paar ältere Ausgaben von Deutschlands größter Kunstzeitschrift für das Internet aufzubereiten, das ist ja offensichtlich nicht möglich.«

Lechner gab den Braunauer: »Wissen Sie, Möninghaus, mit der Kunst ist das im Verlagsgeschäft genau wie im richtigen Leben, Kunst muss man sich leisten können!«

Möninghaus lachte gespielt hysterisch und wandte sich dann dem immer noch wartenden jungen Mann zu: »Sie stehen nämlich gerade mitten in der Redaktion von Deutschlands größter Kunstzeitschrift, ja-ha!« Zur Unterstreichung der Aussage stieß Möninghaus seinen Bürostuhl rhythmisch gegen die Wand in seinem Rücken, Tapetenfasern platzten, Putz bröckelte. »Und Sie sind?«

»Philip Wesseling.« Schweigen. Philip Wesseling starrte auf den zerbröselten Mörtel unter Möninghaus' Bürostuhl.

»Und weiter? Mensch, nun lassen Sie sich doch nicht alles aus der Nase ziehen, was machen Sie hier?«

»Volontariat. Ich mache ein Volontariat. Hier nebenan, bei den Kundenmagazinen. Die Frau Eschenrieder vom Sekretariat hat gesagt, ich soll die Hefte für Sie aus dem Archiv abholen.«

So sehen also heute angehende Journalisten aus, dachte Möninghaus und betrachtete Philip Wesseling wie ein Gemälde. Das Auffälligste an dem jungen Mann war ein Bart, wie Möninghaus ihn bei kanadischen Holzfällern erwartet hätte, der Bart mündete übergangslos in eine auch ansonsten üppige Haarpracht in Blond und Braun, die der junge Mann offensichtlich mit Gel zu bändigen versucht hatte. Ein, wie Möninghaus fand, übertrieben auffälliges, schwarzes Brillengestell rahmte die wachen Augen, der Volontär trug grüne Jeans und ein T-Shirt mit der Aufschrift *helvetica bold*. Der Bart machte den Jungen alt, dachte Möninghaus.

»Wie alt sind Sie eigentlich?«

»25.«

»Und Sie sind angehender Journalist?«

Philip Wesseling lächelte und nickte kurz und wackelte dann mit dem Kopf.

»Na dann, viel Erfolg!«, sagte Möninghaus, und er ärgerte sich, dass es so ironisch klang, er hatte es ernst gemeint.

Möninghaus blätterte sich durch die Neunzigerjahre, Heft für Heft, machte Kopien, wenn er fündig wurde, und als er durch war, betrachtete er seufzend die magere Ausbeute. Alle Artikel, die je zum Thema Gustav Glander im *KunstStücke*-Magazin erschienen waren, ergaben ein überraschend bescheidenes Häufchen an Kopien, er hatte kaum einen längeren Text über einen der wichtigsten deutschen Künstler der Neunzigerjahre gefunden. Häppchenjournalismus, schon damals, den Leser nicht überfordern, schon klar. Auch die Archivmappen mit Ausrissen aus anderen Zeitungen, Zeitschriften und Magazinen waren eine Enttäuschung gewesen. Gustav Glanders Leben lag vor ihm, in Stichworten auf einem Block notiert. Geburt, Kindheit und Jugend im Allgäu. Verlässt das Gymnasium kurz vor dem Abitur und übernimmt mit einer Lebensgefährtin ein kommunales Kino in der Kreisstadt. Erste Ausstellungen in ebendiesem Kino, es finden sich keine weiteren Informationen, Hinweise oder Fotos zu den

Bildern. Glander geht Mitte der Neunziger nach New York, lebt im Greenwich Village, besucht die Kunsthochschule. Gleich die erste Ausstellung, *Golden Calf – the leftovers*, wird ein großer Erfolg. In den kommenden Jahren Zusammenarbeit mit dem New Yorker Galeristen Jean-Marie Feininger, dann fünf große Ausstellungen alleine in New York, später *documenta X*, Berlin Biennale, Art Basel, internationaler Durchbruch, letzte Ausstellung wieder in New York im Sommer 2001. Glander malte zu diesem Zeitpunkt nicht mehr und wird in einem der letzten Beiträge eines Redaktionskollegen als Konzeptkünstler der *Eat-Art* zugeordnet. Und das war es dann. Punkt. Glander, wie vom Erdboden verschwunden.

So sah es auch das Netz, Möninghaus hatte reflexartig die Recherche im Internet begonnen und einen ganzen Nachmittag verloren. Endlose, sich gegenseitig zitierende Seiten, die immer gleichen Bilder und Kunstwerke, die wenigen Fotos, die Glander selbst abbildeten, zeigten einen riesenhaften Mann, der immer etwas verloren in der Menge steht, in Galerien und Museen, auf Vernissagen und Empfängen, und alle, die ihn umringen, überragt. Die Haare sind praktisch kurz geschoren, die blauen Augen unter den buschigen Brauen immer wieder entrückt in die Ferne gerichtet. So, als gehöre Glander nicht dazu. Und immer wieder: Glander neben Feininger, der Kunsthändler immer auf Körperkontakt, eine Hand auf Glanders Unterarm gelegt oder auf den Rücken des Künstlers. Hält er sich fest oder hält er Glander fest, fragte sich Möninghaus beim Betrachten der Bilder. Und ansonsten: tote Links, erloschene Seiten, fehlerhaft-unlesbare Cache-Darstellungen, eine verwaiste Facebookfanseite *Glanderland* mit den bekannten Abbildungen und Fotos seiner Werke, hundertfach kopiert, gepostet, veröffentlicht. Möninghaus legte

Profile an, loggte sich ein und belastete seine private Kreditkarte, um Zugriff auf geschützte Archive und kostenpflichtige Beiträge amerikanischer Zeitschriften und Kunstmagazine zu bekommen, fand dabei die immer gleichen Beiträge über *the big german Glander*, selbstreferenzielle Ausstellungskritiken, die eher den wohlfeilen Geschmack des Rezensenten herausstellen, Berichte über Verkäufe und Rekordpreise. Und niemals ein einziges Wort von Glander selbst. *The big silence* ist der Titel eines Artikel aus dem Feuilleton der New York Times, darin beschreibt die Autorin Dana Juschkowa ihr vergebliches Bemühen, ein Interview mit Glander zu bekommen, ein Jahr lang schreibt sie ihm immer wieder Briefe, Mails, die alle unbeantwortet bleiben. Einmal begegnen sich Künstler und Journalistin auch, auf der *Thoughts about*-Vernissage, doch Glander weicht ihr aus, winkt ab, ist in Eile, nicht greifbar und bleibt stumm. Möninghaus musste sich beim Lesen immer wieder die Lachtränen aus den Augen wischen, die Erfahrungen der amerikanischen Kollegin decken sich mit denen deutscher Medien, nicht mal zu seinem Besuch bei der *documenta*, einem Heimaturlaub quasi, äußerte Glander sich persönlich. Sein Galerist versprüht hier und da Allgemeinplätze und wird zitiert mit Aussagen wie »... tritt der Künstler hinter seinem Werk zurück« oder » es spricht doch sein Werk für ihn«.

Bli und Bla und Blub, dachte Möninghaus. Und dann verschwindet Gustav Glander über Nacht. Nach einer Ausstellung in New York, im Sommer 2001. Weg. Und erst einmal merkt das auch keiner, weil Kunstjournalismus kein Tagesgeschäft ist. Und so findet Möninghaus am Ende des Tages genau zwei Artikel, die sich nach 2001 noch mal mit Gustav Glander beschäftigen. In der *Washington Post* fragt 2005 ein Journalist anlässlich einer von Feininger inszenierten Glander-Retrospektive nach dem

Künstler. Feiningers Antwort bildet den Schlusssatz des Artikels: »He said, okay, let's meet on Sunday for a good barbecue, I'll be there! He turned around, walked out of my office and this was the last time I ever saw him.«

Der zweite Artikel war von 2003 und aus der *KunstStücke*, eine satirische Miniatur über Schnelllebigkeit und Hype in der modernen Kunst, Glanders Verschwinden darin ein Nebensatz, die neuen deutschen Stars Jonathan Meese, Neo Rauch und Daniel Richter beherrschen das kurze Stück, in dem es auch um die *Neue Leipziger Schule* geht. Geschrieben hatte den Artikel ein Gerd Möninghaus. »Ach du liebe Güte.« Gerd Möninghaus quälte sich aus seinem Schreibtischstuhl, er brauchte jetzt einen Kaffee.

Während er im Flur auf den Kaffeeautomaten eintrat, der ihm ohne jegliche Gegenleistung sein Geld abgenommen hatte, fasste er den Entschluss, Gustav Glander zu finden. Wenn möglich für ein Interview. Ganz bestimmt sogar für ein Interview, dachte Möninghaus, während er dem Kaffeeautomaten zusah, der sich überraschend doch noch zur Mitarbeit entschlossen hatte und röchelnd dünnen Kaffee in den Plastikbecher tröpfeln ließ.

Braunauers Worte bei ihrer letzten Begegnung fielen ihm wieder ein. *Überzeugen Sie mich, Herr Möninghaus,* hatte er gesagt. *Rechtfertigen Sie das in Sie gesetzte Vertrauen. Große Geschichten, Herr Möninghaus. Emotionen. Rock 'n' Roll! Schaffen Sie das, Herr Möninghaus?,* hatte Braunauer gefragt. Ein letztes Tröpfchen Kaffeebrühe tropfte in den Becher, wie der Punkt unter einem Ausrufezeichen. Ja! Er würde Glander finden. Wenn Glander noch lebte. Wenn er wirklich der Mann im Restaurant gewesen war. Und er würde ein Interview mit einem der erfolgreichsten Künstler der Neunzigerjahre führen, dem verschwunden geglaubten, großen Glander! Das dürfte selbst für einen Kretin wie Braunauer genug

Rock 'n' Roll sein. In Möninghaus' aufsteigende Euphorie ob seines wagemutigen Planes mischte sich ein lautes *Klack* aus dem Inneren des Kaffeeautomaten, der sich daraufhin röchelnd räusperte, sichtbar vibrierte, um dann eine satte Portion dampfenden Milchschaum in den Plastikbecher zu husten.

»Das hab ich nicht gedrückt«, flüsterte Möninghaus in den leeren Flur, dann schrie er den Kaffeeautomaten an: »Ohne Milch!«

»Du, ich geh heute früher.« Stöhnend pellte sich Lechner hinter seinem Schreibtisch hervor, hielt sich dann beide Hände auf die Bandscheiben: »Hab Rückenschule heute.«

»Ist gut.« Möninghaus nickte knapp ohne aufzusehen, stellte den dünnen Plastikbecher mit dem glühend heißen Getränk fluchend ab und pustete auf seine Fingerspitzen.

»Seit wann trinkt der feine Herr denn Cappuccino?«, flötete Lechner.

Als sein Kollege das Zimmer verlassen hatte, öffnete Möninghaus ein Browserfenster und tippte *Facing the sun* in die Videosuche ein. Er öffnete die unterste Schreibtischschublade, fischte Kabelsalat heraus, in dem sich auch ein Kopfhörer befand. Beim Entwirren war Geduld gefragt, aber es gelang ihm doch, ein paar Zentimeter Kabel zu gewinnen, er setzte den Hörer auf, ging mit seinem Kopf näher an die Anschlussbox, schob den Stecker in den Anschluss und startete das Video. Eine zarte Akustikgitarre wurde gespielt, ein tiefer warmer Bass gesellte sich dazu, angenehmer Gesang, *We will be facing the sun, waiting for these things to come.* Ein Mann, wahrscheinlich dieser Fritz Kalkbrenner selbst, lief in einem schwarz-weiß gedrehten Video fröhlich durch … das war doch Berlin, ja. Und schöne junge Menschen waren zu sehen, standen vor der Kamera und sahen ihn, Möninghaus, an.

Eine junge Frau mit Schlapphut erinnerte ihn an Michaela, *we are smiling high, watching the good things passing by* … Plattenbauten rauschten durchs Bild, eine Brücke, auf der der Künstler lange verharrte, während Passanten ihn umspülten, getragen von einem federleichten Rhythmus und dem ruhigen Pulsschlag des Basses … *but inside we're crying sometimes.* Wie schön das alles war, so freundlich, so melancholisch, so versöhnlich. Das war also die Musik seiner Tochter. DJane Mika. Mit den blauen Haaren. *It ain't what it seems, nothing but a dream, and the faces get void and the lights are getting thin* … dreimal spielte er das Video ab, dann wischte er sich mit dem Hemdsärmel über die Augen, räusperte sich und griff zum Telefon.

»Silke, ich bin's. Ja. Hallo! Sach mal, was hältst du davon, wenn wir zwei Hübschen mal für ein paar Tage nach Ibiza fliegen?«

»Sie wird uns umbringen.«

»Das Risiko müssen wir eingehen«, sagte Gerd Möninghaus und lachte.

4

»Ein Kino?«

Gustav Glander nickte, knetete unter dem Abendbrottisch seine Hände, zwang sich, den Vater anzusehen, nickte nochmals, bestimmter diesmal. Josef Glander griff sich noch ein Radieschen, salzte üppig, kaute lang, sah dann hinüber zu Katrin, die ebenfalls nickte, so ernst. Er betrachtete Katrin lange, die Freundin seines Sohnes, er konnte in ihrem Gesicht immer noch das kleine Mädchen von früher erkennen, das damals, an einem Mittag, auf dem Hof nach Gustav gefragt hatte. Gustav war wortlos nickend in der Tür erschienen und ihr von da an überall hin gefolgt. Das zarte Mädchen mit den leuchtend roten Haaren vorweg, mit ernstem Entdeckerblick. Der große, schlaksige Bub hinterher, schicksalsergeben und doch nicht unfreiwillig, wie es schien. Auf ihre Anweisung hin hatte er den Bachlauf hinter dem Sägewerk gestaut, bis das Wasser ans Haus geflossen war. Zusammen hatten die Kinder im Garten süße Erbsen aus der Schote gegessen und Himbeerbüsche kahl genascht. Einmal gab es eine Zirkusvorstellung, den ganzen Sommer hatten sie geübt, Gustav gab einen schweigenden Zirkus-Conférencier, der mit knappen Armbewegungen Sensation um Sensation ankündigte: erst den Hofhund, den Katrin erstaunlicherweise dazu gebracht hatte, durch einen auf dem Boden abgestellten Hula-Hoop-Reifen zu spazieren, dann die weltberühmte Tänzerin Katrina Lupina, die Gustav mit ernster Miene aufforderte, den Kassettenrekorder zu starten, um dann zu *Rivers of Babylon* von Boney M. mit einer Stoffschlange zu tanzen, die während des Tanzes mehrfach und erfolglos versuchte, die berühmte Katrina Lupina zu verspeisen. Magda und Josef Glander hatten alle sechs Vorstellungen des Zirkus besucht, an einem Tag. Und es schien Josef Glander, als habe er die Kinder irgendwann für nur einen kurzen Augenblick aus den Augen verloren, bevor sie eines Tages als zwei Jugendliche aus dem Wald gekommen waren, Hand in Hand, Katrin mit einem Lächeln auf den Lippen und Gustav mit rotem Kopf.

»Also für mich klingt das super!« Magda Glander griff nach einer Brotscheibe, und Josef Glander verstand in diesem Moment, dass alles schon entschieden war, dass niemand hier am Tisch sein Fernweh teilte und auch sein Sohn hierbleiben würde, da, wo sie hingehörten.

»Da bindet ihr euch ja schon sehr stark, so ein Haus, so ein Plan. Wollt ihr nicht noch was erleben, studieren vielleicht, raus in die Welt, ihr seid doch noch jung?«

Katrin blies sich eine Locke aus dem Gesicht: »Josef! Mit dem Kino bringen wir doch die Welt zu uns, und ein Erlebnis wird das mit Sicherheit, ein Abenteuer! Gustav kann Kunstausstellungen machen im Foyer und auch in den Schaukästen seine Bilder zeigen. Und wir wohnen und arbeiten zusammen, ich würde am liebsten sofort loslegen!«

Er spürte die Hand seiner Frau, die die seine gegriffen hatte und intervallartig drückte, Josef Glander nickte: »Gut also. Ihr müsst auch nicht warten, bis ich tot bin, erbt ihr eben jetzt schon. Wie viel braucht ihr denn für den Anfang?«

»8.000 DM kostet die Renovierung, sagt die Baufirma, Papa. Wir zahlen's ja zurück. Und ich kann dir auch im Sägewerk helfen.«

Josef Glander schüttelte unwirsch den Kopf, das war es, was die Leute auch immer sagten, der Josef, sagten die Leute, der hat's gut. Einen Baum von einem Sohn und ein Sägewerk, der muss sich nicht kümmern ums Erbe. Wie bitte sollte er den Leuten erklären, dass sein Sohn lieber malte, als an der Säge zu stehen, und zwar schon immer. Angefangen hatte das mit dieser Zirkusnummer damals, ein Zirkusplakat hatte sich die kleine Katrin von ihrem Zirkusdirektor gewünscht, und der Bub hatte sich aus der Kreisstadtbücherei einen Fotoband zum Thema ausgeliehen und begonnen, Löwen zu malen und Clowns, hell erleuchtete Manegen mit Elefanten und Dompteuren, Artisten, die in luftiger Höhe auf Seilen balancierten. Und dann hat er nicht mehr aufgehört, der Gustav. Und gemalt und gemalt und gemalt, das kann man den Leuten wirklich nicht erzählen, und mittlerweile an drei Kunsthochschulen abgelehnt. Vielleicht ist das ja wirklich eine gute Idee mit dem Kino, dachte Josef Glander und wiederholte den letzten Satz seiner Gedanken laut.

Der alte Gemeindesaal war nicht wiederzuerkennen nach diesem Sommer, nur der Holzboden knarrte vertraulich an den immer gleichen Stellen, ein roter Teppich trennte zwei Blöcke mit Stuhlreihen, insgesamt achtzig Menschen pro Vorstellung konnten über die neue große Leinwand auf der Bühne die Filme verfolgen. Dicke schwarze Gummivorhänge, die leicht nach Fahrradschläuchen rochen, schlossen den Tag aus, die Nachmittagsvorstellungen liefen allerdings noch schlechter als die Abendvorstellungen, oft kamen so wenige Gäste, dass Katrin alles alleine machte, die Kasse, den Einlass, den Verkauf von Popcorn und Getränken, während Gustav oben in der ehemaligen Vikariats-Wohnung zeichnete, bis von unten Staubsaugergeräusche zu hören waren. Spätestens gegen 23 Uhr kam Katrin nach oben, und die Gespräche glichen einander, Abend für Abend.

Katrin warf ihm nicht weiter bestimmte Faulheit vor und Desinteresse, Gustav kritisierte ihre Programmplanung und schlug vor, es doch auch mal mit einem Publikumsmagneten zu versuchen, auf Deutsch und ohne Untertitel.

»Den Scheiß können die Leute überall sehen«, pflegte Katrin dann zu sagen, später ihre Tränen, Vorwürfe, das Türenknallen. Wortloses und schlechtes Einschlafen, immerhin noch nebeneinander.

»Kinder«, hatte Magda Glander immer gemahnt, »das Wichtigste in einer glücklichen Beziehung ist, dass man nie unversöhnt zu Bett geht. Man kann sich mal streiten, aber bevor die Nachttischlampen gelöscht werden, muss man sich vertragen. Stellt euch vor, ihr geht im Zorn ins Bett und einer wacht nicht mehr auf.«

Katrin und Gustav hatten das versucht, doch die Rechnungen und Mahnungen, die Ohnmacht, der Zorn wogen zu schwer. Am nächsten Morgen waren alle am Leben, jeder für sich, zäh und stumm und lieblos. Unten in den Schaukästen welkten Gustavs Bilder, die auf seine Ausstellung im Foyer aufmerksam machen sollten, gerahmt zwischen Vorschaubildern zum aktuellen Film. *Überall ist es besser, wo wir nicht sind.* Den Film sah sich Katrin während jeder Vorstellung komplett an, verlängerte seine Laufzeit trotz der sinkenden Besucherzahlen, saß zuletzt alleine im Vorführraum, bewegte still die Lippen und sprach die Dialoge mit.

Das mit den Konzerten war Gustavs Idee gewesen, es lief gut, anfangs. Die Bands aus der Umgebung kamen und spielten vor vollem Haus, *Bellybutton & the Knockwells*, *MoskovSKAya*, aus der Schweiz *Jellyfish Kiss*, und einmal war es gelungen eine Band aus Berlin zu verpflichten, die *Lassie Singers* gaben ein Konzert und es kamen Hunderte, aus der Kreisstadt und von überall, in Autos, mit Bussen. Irgendwann an diesem Abend öffnete Katrin alle Fenster, damit auch die Leute draußen das Konzert hören konnten, drinnen standen die Zuschauer bis zur Eingangstür, dicht gedrängt, schwitzend, lachend, und alle sangen mit, lautstark: »*... so sind wir und so bleiben wir, und wenn's euch nicht passt, was wollt ihr hier!*«

Damals hatten sie, am Ende dieser langen, glücklichen Sommernacht, zum letzten Mal miteinander geschlafen, nach Rauch, Schweiß, Suff und Lebensfreude riechend.

Die Konzerte brachten etwas Geld, es blieb mehr in der Kasse, als es das Filmgeschäft einbrachte, das Kino wurde zum Konzertsaal, es reichte trotzdem zu nichts, gerade eben so zum Leben, und auch nur, wenn sie die Notwendigkeit der Mietzahlung ausblendeten. Gustav sammelte die Mahnbriefe der Hausverwaltungsgesellschaft in einer Küchenschublade. Im folgenden Winter war Gustav viel alleine, lief ruhelos durchs ausgekühlte Haus, die Heizungen waren längst abgestellt und Katrin wieder zu ihren Eltern gezogen, war einfach nicht mehr zurückgekehrt, nach einer wochenlangen Grippe. Es hatte ausdauernd geschneit in den vergangenen Tagen, und Gustav stand oft am Küchenfenster und sah zu, wie die Welt jeden Tag ein bisschen mehr verschwand. Erst die gestoppelten Felder und Weiden, die Gehwege und geparkten Autos, dann die Bäume, Schilder und Dächer, bis die Landschaft sich in eine grauweiße Leerheit verwandelt hatte, ohne oben und unten. Nur die geräumten Straßen durchzogen den endlosen Raum, wie dunkle Adern, in denen das Blut zu schlagen aufgehört hatte. Gustav wählte die Nummer von Katrins Eltern, er war dankbar, dass sie gleich selbst am Apparat war.

»Es ist so seltsam«, sagte er grußlos, nachdem sie sich gemeldet hatte. »Ich vermisse dich so. Also ob ich nur ein Halber wäre, ohne dich, Katrin. Und wir streiten so viel, und dann möchte ich alleine sein und bin müde, und dann ist es aber auch nicht recht, wenn du nicht da bist. Ich glaub, ich kann gar nicht ohne dich.«

»Musst du doch auch gar nicht.«

»Vielleicht aber doch.«

»Was redest du denn für einen Quatsch.«

Gustav betrachtete den blauen Briefumschlag in seiner Hand, den Brief aus New York.

»Bist du noch da?«

»Ja. Sag mal, würdest du mit mir nach New York gehen?«

»Was? Also. Bist du betrunken, Gustav Glander, am helllichten Tag? Was redest du denn da? Wir sind pleite, Gustav, keinen Pfennig haben wir mehr. Wir machen jetzt am Samstag noch das letzte Konzert, und Sonntag ist der Laden zu. Und im neuen Jahr startet mein neues Leben als Hotelfach-Auszubildende im *Seehof* in Kreitnau.«

»Du machst was?«

»Ja, ich hab mich beworben. Gustav, ich bin 23 Jahre alt, das ist nicht zu spät. Und du solltest dir auch was überlegen. Einfach mal nachdenken. Dich selber fragen: Was mach ich gerne?«

»Was machst du denn gerne?«

»Gastgeben. Ich bin gerne Gastgeberin. Das hab ich im Kino gelernt, und ich bin darum auch dankbar, dass wir das gemacht haben, und wenn's nur dafür gut war, festzustellen: Ich habe gerne Gäste.«

»Ich kann gar nix.«

»Ich ja auch nicht, Gustav, darum lerne ich das jetzt. Und außerdem stimmt das ja so auch nicht. Du bist Künstler, Gustav, du malst, du zeichnest, das ist doch was, das kommt ja aus dir.« Gustav hörte, wie Katrin scharf ausatmete. »So komm, wir machen jetzt erst mal das Ding zu, feiern das letzte Konzert und dann fangen wir einfach neu an. Wir sind noch zusammen, Gustav. Das ist doch was. Ich liebe dich, du schweigsamer Quatschkopf. Und wir sehen uns Samstag.«

Nachdem Katrin aufgelegt hatte, lauschte Gustav noch einer Weile der Stille in der Leitung, hielt sich dann den Brief mit der Stipendiumszusage für die Kunsthochschule in New York vors Gesicht. »Ich kann nix!«, rief er in den Hörer, bevor er auflegte.

Katrin sah toll aus, sie hatte sich ein schwarz-weiß gepunktetes Band in die roten Haare gebunden, sie trug hochhackige schwarze Schuhe zur Jeans und ein grob kariertes Baumwollhemd, ihre Nägel waren feuerrot lackiert. Gustav lud die Bierkisten vom Getränkehändler aus dem Auto und trug sie hinter den Bartresen.

»Kalt genug ist es ja hier drin. Lach mal, Gustav! Gleich kommen die *Leningrad Cowboys*!«

Der Anruf war im Oktober gekommen, der Herr am Ende der Leitung hatte sich mit putzigem Akzent als Aki Kaurismäki aus Finnland vorgestellt und war nicht weiter auf Katrins Zwischenfrage »Der Regisseur etwa?« eingegangen, stattdessen hatte er gratuliert: »Gratulations. We have list here. And list says, your cinema smallest cinema in Deutschland showing our film *Leningrad Cowboys Go America*. We like small things, and we want to say Danke for that. So we come play on a day free at our *Leningrad Cowboys Christmas Tour.* In German the tour is called *Besinnliche Weihnachtstour.*« Der Mann ließ sich auch nicht abwimmeln, als Katrin erklärte, man habe den Betrieb quasi schon eingestellt, wegen der schlechten Zuschauerzahlen. »We like fail! So we play for free! You bring the beer, we bring vodka and music. Merry Christmas.«

Ein paar Tage später waren Plakate der tatsächlich anstehenden *Leningrad-Cowboys*-Tournee in der Stadt aufgetaucht und Katrin hatte lange die Lücke zwischen dem Auftritt in Stuttgart und dem folgenden Auftritt am übernächsten Tag in Zürich angestarrt und dann beschlossen, an Weihnachtswunder zu glauben.

»Sie kommen!«, rief Gustav, als er atemlos den Karton mit dem Tequila und den Zitronen auf den Tresen wuchtete. »Eben vorgefahren.«

Die Cowboys trugen, wie im Film, imposante Schnabelschuhe und schwarze Anzüge, dunkle Sonnenbrillen und wachsgestärkte Haartollen-Hörner und staunten nicht schlecht, als sich ein paar Stunden später Hunderte von Menschen vor der kleinen Bühne drängten, die alleine durch ihre Körperwärme den kalten Saal in eine Sauna verwandelten, noch ehe ein Ton gespielt war. Das Kondenswasser lief bereits in feinen Rinnsalen über die blinden Fenster, als Aki Kaurismäki selbst, als Weihnachtsmann verkleidet, in einem sargähnlichen Schlitten mit Außenbordmotor über die Bühne gezogen wurde, »Ho-ho-ho-ho!«, rief und Geschenke aus dem Sarg schaufelte. Die Cowboys stürmten die Bühne und packten umständlich aus. Das Publikum johlte, in jedem Päckchen befand sich, unabhängig von Größe und Form der Verpackung, eine Flasche Wodka. An jedem Päckchen war außerdem ein Zettel angebracht, der verriet, aus welchem Land die freundliche Gabe stammte. Dankbar sangen die *Leningrad Cowboys* dann ein selbst erfundenes, typisches Weihnachtslied aus dem entsprechenden Land, *The Nikolaus from Ipanema, O Tannenbaum* in finnischer Sprache, Wodka wurde rumgereicht, später lagen sich alle in den Armen, noch später Pogo zu *Kalinka, kalinka, kalinka moja! W sadu jagoda malinka, malinka moja!*

Katrin erwachte als Erste, es war taghell im Schlafzimmer und kalt, ihr Gesicht schien aus Eis, sie tauchte tiefer unter die Decke, neben ihr lag Gustav und atmete gleichmäßig, schlief ruhig und traumlos. Unten im Haus fiel eine Flasche zu Boden und zersprang klirrend, Gustav zuckte im Schlaf zusammen, Katrin setze sich auf und lauschte. Jemand war im Haus. Sie sah auf die Uhr, halb eins am Mittag. Wann waren sie ins Bett gegangen? Katrin stand auf und zog sich Gustavs Kapuzenpulli über, der nach Rauch stank, fand ihre Hausschuhe und öffnete die Wohnungstür. Auf der Treppe ins Erdgeschoss saß einer der Leningrad Cowboys, quer zur Stufe, den Rücken an die Wand gelehnt und schnarchte. Katrin stieg über seine Beine, unten fanden sich noch mehr Cowboys, drei hatten es sich auf dem Bühnensofa gemütlich gemacht, einer war wach und rauchte, hob die Hand zum Gruß, als er Katrin sah, und legte dann einen Zeigefinger an seine Lippen. Überall leere Flaschen und Scherben, es stank nach altem Schweiß und kaltem Rauch, Katrin zog die schweren Vorhänge beiseite, kippte eines der Fenster, und die Winterkälte schnitt wie ein Schwert in den Mief. Auch im Vorführraum lagen zwei Cowboys, einer saß an der Bar und ließ letzte Tropfen aus einer Wodkaflasche in sein Glas träufeln, er nickte freundlich. Katrin ging durch die Eingangshalle, sah aus dem Erkerfenster der Eingangstür hinaus in den Hof. Aus einer Schneewehe ragte der Bus der Cowboys. Hinter den beschlagenen Fenstern erkannte sie Kaurismäki, der sich auf dem Fahrersitz die Zähne putzte. Er kurbelte das Fenster nach unten, spuckte blauen Schaum in den Schnee und kurbelte das Fenster wieder hoch. Er trank aus einer Bierflasche, gurgelte und schluckte. Schaltete das Radio ein, lehnte sich im Sitz zurück und schloss die Augen. Ganz leise schlich die Musik aus dem Auto, über den Hof bis ans Haus, traurige Streicher spielten, Nick Cave und Kylie Minogue saßen im Schnee, sangen von wilden Rosen, so schön, dass Katrin an der Tür stehen blieb, bis der Radiomoderator mit sich überschlagender Stimme alles ruinierte.

Es gab Aufbackbrötchen, die Gustav in der Gefrierklappe des Kühlschranks gefunden hatte und oben in der Wohnung aufbuk, es gab Teewurst dazu und ein halb leeres Glas Nutella. Katrin hatte Kaffee gekocht, und die Cowboys holten Tüten mit Erdnussflips aus dem Bus, tranken Dosenbier und steckten sich gegenseitig Gummibärchen in die Schlitze ihrer Dosen, Riesengelächter. Eine Schneeballschlacht später saßen sie alle im Bus und winkten zum Abschied, als sie aus dem Hof auf die Straße einbogen und nach kurzer Fahrt von Schnee und Stille verschluckt wurden. Katrin und Gustav standen schweigend in einer lautlosen Welt.

»Komm, wir räumen unser Leben auf«, unterbrach Katrin die Stille, stellte sich auf die Zehenspitzen und küsste Gustav zärtlich auf die kalten Lippen.

»Ich hab ein Stipendium für New York«, sagte Gustav und zog sie an sich, umarmte sie, so fest, als wolle er verhindern, dass sie irgendetwas dazu sagen könnte.

5

Museumsdirektor Professor Albrecht hatte gut gefrühstückt an diesem Morgen, eine Schale *Dr. Stürmers Fit für den Tag Low-Fat-Müsli.* Mittags hatte Mareike, die Praktikantin von der Kunsthochschule, ihm einen Sprossensalat aus dem *Green Veg*-Restaurant geholt. Mit dem falschen Dressing. *Italian,* hatte er gesagt, nicht *French.* Er hatte die rosafarbene Tofu-Pampe so gut es ging von den Salatblättern geschabt und dazu energisch ein Vollkornbrötchen zerkaut. Jetzt kämpfte Professor Albrecht plangerecht mit dem dritten Liter Mineralwasser. Fünf würden es heute insgesamt werden. Er musste oft auf die Toilette. Die Wartezeit auf den Abend versüßte er sich mit einer Tüte *Dr. Stürmers Fit für den Tag Fruchtgummis.* In der Zeitung hatte er gelesen, dass dieser Dr. Stürmer einen Herzinfarkt erlitten hatte, beim Waldlauf. Die Fruchtgummis schmeckten ausgezeichnet, waren aus reinem Fruchtsaft und angereichert mit wertvollen Vitaminen und Mineralstoffen. Beim Joggen um die Alster ließ es Professor Albrecht jetzt trotzdem ruhiger angehen.

Er rülpste Kohlensäure und sah auf die Uhr. Das Museum war heute bis Mitternacht geöffnet. *Museum bis Mitternacht* nannte sich die Veranstaltung, eine Idee der Kulturbehörde, die ihn zwang, zweimal im Jahr die halbe Nacht in seinem Büro zu verbringen, während sich unter ihm Horden angetrunkener Kunst-Touristen durch die Ausstellungsräume quetschten. Für den Preis einer Eintrittskarte hatten die Besucher das Recht auf eine Überdosis Kultur erworben. Busse karrten die Teilzeit-Bildungsbürger von Museum zu Museum, Antike, Völkerkunde, Ägypten,

Naturkunde, Moderne Kunst all inclusive. Das Rathaus hatte außerdem angeregt, jedes Museum möge doch bitte etwas mit *Eventcharakter* beisteuern. Sekt auf jeden Fall. Feuerspuckende Gaukler oder verkleidete Angestellte in historischen Trachten oder Märchenerzähler oder folkloristische Musikanten. Professor Albrecht hasste diese Kultur-Kirmes, zudem schien ein Fluch auf dem Museum für Moderne Kunst zu liegen, seinem Museum. Erst gegen Ende der Nacht traf sich die amüsiersüchtige Masse hier, um über Jackson Pollock zu lachen, ehrfurchtsvoll vor Warhol rumzurutschen und Nam June Paiks Videos zu glotzen, mit einem letzten Glas Sekt in der Hand. Dieses Jahr hatte Professor Albrecht vorgesorgt. Er hatte Mareike angewiesen, den zuckersüßen Prosecco vom Supermarkt auf gar keinen Fall zu kühlen. Von der Musikschule seiner Frau hatte er eine Geigen-Schülerin entliehen, die seit Stunden schon Klassisches fiedelte, schief, kreischend, grausam. Aber gerecht, fand Professor Albrecht. Er hatte die Musikerin gleich an der Eingangstür postiert, zur Abschreckung. Mareike kümmerte sich unten um die ungebetenen Besucher.

Die Praktikantin platzte in sein Büro, ohne anzuklopfen.

»Mareike, sagen Sie mal, können Sie nicht…«

Jetzt fiel sie ihm auch noch ins Wort: »Herr Professor Albrecht, einen schönen Gruß soll ich sagen, der Herr Möninghaus ist unten.«

»Möninghaus, der vom *KunstStücke Magazin*?«

»Ja, ich glaube.«

»Wo?«

»In der Glander-Retrospektive, Saal 2 C.«

»Ich weiß, wo die Glander-Retrospektive ist«, brummte

Professor Albrecht ärgerlich, zog sein Jackett über und machte sich auf den Weg.

Möninghaus, dachte er. Wieso meldet der sich eigentlich nicht an? Und warum habe ich nur warmen, süßen Prosecco und diese Geigerin aus der Hölle, dachte er, als er den Saal betrat. Die Geigerin war auch hier klar zu vernehmen. Professor Albrecht fluchte leise über diese hörbare Unerhörtheit, dann setzte er sein strahlendstes Lächeln auf, als er Möninghaus in der Menge entdeckte, an dessen Seite ein junger Mann mit einer Art Wikingerbart, wie ihn auch die männlichen Museums-Praktikanten jetzt trugen. Alle beide hielten eisig beschlagene Sektflöten in der Hand. »Der Prosecco ist kalt?«, raunzte er der Praktikantin zu, die versuchte, mit ihm Schritt zu halten.

»Ja, der schmeckt doch so viel besser, dachte ich mir, Herr Professor«, antwortete sie. Professor Albrecht musste sich ein Gefühl der Dankbarkeit eingestehen.

Mareike drückte Albrecht ein Glas Prosecco in die Hand, er stieß mit Möninghaus an, der ihn nach seiner Meinung gefragt hatte, dann stellte er das Glas, ohne getrunken zu haben, auf einem Besucherbänkchen ab: »Wissen Sie, gute Kunst sollte nicht illustrieren. Was immer Glander da auch in den Bäuchen der New Yorker Schlachthöfe gesehen und erlebt hat, er hat damit ein furzlangweiliges Gleichnis aus der Bibel übersetzt, für mich ist das religiös aufgeladener Kitsch. Aber das fand ja dann sein Publikum in New York! Ich glaube, es war diese beinahe schon altertümliche Wucht der Ölbilder, die Verneinung der Moderne zugunsten einer, ja, dann eben doch sehr vereinfachenden Verständlichkeit, die den Erfolg von *Golden Calf – the leftovers* möglich machte. Große Kunst war das für mich nie. Bis heute nicht. Die späteren Sachen fand ich wesentlich überzeugender«, sagte Albrecht und zeigte auf das Gemälde vor ihnen.

»Aber war denn nicht immer die Performance auch Teil der Glanderschen Kunst, grade bei *Golden Calf*?«, antwortete Möninghaus.

»Das Zunge-Essen? Glander hat ja nie getrennt zwischen Bild und Performance.« Albrecht wackelte mit dem Kopf: »Ehrlich gesagt ist das ja auch sein Dilemma. Ich war damals bei der Zungen-Nummer in Feiningers Galerie dabei und stellte im Laufe des Abends fest, dass ich einem Aufguss beiwohnte. Es fehlte schon ein Bild, und zwar das zentrale Bild der Serie, *Adams Rippe*. Das hatte Joffrey Kramer bereits gekauft, und der erzählte mir dann auch von dieser sagenumwobenen Vernissage in einem Deli, mit dampfenden Zungen, die einfach auf plastiküberzogene Tische geworfen worden waren. Und ich steh dann bei Feininger in der Galerie und hör mir das an und dann kommen drei Scheiben Zunge auf Porzellan an einer faden Tatarsauce neben einer trockenen Salzkartoffel, und das einzig Spektakuläre war das Gesicht der anderen angereisten Kunstsammler, als Kramer ihnen ein Foto von *Adams Rippe* zeigte. Ansonsten war da null Performance. Und ganz ehrlich, Performance-Kunst fand ich schon immer überschätzt. Kann man nicht kaufen, kann man nicht sammeln, da kann man nix nach Hause mitnehmen.«

»Na ja, doch!« Möninghaus staunte über die, wie er fand, herablassende Radikalität des Kunsthallendirektors. »Sie nehmen aus einer Performance ja immer auch eine künstlerische Idee mit, eine Experience, eine persönliche Erfahrung.«

»Und in Glanders Fall eine Erfahrung, die sich tags drauf in einem weißen Porzellanschlund manifestiert, was?« Albrecht lachte. »Nee, Herr Möninghaus. Reden wir's uns nicht schön. Die

Thoughts about-Reihe fand ich ganz gut, diese Barock-Zitate mit modernen Tellergerichten, das war große Malerei. Nur diesen Überbau mit den Prominenten und die Performance-Geschichten dazu, die hab ich nie verstanden, viel zu viel heiße Luft, meiner Meinung nach, da hätte er mal besser alleine auf die Bilder vertraut, das hat doch damals schon keiner gerafft. Kennen Sie dieses Video mit Madonna und dem Zwischenfall bei der *Thoughts about*-Vernissage im Rockefeller's Ballroom des *Clayton Hotels* in New York? Sollten Sie sich mal anschauen, gibt's auf YouTube, ein Riesenquatsch. Danach war dann Schluss. Aber sagen Sie mal, woher kommt denn Ihr plötzliches Interesse an Glander, sagen Sie bloß, ich habe das Glück, mal wieder in Ihrem Blatt erwähnt zu werden, mit unserer kleinen Sonderausstellung?«

Möninghaus lächelte einladend: »Machen wir doch gerne«, und überlegte kurz, ob er Albrecht von seiner Begegnung mit Glander erzählen solle, wenn es denn wirklich Glander gewesen sein sollte, verwarf aber die Idee und log unverbindlich. »Wir denken gerade auf einer Reihe rum, über Kriminalfälle in der jüngeren Kunstgeschichte, Fälscher, Museumsdiebstähle und so, und da passt der verschwundene Glander ja irgendwie auch rein.«

Albrecht zog die Augenbrauen nach oben, nickte anerkennend: »Spannend, ja, aber Glander ist doch damals einfach erst mal nur verschwunden, denken Sie, der wurde geklaut?« Albrecht lachte keckernd. »Oder von Spoerri entführt, haha! Schöne Idee! Der Spoerri klaut seinen *Eat-Art*-Nebenbuhler, damit die Preise für seine Fallenbilder stabil bleiben, hehehe!« Nicht wieder einkriegen wollte sich der Direktor, Möninghaus sah hinüber zur Geigerin und überlegte, ob er noch Aspirin in der Manteltasche hatte oder bis zur Rückkehr ins Büro würde warten müssen.

Zu seiner Überraschung ergriff Philip das Wort: »Herr Direktor Albrecht, was wäre denn, wenn Glander wieder auftauchen würde?«

Albrechts Lachen erstarb. »Und Sie sind?«

»Das ist unser Volontär, Philip«, erklärte Möninghaus.

Albrecht musterte den jungen Mann. »Das ist eine interessante Frage, Herr Philip. Aus dem Blickwinkel des Kunstmarktes gesehen, ist Glanders Verschwinden Segen und Fluch gleichermaßen. Die Preise der Bilder sind in den letzten Jahren kontinuierlich gestiegen und dürften explodieren, wenn die Auflösung seines Verschwindens, sagen wir mal, zuungunsten des Künstlers ausfiele. Nur sieht es zurzeit nicht nach einer Auflösung des Rätsels aus. Und darum gibt es auch seit Jahren keinen Markt mehr für Glanders Bilder. Das gesamte Werk des Künstlers, und es sei mir an dieser Stelle der Hinweis erlaubt, dass es sich zwar um ein viel beachtetes, aber eher übersichtliches Werk handelt, ist im Besitz von Kunstsammlern und Museen, und keiner bewegt sich, niemand verkauft. Würde Glander jetzt wieder auftauchen, dürfte er sich wohl erst einmal erklären und dann am besten weiterarbeiten! Haha. Fakt ist, nie war er wertvoller, der Gustav Glander, es wäre monetär, aber auch kunsthistorisch durchaus noch Luft nach oben, wenn ich das mal so sagen darf.«

Albrecht atmete tief ein: »So. Wort zum Sonntag. War noch was? Nicht? Dann empfehle ich mich, die Herren.« Er nickte knapp, zeigte dann mit dem ausgestreckten Zeigefinger auf Möninghaus: »Pressemitteilung zur Glander-Retrospektive mail ich Ihnen gleich noch mal, bedienen Sie sich noch am Sekt, haben wir extra gekühlt für Sie, Geschenk des Hauses. Und schauen Sie doch heute Abend noch mal rein – dann ist hier richtig was los!

Leider.« Über die Schulter winkend entschwand der Professor im Gewühl.

Braunauer saß in der Verlagskantine und konnte nicht sprechen, er hatte sich den Schokoriegel in Gänze in den Mund geschoben, kaute angestrengt, knüllte das Schokoladenpapier zusammen und warf es zum Rest Hühnerfrikassee auf seinem Teller. Er nickte zustimmend und wies auf die Stühle ihm gegenüber, sie nahmen Platz und Philip grüßte unsicher. Möninghaus nutzte die Gelegenheit, den Chefredakteur sprachlos zu erleben: »Wir waren eben im Museum und haben mit Albrecht gesprochen, der meint auch, es sei ja wohl eine Sensation, wenn es unserem Magazin gelänge, das Rätsel um Gustav Glander zu lösen. Viel haben wir nicht, wir müssen da echt ran. Philip hier übernimmt die Vorrecherche, wir holen uns die Polizeiberichte von damals, und ich würde sehr gerne mit ein paar Leuten sprechen, die Glander kannten, seinem Kunstlehrer beispielsweise, zu dem er eine besondere Beziehung gehabt haben soll, seine Mutter, die im Allgäu lebt, und so.« Braunauer nickte und kaute. »Das ist eine Reise nach Süddeutschland, Mietwagen, zwei bis drei Nächte, fertig. Denkbar?«, fragte Möninghaus.

Braunauer nickte, kaute, schluckte angestrengt, dann sagte er: »Gut. Machen wir.« Er erhob sich: »Günstige Hotels, ne! Frau Eschenrieder bucht für Sie. Das Hühnerfrikassee schmeckt übrigens scheiße. Mahlzeit! Ich muss dann mal wieder.«

PHILIP

Der Umzug ist gelaufen. Die neue Delle am Kotflügel des Transporters hat der Angestellte des Autoverleihs übersehen, und das Zimmer war in Ordnung, ziemlich weit draußen allerdings, wie Philip erst beim Blick auf den U-Bahn-Plan bemerkt hat. Die Fenster hatten Schlösser mit winzigen Schlüsseln zum Abschließen, *Immer abschließen, auch wenn Sie da sind*, hat der Vermieter gesagt und dann viel Glück gewünscht. Als die Bahn das Verlagsgebäude passiert, schaut Philip auf die Uhr, fast eine halbe Stunde ist er zu seinem neuen Arbeitsplatz unterwegs, Montag geht es los. An der Station Schlump steigt er aus, läuft durch den Park, am Wasserturm vorbei, bummelt dann durchs Schanzenviertel, ab und zu prüft er seinen Standpunkt auf dem Handy, den Spaziergang hatte er schon zu Hause in Waltrop erarbeitet. Er versucht einen portugiesischen Kaffee, der glühend heiß ist und bitter schmeckt, sieht hinüber zur Roten Flora, die Punks auf der Treppe des besetzten Hauses sehen nicht anders aus als die letzten ihrer Art in Bottrop oder Recklinghausen. Er lässt den Kaffee stehen und kauft sich beim türkischen Imbiss an der Ecke eine Dose Bier, genießt im Gehen das Gefühl, gleich mehrere verbotene Dinge zu tun, die er sich in Waltrop nicht leisten könnte: Bier zu trinken, unerkannt, auf offener Straße, am helllichten Tag, am heiligen Sonntag. Philip lacht in die Bierdose, nimmt einen großen Schluck und setzt seinen Spaziergang fort, studiert die Speisekarte am Restaurant *Nil*, schaut beim Millerntor-Stadion vorbei und erreicht endlich die Reeperbahn, die tagsüber nicht funktioniert. Die Straßen sind menschenleer, die Leuchtreklamen flackern müde, aus den Eingängen der Clubs riecht es nach Urin und kalter Asche, zwei Stadtreiniger fegen die Reste der Samstagnacht von links nach rechts. Das Bier macht hungrig.

In einer Seitenstraße entdeckt Philip ein Asia-Restaurant. Hier gibt es keine rote Samtverkleidung, Plätscher-Brunnen und lachende Buddhas wie zu Hause, unter Neonlampen stehen Holzhocker an einfachen Tischen, die Karte ist durchnummeriert und in fremden Schriftzeichen geschrieben. Philip bestellt mit einem Fingerzeig auf die Fotos: mit Shrimps gefüllte Tofublätter, gedämpfte Pilz-Dumplings und Nudelteigaschen mit Kimchi-Schweinehackfüllung, eine scharfsaure Suppe mit Hühnerfetzen. Er trinkt ein Becks, dann mutig ein Reisbier, das nach Rosen schmeckt. Er wird noch mutiger, bestellt Pflaumenschnaps und knorpelige Hühnerfüße und auf Rat des Kochs als Hauptgang: »Nomae 56, is wie Nomae 55 nur ohne Nocha, du lieber essen.« Dahinter verbirgt sich Ente mit Pak Choi, in Anisbrühe, ohne Knochen. Die Speisen schmecken wie sein neues Leben, denkt Philip, er findet diese Weisheit auf dem Boden des dritten Pflaumenschnapsglases. Schluss mit Langeweile und Kleinstadt, so sollte sein Leben ab jetzt immer schmecken, ungekannt würzig, neu und aufregend scharf. »Prost, Philip!«, ruft Philip und hebt das leere Schnapsglas in die Höhe. Die Belegschaft kichert. Als Philip nach draußen torkelt, ist es dunkel geworden. Überall brennen und blinken bunte Lichter, die Straßen sind belebter, aus den hell erleuchteten Clubs dröhnt Musik, die Nacht nimmt Fahrt auf. Philip hat keine Ahnung, wo er ist. Er weiß aber: Hier ist er richtig.

6

Das Erste, was Gustav sich in New York zugelegt hatte, war ein Tagesablauf. Durch die Strukturierung der Tage wurde die Fremde weniger fremd, ein sicheres Seil, an dem sich Gustav entlanghangeln konnte, während er zögerlich sein neues Leben erkundete. Ein Stück eigene, selbstbestimmte Welt, inmitten dieser bunten, ohrenbetäubenden, die Sinne überflutenden Riesenstadt. Früh am Morgen schon verließ er das Studentenwohnheim, in dem er ein günstiges Zimmer bezogen hatte, während seine Mitbewohner noch schliefen. Im Wohnheim roch es nicht gut, gerade morgens schien in den Gängen und Fluren, von denen die kleinen Zimmer abgingen, kaum noch Sauerstoff vorhanden zu sein, es roch nach Altkleidercontainer und nach Currynudel-Resten vom indischen Take-away an der Ecke. Es roch nach miefigen Socken, kaltem Rauch und den ewigen Räucherstäbchen in der offenen Teeküche auf dem Flur. Vor dem Wohnheim atmete Gustav tief ein, zog den Reißverschluss seiner Trainingsjacke nach oben, dann lief er los, in leichtem Trab. Er genoss die frühen Stunden und das Laufen, die Laufstrecke hatte er sich zu Fuß und mit der Straßenkarte erarbeitet, jetzt joggte er jeden Morgen seine Runde. Das Laufen funktionierte wie zu Hause, es entspannte ihn, seine Schritte auf dem Asphalt wurden zum monotonen Rhythmus, auf dem es sich trefflich nachdenken ließ. Schon nach wenigen Metern war er ganz bei sich, entwickelte Gedanken und Ideen, während sein Körper mit dem Laufen beschäftigt war, und am Ende der Strecke war er meist ein bisschen schlauer als zuvor. Er dachte oft an Katrin bei diesen Läufen, an das Leben, das sie gelebt hatten, an das kleine Kino, das sie erst noch enger zusammengeschweißt und dann doch auseinandergebracht hatte. Er vermisste sie. Zweimal hatte er sie vom Münztelefon im Wohnheim aus angerufen, es war sehr teuer gewesen und sie hatten viel geschwiegen, während er das Gerät beständig mit Münzen gefüttert hatte, bis seine Hand leer und die Verbindung abgebrochen war. Er schrieb jetzt regelmäßig, fragte, wie es ihr in der Lehre erging und ob das Leben gut zu ihr sei. Von ihr war noch keine Post zurückgekommen. In seinen Briefen erzählte er auch von New York, von der Kunsthochschule, aber immer nur wenig und ohne Überschwang. Gänzlich verschwieg er, wie schwer es ihm fiel, Anschluss zu finden, er war nie ein guter Redner gewesen, und die englische Sprache ließ ihn nun beinahe verstummen. Obwohl er im Englischunterricht ein guter Schüler gewesen war, suchte er in den Gesprächen mit seinen Mitbewohnern und Kommilitonen lange nach den richtigen Worten, zu lange, suchte und lächelte dabei still, bis sich seine Gesprächspartner mit einem Wink und einem *Ahokaydoesntmatterseeya* verabschiedeten und im Weggehen mit den Augen rollten. Auch die Stunden an der Kunsthochschule zogen sich ohne größere Wortbeiträge seinerseits, anfangs hatten die Professoren und Lehrkräfte noch das Gespräch gesucht, sich dann aber zugunsten eines dynamisch fortschreitenden Unterrichtsgeschehens immer öfter dazu entschlossen, den großen, schweigsamen Deutschen nicht anzusprechen, zumal seine Noten in den Klausuren stimmten und auch in der Praxis ein Talent an Stift und Pinsel zu erkennen war. Im Radio sang Sting das Lied vom *Englishman in New York*, und Gustav sang leise mit, *be yourself no matter what they say …*

Manchmal rief der Vater auf dem Münztelefon im Flur des Wohnheimes an, er klang aufgeregt, als wäre er selbst in New York, außer sich vor Freude über den Sohn, der jetzt in einer Weltmetropole lebte, jedes Telefonat begann mit der Feststellung der Uhrzeit hier und da, und dann wollte der Vater alles wissen, vom Klang der Stadt, den Läden und Geschäften, der Architektur und den Autos auf den Straßen, den Gerichten und Gerüchen, den Farben, den Menschen: »Nun lass dir doch nicht immer alles aus der Nase ziehen, Junge, erzähl mal!«

Im Hintergrund mahnte die Mutter die kostenintensiven Aspekte von Ferngesprächen nach Amerika an. Wenn der Vater ihr den Hörer überließ, weinte sie allermeist erst mal, sobald Gustav zu erzählen begann. »Hauptsache, du bist glücklich!«, rief sie immer wieder.

War er glücklich? Auch so eine Frage, zu der es sich prima durch die neue Stadt rennen ließ, eine gesicherte Antwort lag stets uneinholbar vor Gustav Glander. Die *Riesenchance dieses Stipendiums* auf der einen Seite und die Zweifel, das Heimweh auf der anderen begleiteten ihn auf allen Wegen. Zumindest sorgte der regelmäßige Dauerlauf für eine gewisse Erdung. Gustav band sich jeden Tag zweimal die Schnürsenkel der weißen Laufschuhe mit den drei blauen Streifen und lief los. »Ich denke dann anders«, hatte er im Studentenheim einem Kommilitonen erklärt, der ihm daraufhin verständnislos seinen brennenden Joint rübergereicht hatte: »Damit geht das aber auch sehr gut, Dude!«

Der Morgenlauf war Gustav der liebste. Die ersten zehn Minuten im Trab durchs Greenwich Village, ratternd gingen Rollläden in die Höhe, als räuspere sich die Stadt, hinter zögerlich geöffneten Fenstern wurde Kaffee gekocht, Teekessel pfiffen energisch, und vor den Bäckereien bissen die Nachtschwärmer hungrig in die ersten ofenwarmen Hörnchen, lachend die vergangene Nacht verhandelnd, mit verwischter Schminke und Leichtigkeit im Gesicht.

Angekommen am Manhattan Waterfront Greenway, blieb Gustav kurz stehen, jeden Morgen schenkte er der Aussicht seine volle Aufmerksamkeit und dachte dabei an die Heimat. Die Ähnlichkeit war überraschend: Der mächtige Hudson River lag gemächlich in der Morgensonne, wie der Bodensee am Anfang eines schönen Frühlingstages, und wenn Gustav die Augen nur leicht zusammenkniff, verwandelten sich die Hochhäuser auf der anderen Seite des Ufers in einen Gebirgszug, reihten sich Berggipfel und Höhenläufe aneinander, in den Tälern zwitscherten Polizeisirenen. Mountainbiker überholten die Läufer auf ihren futuristisch anmutenden Fahrrädern, überwiegend Männer in Anzügen, auf dem Weg zur Arbeit, die Hosenbeine ihrer Businessanzüge mit Wäscheklammern vor der Kettenschmiere in Sicherheit gebracht. Andere Männer, dünne, schlaksige Kerle in glitzernden Strumpfhosen und bunten Shirts, zogen auf Rollerskates elegant wie Ballerinen ihre Runden über die Piers und Aussichtsplattformen, scheinbar versunken, konzentriert, und sich doch jeden Moment ihrer Ausstrahlung bewusst. Die aufgeregt fotografierenden Touristen mussten jedenfalls nie lange warten, bis wieder einer der Tänzer auf Rollen in theatraler Pose an ihnen vorbeirauschte, den Blick bedeutungsschwer in die Ferne gerichtet.

Schon während eines seiner ersten Läufe, kurz nach dem Einzug ins Studentenwohnheim, hatte Gustav am *Tad's* haltgemacht, und so wurde auch der Besuch des kleinen Deli Teil seiner täglichen Rituale. Das *Tad's* lag direkt auf dem Rückweg, nur einen Block vom Studentenwohnheim entfernt. Auch dort gab es natürlich einen Kaffeeautomaten im Flur, der gegen kleine Münze eine säuerlich riechende, hellbraune Flüssigkeit in Pappbecher rinnen ließ. Gustav aber hatte keine Eile, ins Wohnheim zurückzukehren. Im *Tad's* roch es süß nach frischen Bagels und gerösteten Kaffeebohnen, Spiegeleier knisterten auf der mattschwarzen Metallgrillfläche, über der die Luft flirrte. Über allem lag der pfeffrige Geruch der warmen Pastrami-Fleisch-Laiber, die im großen Räucherofen auf dem Hinterhof saftig schwitzten. Während der Woche legte Gustav jeden Tag etwas Geld zurück, verzichtete abends auf ein weiteres Bier und hatte samstags das Geld für die Spezialität des Hauses zusammen: zwischen zwei Scheiben Toast türmte sich ein dunkelrot glänzender Berg von hauchdünn geschnittenem, gepökeltem Rindfleisch, noch warm und saftig aus dem Ofen, darüber schmolz, es war eine Völlerei, goldgelber, würziger Käse, der so gar nichts mit den Kunstkäsescheiben in den New Yorker Burger-Buden zu tun hatte, sondern Gustav entfernt an den Bergkäse seiner Heimat erinnerte. Dazu wurde Sauerkrautsalat serviert, süßlich abgeschmeckt, aber immer noch sauer genug. Für ein paar Cent zusätzlich kriegte man noch eine Salzgurke aus den großen Einmachgläsern in der Vitrine, wie grüne Alienbabys lagen die Gurken im salzigen Sud.

»Wie immer?«, rief der junge Koch über den Tresen durch den Raum, er mochte etwa in Gustavs Alter sein. Gustav hob zustimmend den Daumen und bekam Minuten später sein Frühstück: gerösteter Roggentoast, zwei Spiegeleier, eine Tasse Kaffee. Es war nicht Samstag.

Während er aß, fiel sein Blick wieder auf die Speisekarte *Tad's Deli – jewish not kosher since 1950*. Wahrscheinlich ein Druckfehler, es müsste doch sicher *Ted's* heißen. Gustav beschloss, zu fragen, als er sein Frühstückstablett zurück an den Tresen brachte: »Entschuldigung, ich habe eine Frage.«

»Ich auch. Viele sogar!«, antwortete der Koch, ohne sich umzudrehen, zerbrach kunstvoll ein Ei mit nur einer Hand und ließ es aus den Schalenhälften auf die Grillplatte gleiten. »Was war denn nun deine Frage?«

»Wer ist Ted?«

»Tad, es heißt Tad, ich bin Tad, mein Vater ist Tad und mein Großvater war Tad und bereicherte dieses schöne Land mit seinem schönen Namen. Ist die Abkürzung für Tadeusz, das können die Amerikaner nur schwer aussprechen, schwups, hat man eine Klage am Hals, wegen Knoten in der Zunge, darum: Tad. Das Blöde ist nur, jetzt kommen die Leute hier immer an den Tresen und wollen Ted sprechen oder auf einen Druckfehler aufmerksam machen.« Tad fuhr mit dem Spatel unter die brutzelnden Spiegeleier und ließ sie auf einen Teller mit Toastbrot gleiten, spritzte Ketchup aus einer Plastikflasche auf den Tellerrand, murmelte: »Daran werde ich mich nie gewöhnen.« Drehte sich dann wieder zum Gastraum und rief: »Einmal zwei Spiegeleier mit, ähm, yes, Ketchup!« Jetzt sah er zum ersten Mal Gustav an: »Du kommst aber auch nicht von hier, höre ich.«

»Ich bin Deutscher.«

Tad grinste: »Macht ja nix.«

»Und woher kommst du?«

»Greenwich Village, New York, Sir! Ich bin Amerikaner, ich bin hier geboren. Hinein in den Laden meines Großvaters, in den Laden meines Vaters. Und ich musste auch Tad heißen, damit wir keine neuen Menükarten drucken müssen. Und wenn es mir nicht gelingt, diesen Laden demnächst herunterzuwirtschaften, und daran arbeite ich hart, wird auch mein Sohn Tad heißen müssen.« Tad lachte. »So, genug geschwatzt, ich muss dann wieder.« Mit dem Kinn zeigte der Koch in den Gastraum, in dem zwei Tische neu besetzt waren. »War mir ein Vergnügen, ähm ...?«

»Gustav«, sagte Gustav.

»Auch ein Schicksal!«, sagte Tad und hob die Hand zum Gruß. »See you tomorrow, big Gustav, and get your early extra egg, sunny side up!«

TAD

Sie fahren nach Greenpoint, wie jeden Sonntag, die Sonntage verbringen sie immer in *Little Poland*, Brooklyn, New York, mit der Familie, den Freunden aus der alten Heimat. Eine knappe halbe Stunde dauert die Fahrt ins Elend, mit küssenden Tanten und den Onkels, die stinkenden Tabak rauchen, endlose Stunden an Mittagstisch und Kaffeetafel, der Schnaps macht alle laut und lauter, und wenn Tad Pech hat, wird später noch getanzt.

»Was guckst du wie ein begossener Pudel, Jungchen! Familie ist wichtig, und Freunde und Wurzeln, man muss wissen, wo man herkommt!«

Auf der Rückbank des Wagens verdreht Tad die Augen: »Ich komme aus Greenwich Village, da bin ich geboren!«

»Warte, freches Bürschchen!«, brüllt der Vater und langt für eine Ohrfeige nach hinten, der Wagen schlingert kurz, die Mutter kreischt, und die Ohrfeige, das weiß Tad, wird auf später verschoben.

Die Leute stehen schon im Flur, jede Woche scheinen neue Gesichter dazuzukommen, und alle kennen ihn und seine Eltern, der Vater lacht mehr und lauter als unter der Woche, alle umarmen sich ständig, und auch Tad verschwindet andauernd und unangekündigt in muffeligen Mantelstoffen, Parfümwolken und Schnapsfahnen, *na zrdowie*! Die Mutter geht direkt in die Küche zu den anderen Frauen, jemand spielt Akkordeon, jetzt schon. Tad denkt an die neue Musik aus dem Kassettenrekorder der Jungs aus der Nachbarschaft, mit denen er ab und zu ein paar Körbe wirft, *It's like a jungle sometimes, it makes me wonder, how I keep from going under*. Die müssen sonntags nicht Akkordeon hören und Golabki essen, es riecht schon in der ganzen Wohnung nach Kohl! Frau Ewa geht mit einem Tablett herum, darauf Schnapsgläser randvoll gefüllt mit Wodka und ein Berg dick geschnittener Kümmelwurstscheiben. Gut, dass sie das Tablett in der Hand hat, denn *ihren kleinen Tad* küsst und drückt Frau Ewa besonders gerne. »Die Kminkowa hab ich vom Metzger Franciszek.«

Die Männer murmeln Beifall und bedienen sich, der Onkel, der neben Tad steht, nimmt sich gleich zwei Wodka und verzichtet auf die Wurst: »Hier Jungelchen, trink!«

Tad starrt auf das angebotene Glas, dann den Onkel an. »Ich bin erst 13.«

»Bist du Pole oder nicht?«

Tad dreht sich nach seinen Eltern um, niemand im Flur. Eigentlich bin ich ja amerikanischer Staatsbürger, denkt Tad, sagt aber nichts, und die Neugier ist größer. Der Wodka brennt scharf in Mund und Rachen, es ist grauenhaft, er muss husten, beinahe spucken, Tränen treten ihm in die Augen, Hitze steigt auf, sein Gesicht glüht. »Oh«, sagt Tad, als er wieder sprechen kann. Der Onkel will nicht aufhören zu lachen, strubbelt ihm durchs Haar und ruiniert Tad die Frisur, ist auch egal jetzt, er muss das Glas loswerden, da hinten kommt sein Vater, er steckt dem Onkel das Glas in die Jacketttasche.

Der Vater kommt näher: »Tomasz, alles gut bei euch?«

»Ja, ja!«, antwortet der Onkel und erzählt zu Tads grenzenlosem Entsetzen: »Grad hab ich mit deinem Jungen mal einen schönen Wodka getrunken!«

Der Vater erstarrt, sieht finster den Onkel an, minutenlang, so scheint es, der Onkel entschuldigt sich, dann sieht der Vater zu Tad hinunter und grinst plötzlich: »Und, wie geht es uns so?«

»Das ist ja schrecklich! Das mach ich nie wieder, Papa!« Tad ist erleichtert.

Der Vater nickt knapp und wendet sich wieder dem Onkel zu: »Manche Dinge brauchen einfach Zeit, nicht wahr, Tomasz? Und an manche Dinge muss man sich gewöhnen. An den Schnaps. An das Leben.« Der Vater sieht wieder Tad an: »Und vielleicht auch daran, dass man ein Sobotka ist. Dass man Pole ist. Auch wenn man im Greenwich Village geboren wurde.«

7

Der Radiowecker erwachte zuerst: *It's a beautiful morning, New York City! And here we have The Fugees, killing us softly with their song!* Die Stimme von Lauryn Hill strich sanft über Glanders Bettlaken, auf das die Morgensonne bereits einen breiten Streifen warmes Licht geworfen hatte. Glander reckte sich, *one time, two time,* schlug das Laken beiseite und wischte sich den Schlaf aus den Augen. Das Hängen der Bilder hatte bis tief in die Nacht gedauert, ein schier endloses Gefrickel mit Leinwänden, Nylonschnüren, Haken, Nägeln und Ösen, jetzt hingen die Bilder im Deli, die allermeisten sogar gerade. *The Fugees playing on your big hit station, it's eight o'clock on a sunny friday morning, and next you're listening to The Smashing Pumpkins, remembering the year 1979!* Glander zupfte eine Jeans aus dem Wäscheberg neben dem Waschbecken, schaufelte sich kaltes Wasser ins Gesicht und steckte einen Kaugummi in den Mund, durch das geöffnete Fenster hörte er die schnarrende Hupe von Tads Auto. Glander schob das Fenster noch etwas weiter nach oben, zwängte sich durch die Öffnung und sah hinunter. Tad stand neben dem Fiat, er winkte mit der rechten Hand, die linke war im Wageninneren verschwunden und betätigte ausdauernd die Hupe.

»Pssst! Hey! Eine Minute, Tad! Geh rüber ins Café und trink einen Espresso, bin gleich da«, rief Glander und zeigte dabei zum italienischen Coffeeshop auf der anderen Seite, aus dem eben Robert De Niro trat, umständlich ein Ciabattabrötchen mit Mozzarella aus der braunen Papiertüte befreite, herzhaft hineinbiss und mit zusammengezogenen Augenbrauen kaute.

De Niro blickte deutlich missbilligend hinüber zum roten Fiat, dessen Hupe Tad immer noch ohrenerweichend tröten ließ. Glander erstarrte. Da drüben stand Robert De Niro. Das war wirklich Robert De Niro. Robert De Niro aß ein italienisches Sandwich vor seiner Haustür.

Als Glander unten angekommen war, saß Tad auf der obersten Stufe der *front porch*, eine Thermoskanne schwenkend. »Coffee to go!«, lachte Tad, befüllte zwei Plastikbecher aus seiner Manteltasche mit heißem Kaffee und machte dabei eine kurze Kopfbewegung Richtung Coffeeshop: »Weißt du, Glander, ich trau den Italienern und ihrem Espresso-Kram nicht. Das geht übrigens jedem so, der einmal einen polnisch gekochten Kaffee getrunken hat.« Der Kaffee aus Tads Kanne war brühend heiß, nachtschwarz und zuckersüß, schon nach dem ersten Nippen knirschte grobes Kaffeemehl zwischen den Zähnen. »Knaller, oder?«

Glander nickte höflich und sah über die Straße, De Niro war verschwunden. »Weißt du, wen ich grade da drüben vor dem Shop gesehen habe, Tad? Unglaublich. Robert De Niro!«

Tad nickte beiläufig und schenkte sich neuen Kaffee ein, die lavaartige Temperatur des Getränks schien ihm nichts auszumachen.

»Ich meine, hallo? Robert De Niro!«

Tad nickte wieder, sagte dann: »Bingo.«

»Bingo?«

»Ja, Mann, *Star-Watch-Bingo*, spielen wir alle hier.« Tad zog einen angeknitterten Quittungsblock aus der Innentasche seines Mantels und las von der ersten Seite ab: »Also, ich habe hier seit Jahresanfang fünfmal Woody Allen, zweimal Kevin Bacon, dreimal Dustin Hoffman, einmal Philip Seymour Hoffman, dreimal Ben Stiller und ... zwölfmal Robert De Niro, für den gibt's aber eh kaum Punkte, den trifft man echt dauernd und überall. Hier! Das ist interessant, die Ladys!« Tad schlug die erste Seite des Blocks um und las mit samtweicher Stimme von der zweiten Seite ab: »Julia Roberts. Zweimal. Demi Moore, einmal, Meg Ryan dreimal und …«

Glander unterbrach ihn: »Die Frauen hast du nicht alphabetisch geordnet wie die Männer, nach was sind denn die Ladys sortiert?«

Tad schüttelte den Kopf, sah Glander mitleidsvoll an, schraubte die Kaffeekanne zu: »Alter! Was mach ich nur mit dir. Los, komm, wir müssen, die machen gleich schon Feierabend am Schlachthof.«

Glander saß mit gebeugtem Rücken auf dem Beifahrersitz des Fiats, sein Kopf berührte den schwarzen Stoff des Klappverdecks, sein Kinn stieß beinahe an seine Knie. »Ich kann das Verdeck auch aufmachen, dann kannst du während der Fahrt oben rausgucken.« Glander lehnte dankend ab, Tad lachte: »Los geht's!« Der Fiat hustete scharf, dann war ein Röcheln zu hören, gefolgt von Stille. Abermals drehte Tad den Zündschlüssel, diesmal in Zeitlupe, der Wagen hustete zweimal, ein lang gezogenes Keuchen, dann wieder Stille. »Man kann den Italienern nicht trauen, ich sag's doch. Glander, weißt du eigentlich, wofür die Abkürzung FIAT steht?« Glander schüttelte vorsichtig den Kopf und betrachtete dabei seine Kniescheiben. »Fix it again, Toni«, rief Tad lachend, drehte erneut den Zündschlüssel, und als hätte das Auto ihn gehört, sprang es trotzig an.

Glander konnte nicht sagen, wie viele Stunden und Tage er im vergangenen Jahr hier im Schlachthof verbracht hatte, anfangs wurde er misstrauisch beäugt, nach und nach gewöhnten sich die Schlachter aber an den *crazy german art guy*, der ihre Welt in

Bleistiftskizzen festhielt und alles fotografierte: die Schweinehälften, die Eingeweide in den Wannen, das Blut in den Eimern, die gesottenen Rinderköpfe, deren fette Haut sich nach Stunden im kochenden Wasser zurückzog und die Gesichtsknochen freigab. Als Gianfranco, einer der Schlachter, ein neues Passbild brauchte, hatte der schweigsame Deutsche angeboten, ihn zu fotografieren, später hatten sie noch Gruppenfotos gemacht, mit allen Jungs drauf, in Schwarz-Weiß. In den Wochen vor Weihnachten hatte der Deutsche eine Wand der Kantine mit rotem Stoff bespannt und in den Pausen stiegen die Schlachter in die guten Anzüge, die ihre Frauen zum Fototermin mitgebracht hatten. Sie scharten ihre wohlfrisierten Kinder um sich, drückten ihnen große Weihnachtssterne aus Goldpapier in die Hände und auf Glanders Zeichen hin hatten alle gelächelt.

»Glander, big boy.« Bob begrüßte sie am Eingang der Schlachthalle, drückte ihnen Papierhauben und Einwegplastikmäntel in die Hand: »Deine Zungen sind fertig, wir haben sie jetzt drei Tage gepökelt, ist alles hinten bei Gianfranco in der Wurstküche.« Sie gingen durch die Hallen, die nach Metall rochen, nach Eisen und Blut. An einem Stahltisch arbeiteten die Ausbeiner und Fleischschneider, dicht an dicht nebeneinander, schnitten unter Neonlicht größere Teile aus den Tierhälften, die an Fleischerhaken von der Decke hingen, führten mit tanzenden Klingen die immer gleichen Schnitte aus, drehten mit ruckartigen Bewegungen Gelenkknochen gegeneinander, stießen ihre scharfen Messer ins Fleisch, schnitten fließend die Muskeln von den Knochen, entfernten Häute und trennten Sehnen, sortierten die sauber portionierten Stücke in metallene Wannen, die von anderen Schlachtern weggetragen wurden. Innerhalb von Minuten verwandelten sich die Tiere in Koteletts, Filetstücke und Steaks, wurden zu

Keulen, Schulterstücken, Bauchfleisch und Rippchen, wurden zu Nahrung. Die Köpfe, die Füße, die Ohren, die Innereien und das Blut gingen in die Verarbeitungsräume nebenan. Dann wurden neue Tierleiber an Ketten und Haken hineingezogen in den weiß gekachelten Raum. An seinem ersten Tag in den Schlachthöfen hatte Glander Gianfranco gefragt, ob ihm das nichts ausmache, jeden Tag zu töten, jeden Tag das Blut, die Gegenwehr der Tiere, das Grunzen und Quieken der Schweine, das Brüllen der Rinder, die Stille danach.

Der Schlachtermeister hatte kurz den Kopf geschüttelt: »Nein. Das ist mein Beruf. Und die Leute wollen Fleisch essen! Der Tod ist eine Notwendigkeit und das Schicksal dieser Tiere. Wichtig ist nicht der Tod, wichtig ist das Leben. Gilt übrigens auch für den Menschen! Wir sollten dafür sorgen, dass die Tiere nur einen schlechten Tag im Leben haben. Ich sorge dafür, den schlechten Tag immer mit dem größten Respekt und gebotener Eile zu beenden. Der Lohn sind saftige, zarte Koteletts, mit Kartoffelpüree, Buttermais und grünen Bohnen ...« Gianfranco zeigte mit dem Finger auf Glander: »... für dich, Sir!«

Der Geruch änderte sich, wenn man das Ende der Halle erreicht hatte. In der Fleischerküche duftete es würzig, nach Lorbeeren, schwarzem Pfeffer und frischem Knoblauch, junge Kerle rührten frisches Blut in großen Kesseln, würfelten Schwarten, kochten Gelatine.

»Es kommt nix weg bei uns.« Gianfranco stand neben der Cuttermaschine, in der sich grob gewürfelte Fleischstücke, weißer Speck und klirrende Eiswürfel unter rasenden Messerschrauben in cremiges Bratwurstbrät verwandelten. Gianfranco ließ seine Gewürzmischung einrieseln und grüßte die Besucher mit Handzeichen: »Hört mal her, bevor ihr Fragen stellt, ich gebe frischen

Knoblauch dazu, grob gemahlenen schwarzen Pfeffer, bisschen China-Ingwer, der muss auch frisch sein, dann etwas Piment, Salz natürlich und ganz wichtige Hauptzutat: grob gemahlene Fenchelsamen. Wie viel von was, das ist mein Geheimnis! Aber, ich hörte ...«, Gianfranco machte ein Gesicht, als sei ein lieber Verwandter gestorben, »ihr wollt ja lieber Zunge essen! Na ja, jeder, wie er möchte. Empfehlen kann ich es nicht! In Italien essen wir auch gekochte Zunge, in Olivenöl mit frischen Kräutern, Zwiebeln, Kapern und gehackten Oliven, aber nur selten, denn wir wissen: Zunge essen macht schwatzhaft wie ein Waschweib! Ich habe euch gewarnt!« Mit ernster Miene, ein Lächeln unterdrückend, öffnete Gianfranco das Kühlhaus und zog eine rote, in Klarsichtfolie gewickelte Plastikwanne aus einem der Regale, mit Filzstift war Glanders Name auf die Folie gekritzelt.

»Klasse, Gianfranco, danke! Wir zahlen bei Bob?«

»Hör mal her, Glander, das kannst du vergessen, das habe ich auch Bob schon gesagt, kostet gar nix, wir kommen zum Essen heute Abend! Oder ist das nur für feine Künstler? Schafft ihr doch gar nicht, Kinder, ich meine, zwölf Kilo Kalbszunge, also hört mal! Wir helfen euch!« Gianfranco entblößte zwei strahlend weiße Zahnreihen und streckte zum Abschied die Hand aus.

Die Kiste hatte nicht in den Fiat gepasst und sie hatten die Zungen in einen Plastiksack umfüllen müssen, den Tad jetzt aus dem Auto zog. »Sag mal, Tad, dieses Star-Watch-Bingo, wie funktioniert das genau?«

»Na ja, du verabredest dich am Anfang des Jahres mit ein paar Kumpels, ihr legt die Regeln fest, den Spieleinsatz, welche Stars im Rennen sind und welcher Star wie viele Punkte wert ist, dabei geben Nicht-New-Yorker immer doppelte Punktzahl! Und der

Joker ist immer eine Frau. Dieses Jahr ist das Cindy Crawford. Die gibt richtig Extra-Punkte!«

»Aber das kann doch keiner überprüfen, wen ihr da so seht und wirklich getroffen habt.«

»Das basiert alles auf Ehre, Mann. Und Vertrauen. So, rein mit dem Sack, meine Mutter wartet bestimmt schon auf uns.«

»Wo bleibt ihr denn, Jungs?«, rief Magdalena Sobotka, als sie die Küche betraten, und es war nicht als Frage gemeint.

»Mama! Glander, das ist meine Matka, da hinten meine Großmutter Agnieszka und Frau Ewa und Frau Barbara aus der Nachbarschaft.«

»Dzien dobry«, riefen die Frauen durcheinander, »Guten Tag.« Sie trugen bunte Kittelschürzen und lachten und kicherten und flüsterten, Frau Ewa zeigte Frau Barbara mit zur Decke ausgestrecktem Arm und auf Zehenspitzen, wie groß der Kerl genau war, der da mit einem Sack voll Kalbszungen über der Schulter im Türrahmen der Küche stand, ein Riesengelächter.

»Kommt mal rein und zeigt uns eure Beute!« Obwohl die Fenster der kleinen Küche offen standen, waren die Scheiben schon blind vom Wasserdampf, auf den glühenden Ringen des Herds standen zwei große Töpfe mit wild brodelndem Wasser. In den einen versenkten die Damen jetzt die Zungen aus den Säcken, es gelang Glander eben noch so, acht rohe Zungen beiseitezuschaffen, die übrigen tauchten nach kurzer Zeit wieder an der Oberfläche auf und Großmutter Agnieszka fischte sie, auf einem Schemel stehend, mit einem Sieblöffel wieder heraus, warf die grauen, dampfenden Zungen in das große Waschbecken. Frau Ewa und Frau Barbara würfelten Wurzelgemüse, schnitten weißfleischigen Sellerie, teilten Möhren und geschälte Zwiebeln in grobe Stücke und gaben alles in den zweiten Topf, warfen eine Handvoll Salz hinterher und Lorbeerblätter und weiße Pfefferkörner. Dann war wieder irgendwas sehr komisch, und die Damen lagen sich lachend in den Armen.

Tads Mutter baute sich vor Glander auf, die Arme in die üppigen Hüften gestemmt, musterte sie ihn von unten nach oben, zwickte ihm dann prüfend in den Oberarm: »Mister Glander, wir haben Sie mit Frühstückseiern gefüttert, mit Toast genährt, Sie haben jede Woche ein Sandwich mit einem halben Pfund Fleisch bei uns verdrückt. Was meinen Sie? Sind Sie groß und stark genug für Mayonnaise?« Frau Barbara und Frau Ewa hatten innegehalten und interessiert zugehört. Glander zuckte mit den Schultern, und die Damen brachen erneut in schallendes Gelächter aus, Lachtränen liefen über die rosigen Wangen der Köchinnen, Frau Ewa schnappatmete: »Magdalena, Magdalena, lass mich das machen, ich zeige das dem jungen Mann!« Die anderen beiden pfiffen anzüglich.

Tad beugte sich zu Glander und flüsterte: »Viel Glück, Mann. Ich fahr los und hol noch die durchsichtige Folie.«

»Okay, vergiss die Spraydose nicht. Ich brauche Gold!«

»Is klar! See ya!«

Dann ging Glander mit Frau Ewa aus der Küche in die etwas kühlere, offene Serviceküche des Deli. Frau Ewa holte eine Metallschüssel aus dem Kühlfach unter der Arbeitsfläche, darin glibberten und glänzten unzählige Eigelbe.

»Ist im Grunde ein sehr einfaches Rezept, aber sehr mühsam in der Herstellung«, erklärte Frau Ewa und drückte beherzt und ausdauernd eine der Senftuben, die zur Selbstbedienung auf dem Tresen aufgebaut waren. Im Eigelbmeer wuchs eine Senfinsel. Frau Ewa gab kräftig Salz über alles und drückte Glander dann einen überdimensionalen Schneebesen in die Hand. »So, Sie rühren jetzt. Und ich gebe Öl dazu. So machen wir beide Mayonnaise, für polnische Sauce! Aber Vorsicht, wenn Sie zu langsam rühren, droht Entsetzliches! Dann wird die Mayonnaise nicht cremig, sondern, entschuldigen Sie meine Ausdrucksweise, furzt die ganze Chose ab in öligen Flocken! Also, rühren, junger Mann!« Kichernd klemmte sich Frau Ewa den Ölkanister unter den Arm, wartete, bis Glander Eier und Senf verrührt hatte, dann goss sie das Öl in dünnem Strahl dazu, und Glander rührte schwitzend, bis eine feste Mayonnaise entstanden war. »Stopp!«, rief Frau Ewa. Dann berührte sie mit beiden Handflächen ihre Wangen, sah weiter hinauf zu ihm, einen Schleier im Blick: »Sie sind aber auch ein Prachtstück, junger Mann, Sie haben Glück, dass ich so eine alte Frau bin!« Frau Ewa stellte sich auf ihre Zehenspitzen, kniff Glander beherzt in die Wangen: »So, wir gehen besser schnell zurück in die Küche, die anderen Frauen werden sonst neidisch!«

Das Kochwasser mit dem Wurzelgemüse und den Gewürzen hatte eine hellgelbe Farbe angenommen, die abgebrühten Zungen siedeten und garten jetzt im duftenden Fond.

Frau Barbara legte gespielten Tadel in die Stimme, als sie die Mayonnaise begrüßte: »Muss ja gut sein, so lange, wie das gedauert hat.« In der gleichen Zeit hatten die Damen in der Küche eingelegte Salzgurken gewürfelt, dazu Berge von Petersilie und Dill gehackt, Kapern bereitgestellt und Eier gekocht, bis sie hart waren, und danach grob gehackt. Alles wurde jetzt unter die Mayonnaise gerührt, zum Schluss die in Öl weich gedünsteten Zwiebeln, die in der Pfanne zum Abkühlen auf der Feuerleiter vor dem Fenster gestanden hatten. Magdalena rührte konzentriert den salzigen Gewürzgurkensud unter die Mayonnaise, bis die perfekte Konsistenz erreicht war. Agnieszka gab die gehackten Eier dazu, Magdalena würzte mit Salz, reichlich Zucker, etwas Essig und scharfem Paprikapulver. Die Köchinnen reihten sich um die Schüssel, tauchten ihre Finger in die Sauce, schleckten und probierten erneut, beratschlagten sich, Köpfe wurden nachdenklich hin und her gewiegt, jemand rief »mehr Essig!«, ein anderer Vorschlag betraf den Salzgehalt, schließlich wurde Glander hinzugeholt, um den Schiedsrichter zu geben. Vorsichtig führte er einen Teelöffel in die Sauce, probierte, kaute und schenkte den Damen dann einen Ausdruck restloser Begeisterung: »Es schmeckt fantastisch. Großartig!« Applaus hub an.

»Ist er nicht ein goldiger Bub!«, rief Frau Ewa. »Er nimmt einen Löffel zum Probieren!« Die Damen wollten sich nicht wieder einkriegen vor Lachen.

Als Tad mit Folie und Farbe zurück war, überzogen sie zuerst die zwei langen Tischreihen im Gastraum mit dem durchsichtigen Plastik, den Rest breitete Glander auf dem Bürgersteig vor dem Deli aus. Er legte die acht vor dem Kochtopf geretteten, rohen Zungen jetzt nebeneinander auf die Folie. Klackernd ließ er die Kugel in der Spraydose hüpfen, mit einem Blick in die Bäume prüfte er die Windrichtung und überzog die Zungen dann mit einem gleichmäßigen Sprühnebel aus Gold.

»Sieht hammer aus!«, sagte Tad.

In der Küche dampften am späten Nachmittag Kartoffeln in kochendem Wasser, es roch nach Kümmel und Dill, die Köchinnen saßen auf Stühlen, pellten die schon gegarten Kartoffeln, die Zungen köchelten immer noch in der Brühe. Glander stellte sich neben Tad in die offene Serviceküche und sah in den Gastraum. Auf den beiden mit Folie überzogenen Tischreihen lagen, mittig verteilt, in gleichmäßigem Abstand zueinander, jeweils vier der goldenen Rinderzungen, die Zungenspitzen zeigten zum Eingang. Zwischen den Zungen türmten sich Papierservietten, dazu ein Wirrwarr an Gabeln und Löffeln. Am Ende jedes Tisches fand sich ein hölzernes Schneidebrett, in dem ein großes Fleischmesser steckte. Gerahmt waren die Tafeln von den Bildern, die Glander in den vergangenen Monaten angefertigt hatte, große Ölgemälde, die nach den Skizzen und Fotografien entstanden waren, die er in den Schlachthäusern gemacht hatte. Die Bilder zeigten Fleischstücke, Rinderhälften, Fett, Blut und Speck, glänzend dick aufgetragen waren die Ölfarben, mit sattem Pinselstrich, Rostrot an Schneeweiß, dazwischen immer wieder das leuchtende Gelbgrün der Knochenhäute, außerdem Rinderhälften, die aus einer unbestimmten olivschwarzen Dunkelheit aufleuchteten und auf den Betrachter zuzukommen schienen, Speckseiten in Braun und Rot und Weiß, leinwandgroß die Oberfläche eines T-Bone-Steaks, die feinen Maserungen liefen wie Flüsse durch eine Landschaft aus Muskelfleisch, und in jedem Bild Gold, eine Spur nur, eine Rippe der Rinderhälfte leuchtete in Gold, ein winziger Knorpel im Speck, der ringförmige Knochen eines T-Bone-Steaks, Goldspritzer wie Blut auf den fahlen Knochen eines Kalbskopfes.

Glander sah die Bilder, sah Tad, der an den Plattenspielern fummelte, sah die Zungen auf den Tischen und die Schlachtermesser und geriet unvermittelt in Panik, die Angst setzte sich auf seinen Brustkorb und drückte ihm den Hals zu, Zweifel machten sich breit, Furcht schoss sauer in seinen Magen. Es ist alles Mist, dachte Glander. Das ist Kitsch. Ich hab mich selbst belogen. Ich bin kein Künstler. Das hier ist alles ein aufgeblähter, konstruierter Bedeutungsscheiß, und das werden die auch alle merken, dass ich ein Scharlatan bin. Das ist ja nicht mal gut gemalt. Was hab ich mir da eingebildet. Oh Gott. Und Tad und seine Familie, die legen sich hier so ins Zeug für mich, und ich werde so eine Enttäuschung für sie sein. Ich kann mich nirgendwo mehr blicken lassen nach diesem Abend. Ich sage alles ab. Ich …

»Yeah Mann! Geil, ich hab's, Achtung!« Tad legte die Nadel auf die Schallplatte, drückte den Knopf, schrie über den einsetzenden Synthesizer-Loop: »Ladies and gentlemen, the big man restless!«, riss beide Hände triumphierend in die Höhe. »Danke, danke, Ladies and gentlemen – wir haben Musik heute Abend!« Tad sah sehr glücklich aus und drehte sich in der Vorbereitungsküche um die eigene Achse, sang laut mit: *»No one knows whose friend he is, he's the big man restless!«*

Vielleicht kommt ja keiner, dachte Glander.

Es kamen über zweihundert Menschen. »Mach die Tür zu!«, schrie Tad zu seinem Vater rüber, während er sich mit einem selbst gemalten *Sold out*-Schild durch die Menschenmassen im Gastraum kämpfte: »Und wer einen Sitzplatz hat, mal hinsetzen, alle anderen bitte raus!« Drinnen begann die Rangelei um einen der vierzig Stühle.

An der Eingangstür ließ Tad senior nicht mit sich reden. »Ich werde diese Scheißtür nicht zumachen, ich werde jedem dieser Leute da draußen ein paar Getränke verkaufen«, zischte er seinem Sohn ins Ohr, setzte ein freundliches Gesicht auf und rief: »Leute, es ist ein schöner Abend, hier drin ist es sowieso sehr heiß und auch stickig, meine Güte, bleibt gerne noch ein bisschen, ich hole euch mal ein Bier und wir machen die Musik lauter.« Die Menge johlte. Im *Tad's* hatte sich die Situation etwas entspannt, nur noch vereinzelt standen Menschen zwischen den

Tischen und in den Gängen, als Magdalena, Agnieszka, Frau Ewa und Frau Barbara große Schüsseln mit duftenden Kümmel-Kartoffeln und Sauce verteilten. Dann ging Glander selbst herum, in der einen Hand einen großen Kochtopf, in der anderen Hand hielt er eine große Fleischergabel, mit der er die dampfenden, ungehäuteten Zungen aus dem Topf fischte und einfach auf die Tische gleiten ließ, wo sie weiterdampften und sich das Plastik unter ihnen durch die Hitze leicht zusammenzog. Vereinzelt waren spitze Schreie zu hören, die anwesenden Frauen reagierten unterschiedlich auf die rauen, pickeligen Zungen, die Männer gaben sich unerschrocken, befühlten das Fleisch, vergleichend streckte man sich gegenseitig die eigenen Zungen raus. Das Publikum vor dem Deli hatte viel zu lachen und trank in braunes Papier eingeschlagenes Bier dazu.

»Ruhe bitte, Ladies and gentlemen!« Tad war auf einen Stuhl geklettert und zeigte mit beiden Händen auf Glander, der neben ihm stand, beinahe auf Augenhöhe. »Ich hätte nicht gedacht, dass dieser Mann, der vor zwei Jahren zum ersten Mal unser kleines Deli betrat, in eklig verschwitzten Joggingklamotten, dass dieser Mann mal einer der größten Künstler New Yorks werden würde! Also gut, er arbeitet noch dran.« Gelächter im Publikum, Glanders Magen war ein Medizinball. »Vor allem aber ist der große Glander ein Freund geworden, und ich freue mich, dass wir vom *Tad's* heute seine erste Ausstellung ausrichten dürfen! Ich freue mich, dass Sie so zahlreich zur Vernissage von *Golden Calf – the leftovers* gekommen sind. Auf dem Tisch liegen warme Kalbszungen, ziehen Sie die grauen Häute ab, das geht ganz leicht, sogar mit den Händen. Sie werden köstlich zartes, rot gepökeltes Fleisch finden, dazu passen die goldgelben Kümmelkartoffeln und die polnische Sauce vor Ihnen, zubereitet von meiner Mutter Magdalena, meiner Großmutter Agnieszka, Frau Ewa, Frau Barbara und dem Künstler persönlich!« Applaus brandete auf, und die stolzen Köchinnen waren fleißig damit beschäftigt, lächelnd abzuwinken. »Essen Sie alles außer die goldenen Zungen in der Tischmitte, trinken Sie Bier dazu und kalten Wodka, und kaufen Sie Bilder! Und wir haben auch Doggybags fürs goldene Kalb! Applaudieren Sie aber bitte zuvor für meinen Freund aus Deutschland, er redete nicht sehr viel, eigentlich redet er gar nicht, aber dafür hat er ja mich! Ladies and gentlemen, please welcome: the big Glander!«

»Danke«, flüsterte Glander, als er Tad umarmte.

An den Schneidbrettern standen Bob und Gianfranco und waren sehr gefragt. Schnell scharten sich Teams von interessierten Männern um die beiden Fleischer, die geduldig alle Fragen beantworteten und nebenbei souverän die Zungen häuteten, für alle am Tisch das saftige Fleisch schräg in dicke Scheiben schnitten. Die Gäste aßen bald mit großem Appetit, Kartoffeln wurden rumgereicht und dick mit Sauce übergossen, Gabelhappen vom roten Zungenfleisch genüsslich gekaut, kopfschüttelnd wurde über den eigenen Mut gestaunt, erste Gespräche über die Bilder an den Wänden kamen auf. Tad hatte das neue Beck-Album aufgelegt: »Kannst du durchhören, Mann, all killers, no fillers«, und sich auch einen Teller genommen. Glander selbst konnte nicht essen und vertröstete die Küchenbrigade alle zwei Minuten auf einen späteren Zeitpunkt, stand ansonsten untätig beim Plattenspieler, lächelte vorsichtshalber unbestimmt vor sich hin und wartete auf seine Enttarnung als Hochstapler.

»Mr. Glander!«

»Mm.«

»Mr. Glander, darf ich mich vorstellen, ich bin Joffrey Kramer, und ich liebe, was Sie tun! Und wissen Sie was? Ich werde auf der Stelle ein Bild bei Ihnen kaufen.« Joffrey Kramer zeigte mit dem Finger quer durch den Raum, auf das Gemälde mit der Rinderhälfte und der goldleuchtenden Rippe: »Es heißt, glaube ich, äh, *Adams Rippe*. Glander, Sie haben Humor, das gefällt mir, sehr!« Kramer lachte, wurde dann unvermittelt ernst: »Glander, ernsthaft, großartig. Ich nehme es direkt mit. Was schulde ich Ihnen?«

Gustav Glander war darauf nicht vorbereitet. Aber, ja. Natürlich. Die Bilder standen zum Verkauf. Definitiv sogar. Mal sehen: Farbe und Leinwand, plus die Arbeitszeit, wie lange hatte er an dem Bild gesessen? Konnte man irgendwie ja so nicht sagen. Und auch die Vorbereitungen im Schlachthof, die Skizzen, die Notizen, die Stunden und Tage, alles hatte insgesamt eine halbe Ewigkeit in Anspruch genommen. Was war ein knappes Jahr seines Lebens geteilt durch 15 Ölbilder wohl in Dollar wert? Schwierig. 300 Dollar vielleicht pro Bild. Ja, genau. Das wären … unmöglich, zahlt kein Mensch, vermessen! 200 vielleicht. Joah. Und dann runterhandeln lassen auf 150. 100 ist auch okay. Obwohl, also …

»Mr. Glander?« Joffrey Kramer tippte mit einem Zeigefinger an seine Schulter, Glander kehrte zurück in *Tad's Deli* und schüttelte den Kopf.

»Tschuldigung. Ja, also, können wir gerne machen, ich sag mal für zwei …«

»Oh-oh-oh-oho! Moment, Moment, Moment!« Keiner hatte den dünnen, kahl rasierten Mann kommen sehen, der sich jetzt zwischen Glander und den Käufer schob, durch eine feine randlose Brille blickte er Joffrey Kramer lächelnd ins Gesicht: »Mr. Kramer. Guten Abend! Ich bin noch gar nicht dazu gekommen, Sie hier bei uns zu begrüßen, Mr. Kramer, Asche auf mein Haupt, Mr. Kramer! Wir sind aber so was von sofort wieder bei Ihnen, ich muss Ihnen nur eben mal ganz kurz meinen Herrn Glander entführen!« Und als wäre es eine Erklärung, wedelte der Mann im schwarzen Anzug jetzt mit einem dieser neuen, klobigen Funktelefone in der Luft, zog Glander dabei resolut am Arm in Richtung Vorbereitungsküche. »Zwei Minuten, Mr. Kramer, zwei Minuten.«

In der Küche klang seine Stimme plötzlich tiefer und dunkler: »Was hat Kramer Ihnen geboten?«

»Und Sie sind?«

»Tut mir leid, wo sind meine Manieren. Mein Name ist Jean-Marie Feininger, nicht verschwägert oder verwandt mit Lyonel Feininger, ich bin Kunsthändler und Galerist, *Feininger Fine Art Gallery*, Upper East Side, 75th Street, entschuldigen Sie den Überfall, Mr. Glander, aber das war gerade knapp.« Der Mann holte kurz Luft, fasste mit seiner rechten Hand Glanders Unterarm und ließ nicht mehr los: »Joffrey Kramer möchte ein Bild von Ihnen kaufen?«

»Ja.«

»Welches?«

»Adams Rippe.« Glander versuchte, in den Gastraum zu zeigen, Jean-Marie Feininger schüttelte unwirsch den Kopf: »Ich kenne das Bild, Herr Glander. Ein Fuchs, der Kramer, gleich das Sahneschnittchen rausgesucht.« Feininger lächelte, aber nur kurz. »Kommen wir zum Geschäft. Sie malen Bilder, ich verkaufe Bilder, ich möchte für Sie arbeiten, Herr Glander. Haben Sie mit Kramer schon über Geld gesprochen?«

»Nein, ich hatte so an 200 gedacht und wollte grade drauf kommen, als Sie …« Feininger unterbrach Glander, mit Ungeduld in der Stimme: »Wir machen das jetzt so, wir gehen da raus und Sie halten den Mund. Ich rede mit Kramer und verkaufe *Adams Rippe* für Sie. Ich berechne Ihnen keinen Cent für meine Bemühungen. Wenn Ihnen mein erster Einsatz für Sie gefällt, verkaufe ich Ihre Arbeiten in Zukunft exklusiv und behalte pro Verkauf vierzig Prozent der Einnahmen, los geht's.«

»Was, vierzig Prozent, ich glaube nicht, dass ich da noch groß …«

Feininger seufzte. »Herr Glander. Folgen Sie mir bitte, da draußen wartet Joffrey Kramer auf uns, einer der größten Kunstsammler dieses großen Landes.«

Im Deli waren jetzt die Tische zur Seite geschoben worden, die ersten Gäste tanzten in der Mitte des Raumes, Wodkaflaschen wurden rumgereicht, Tad hatte das Licht gedämpft und die Lautstärke fahrlässig nach oben geregelt, *Ladies and gentlemen, I give you Rockers, Rockers Hi-Fi!*, mächtige Basswellen setzten ein, die Leute schrien vor Vergnügen, *he can push the tempest vibe, he can surely turn the tide.*

»Feininger! Wo verstecken Sie sich denn!«, brüllte Joffrey Kramer lachend. Feininger legte einen Arm um die Schulter des Kunstsammlers: »*Adams Rippe*, ja? Kramer, für Sie ab jetzt sofort gesichert, versichert und morgen geliefert für 40.000 Dollar.«

»Sie sind ein Halsabschneider, Feininger, aber ich feilsche nicht mit Ihnen – wenn Sie noch ne goldene Zunge obendrauflegen.«

»Die Zungen sind echt, daran hätten Sie keine Freude. Aber Herr Glander arbeitet grade in seinem Atelier noch an der Gussform, die Zungen kommen dann in einer limitierten Auflage von genau acht Stück auf den Markt, massiv vergoldet. Ich lege

Ihnen die Nummer eins von acht zurück, Herr Kramer, für sagen wir – 25.000 Dollar. Freundschaftspreis!«

Joffrey Kramer lächelte, schüttelte den Kopf und die Männer gaben sich die Hand. Kramer schüttelte auch Glander die Hand. »Ich freu mich sehr! Und ich komme Sie demnächst mal in Ihrem Atelier besuchen, auf Wiedersehen!«

»Oh, aber nur wenn ich dabei bin, Herr Kramer, beim Atelierbesuch!«, lachte Feininger und hob mahnend einen Zeigefinger in die Luft. Joffrey Kramer hob die Hand zum Gruß, zwängte sich durch die tanzenden Menschen, blieb vor *Adams Rippe* noch eine Minute stehen, nickte nachdrücklich und trat dann auf die Straße.

»Was denn für ein Atelier?«, fragte Glander.

Feininger drehte sich zu ihm, drückte den Rücken durch und streckte Glander eine Visitenkarte in die Hemdtasche: »Herzlichen Glückwunsch. Sie haben gerade 65.000 Dollar verdient. Und jetzt seien Sie bitte sehr tapfer und gehen mal rüber zu Herrn De Niro da hinten in der Ecke und bitten ihn höflich, seine Zigarre auszumachen. Das beschädigt die Bilder, die stinken dann und das macht die Preise kaputt. Gute Nacht, Herr Glander, wir sehen uns, denke ich.«

8

Es mussten Hunderte von Haustürklingeln sein, Möninghaus studierte nun schon eine ganze Weile die Namensschilder, dann endlich, siebte Reihe, dritte Klingel von oben: *Walter Rögger*. Möninghaus sah auf die Uhr und drückte dann den Klingelknopf. Keinemenschenseelestille. Aus quadratisch gemauerten Erdflecken mit graugrünem Moosbefall ragten kümmerliche Bäumchen, die im Schatten der Hochhäuser auf Sonne warteten. Sie säumten den Weg, der zum verwaisten Spielplatz führte, dem Zentrum der Siedlung. Lack blätterte von der verbeulten Rutsche, und ein aufkommender Wind ließ das Schaukelgerüst leise quietschen. Im Sandkasten lagen zwei leere Wodkaflaschen und einige gerauchte Zigaretten. Ein bisschen wie in einem Zombiefilm, kurz bevor die Untoten auftauchen, dachte Möninghaus, sah sich vorsichtshalber noch mal um, drückte erneut und diesmal ausdauernd den Klingelknopf in die Umrandung.

Es war einfach gewesen, Walter Rögger zu finden, er hatte in Gustav Glanders alter Schule angerufen, die Sekretärin hatte ihm die Telefonnummer eines Gymnasiums in Ulm gegeben, dort hatte man zwar Krankenstand gemeldet, die Telefonnummer des Kollegen aber herausgegeben, nachdem er Namen und Redaktion genannt hatte. »Da wird sich der Kollege aber freuen«, hatte die Dame gesagt. Rögger hatte seltsam nervös geklungen am Telefon, irgendwie gehetzt, auf dem Sprung, aber er hatte seine Adresse genannt und sie hatten einen Termin vereinbart, heute um 16.00 Uhr, und Möninghaus sah noch einmal auf die Uhr, es war sogar schon Viertel nach vier. Möninghaus trat aus dem Eingangsbereich hervor und legte den Kopf in den Nacken. Niemand war zu sehen auf den schmucklosen Balkonen, nicht eine Sonnenschirmecke störte den Rhythmus aus Beton, der in den Himmel wuchs.

»Halli, hallo, hallöchen! Bin ich zu spät? Ich bin zu spät, Sie müssen der Herr Brönigmann sein, nicht wahr!«

Möninghaus drehte sich um, der Mann vor ihm schwitzte stark, sein zum Zopf gebundenes, graues Haar befand sich in Auflösung, er umklammerte eine ausgebeulte Aktentasche, die offensichtlich schwer war. Mühsam verlagerte er das Gewicht in die linke Armbeuge und streckte Möninghaus die rechte Hand zum Gruß entgegen: »Rögger, Walter Rögger, ich grüße Sie! Schön, dass das geklappt hat, ich bin ja gespannt wie ein Flitzebogen, ich bin allerdings auch krank, hier, Nase läuft, ich würd mir am liebsten Tempotaschentücher zusammenrollen und in jedes Nasenloch stopfen, Tampontaschentücher sozusagen, haha, ja, ich bin so-was-von-krank, das hat mich richtig schlimm erwischt, aber der Mensch muss ja auch einkaufen, und was da eben los war im Supermarkt, und dann stellt man sich ja immer an der längsten Schlange mit der langsamsten Kassiererin an, das ist ein Naturgesetz, also zumindest für mich trifft das hundert Prozent zu, darum hab ich mich jetzt ein bisschen verspätet, aber die Zeit holen wir wieder rein, ich sprech einfach ein bisschen schneller, was, Herr Brönigmann?«

»Möninghaus«, sagte Möninghaus und hielt Herrn Rögger die Haustüre auf. »

»Ja, das ist nett, danke, Herr Münighaus, yessas ist die Tasche schwer, also ich bin der Wally, ne, dass das mal klar ist! So, der Aufzug ist doch ziemlich oft kaputt, die Kinder drücken immer alle Knöpfe und der ist ja von, Moment...« Rögger hatte die Aktentasche abgesetzt, eine randlose runde Brille aus seiner Manteltasche geschält und aufgesetzt, jetzt las er von der Metalltafel neben dem Fahrstuhl ab: »Baujahr 1975, Mensch, wie alt war ich denn da? Moment, rechnen, rechnen, rechnen, rechnen kann ich ja nicht, das ist meine große Schwäche, Dyskalkulie sag ich nur, darum unterrichte ich ja auch Deutsch und Kunst, da fällt das gar nicht auf, was, haha, also 1975 war ich, ja, so ungefähr zwanzig, ne?«

Die Fahrstuhltür öffnete sich, alle Etagenknöpfe leuchteten, Rögger simulierte einen Ohnmachtsanfall, stellte dann die Aktentasche in einer Ecke des Fahrstuhls ab, ein leises Klirren war zu hören: »Haaach, alle Stockwerke gedrückt! Hab ich's grad gesagt oder hab ich's grad gesagt! Die Kinder! Na ja, sind ja Kinder. Jedenfalls hereinspaziert, das kann dauern, macht ja aber nix, können wir zwei ja schon mal schön quatschen, wir müssen hier hin.« Rögger zeigte auf den Knopf mit der 14. »Sie sind ja wegen dem Gustav hier, ne? Ich freu mich ja, dass der so Karriere gemacht hat, als Maler, toll! Und ich sag ja immer, der Glander Gustav, das ist ein Meisterschüler von Walter Rögger, das wissen ja die wenigsten, dass ich dem das Rüstzeug mitgegeben habe für die Malerei, hat der alles bei mir im Kunstunterricht gelernt, ich hab den ja ermutigt, ich hab immer alle Kinder ermutigt, auch im Versagen, das ist ja auch wertvoll, Fehler zu machen, sich zu irren, zu scheitern, ich sag immer: Leute! Leute, sage ich, graden Lebensweg kann jeder gehen, wer aber einen kurvigen Lebensweg geht, der hat doch am Ende viel mehr gesehen! Und beim Gustav, das sah ja auch überhaupt nicht nach gradem Lebensweg aus, dieses riesenhafte Kind. Und immer hat er geschwiegen, bis zur totalen Verstummung, der hat eine alte Seele, haben die Leute im Dorf immer gesagt. Jedenfalls hat der Gustav beim Malen seine Sprache gefunden, und ich hab das unterstützt. Bin an meinen freien Tagen mit dem in die Museen und Kunstausstellungen gefahren nach Tübingen, nach Stuttgart, einmal ein Wochenende bis hoch nach Karlsruhe, hab den Jungen abgeholt auf dem Hof und immer kurz noch ein Schwätzchen gehalten mit der Frau Glander, die war, Herr Manimaus, das muss ich Ihnen mal sagen, eine ganz tolle Frau. Hochattraktiv! Die war ja damals schon ein ganzes Stück älter als ich und verheiratet, ich war trotzdem verrückt nach ihr, da lief ja gar nichts. Zu der Zeit war das ja auch undenkbar, ich hab's trotzdem oft gedacht, haha, so, Halbzeit!«

Möninghaus spürte eine Erschöpfung in sich aufsteigen.

»Ich leb ja alleine jetzt, das hat aber mit der Frau Glander nix zu tun, ich schwör's! Haha. Ich bin nur, ach, ich hab halt, ach, das werden Sie ja gleich sehen, die sechs Stockwerke, die schaffen wir zwei Künstler auch noch! Ich bin ja dann weg aus dem Allgäu, war mir alles zu eng da, und ich bin dann hier nach Ulm ans Gymnasium, jetzt ist es mir mittlerweile auch hier zu eng, im Wortsinn, wirst du gleich sehen, haha, nee, Scherz beiseite, Ernst komm her, ich denk halt, einen alten Baum soll man nicht mehr verpflanzen.«

Im 14. Stock stiegen sie aus, Walter Rögger drückte Möninghaus die Aktentasche in die Arme: »Bitte mal halten und nicht fallen lassen, haha, so der Schlüssel ist, Moment, ah! Sooo, das ist kompliziert jetzt, man muss immer den Schlüssel so reinstecken, dann die Türe an der Klinke zu sich ranziehen, Schlüssel drehen und dann, Vorsicht mal bitte.« Rögger drehte den Schlüssel, trat dann, die Klinke noch in der Hand, einen Schritt nach hinten, warf sich dann mit Schmackes und ohne Vorwarnung mit dem ganzen Körper gegen die Wohnungstür. »Hua!«, schrie er, Möninghaus zuckte zusammen, dann sah er in den Flur von

Röggers Wohnung. Links und rechts säumten offensichtlich selbst gezimmerte Holzregale voller Bücher und Schallplatten einen schmalen Gang, der hier und da von Mänteln und Schuhen verstopft war. »Einfach drübersteigen, ist halt schon sehr eng hier. Aber gemütlich! Geh du mal gleich durch ins Wohnzimmer, gib mir mal die Aktentasche, ich mach uns mal schnell was zu trinken, Tee oder Kaffee?«

Möninghaus stieg hinter Rögger durch den Flur, in der Wohnung roch es nach alter Wäsche und kaltem Aschenbecher, der Geruch erinnerte Möninghaus an die Postämter der Siebzigerjahre. Sein Vater hatte bei der Post gearbeitet, und er erinnerte sich, wie er oft auf den Vater gewartet hatte. Gegenüber den Schaltern standen lange Bänke, auf denen sich insbesondere im Winter die Armen und Alten der Stadt versammelten, um sich aufzuwärmen und zu reden. Er saß oft bei den Alten, studierte stundenlang die Fahndungsplakate an den Wänden der Schalterhalle, *Anarchistische Gewalttäter* stand da in dicken, roten Lettern und darunter *Baader-Meinhof-Bande*. Die gesuchten Männer und Frauen auf den Schwarz-Weiß-Fotos sahen gruselig aus, unglücklich, wie Tote. »Ein Tee wäre klasse!«, rief Möninghaus in die Küche.

»War nur Spaß! Haha, ich hab nur Kaffee, ich find ja, Tee ist heißes Wasser mit Geschmack, das krieg ich nicht runter, Kaffee dagegen ist eine wunderbare Droge, ich habe hier eine, komm mal, guck mal, hier bin ich!«

Möninghaus stieg über einen Bastkorb, in dem sich gefaltete Plastikeinkaufstüten stapelten, und suchte sich ein freies Stehplätzchen in der Küche, auf dem Boden türmten sich Tageszeitungen und Zeitschriften, in den Küchenregalen standen Bücher und Aktenordner (*Steuer 82, Künstler E-F*), auf den Arbeitsflächen lagen Kugelschreiber, Scheren und Büroklammern herum. Rögger klappte die Aktentasche auf, entnahm ihr drei Päckchen angetaute Tiefkühllasagne *Bologneser Art*, sechs Halbliterflaschen Exportbier und eine Flasche Kräuterschnaps: »Wenn ich wieder gesund bin, wird gefeiert! Haha! Ja, die Küche, das ist eher mein Büro, ich kann ja nicht so gut kochen, mach ich aber trotzdem jeden Abend, guck mal, ich hab hier einen Fernseher, den mach ich mir immer an und warte, bis das Essen fertig ist.« Rögger zeigte auf eine Mikrowelle, die unter schmutzigen Küchenhandtüchern beinahe schon verschwunden war. »Was ich dir aber zeigen wollte, ist die Kaffeemaschine, tolles Ding!« Rögger befüllte den schlampig ausgewaschenen Filter eines italienischen Espressokochers aus Aluminium mit Kaffeepulver, ließ Wasser in den unteren Teil der Schraubkanne laufen, »Nie über das Ventil befüllen«, und drehte die Kanne zusammen. »Auf den Herd, Vollgas und warten, bis es röchelt! Komm, wir gehen ins Wohnzimmer, ist gemütlicher.«

Über die gesamte Längsseite des Wohnzimmers zog sich ein Wandregal, in dem sich originalverpackte Actionfiguren aus Plastik befanden. »Sauteuer, aber wunderschön, oder? Ich sitz hier ganz oft abends und schau nur die Figuren an, guck mal, wie echt die auch im Detail sind. Ich sammle *Star Wars*, Superhelden und *Herr der Ringe*, ist halt so ein Hobby, oh sorry, die Hefte müssen wohl erst mal weg«, Rögger raffte eilig die *U-Comix* und *Mad-Hefte* zusammen, die über das fleckige Sofa verteilt lagen, und bot dann stolz einen Sitzplatz an. »Und Achtung, auch mal umdrehen, bitte«, rief er plötzlich und Möninghaus tat, wie ihm geheißen. Die Wand hinter ihm war mit gerahmten Bildern behängt, dicht an dicht drängten sich Ölgemälde, Aquarelle, Collagen aus Zeitungsausrissen, Bleistiftzeichnungen, Skizzen. In der Mitte das größte der Bilder, es zeigte eine milde Hügellandschaft, ein Heuschober war zu sehen, zwischen Holzpflöcken spannte sich Draht, im Hintergrund funkelte ein großer See im Sonnenlicht eines Sommertages, man konnte vereinzelte Segelboote erkennen, in der Ferne erhob sich ein majestätisches Bergmassiv. Eine durchaus gelungene Landschaftsmalerei, befand Möninghaus. Irritierend war nur die Kuh, die am linken Bildrand den Kopf ins Panorama geschoben hatte und den Betrachter direkt ansah. Die Kuh war rot. Rögger beobachtete Möninghaus. »Jaha, ist alles von mir, ich hab ja auch mal gemalt, hier die Kuh, die ist aus meiner roten Phase, das war eine viel beachtete Ausstellung damals, in der Stadtsparkasse Ravensburg, die Vernissage war am Weltspartag, weiß ich noch ganz genau, Mensch, wer da alles gekommen ist, hinterher war sogar ein Artikel in der *Schwäbischen Zeitung*, rote Kühe, die haben gestaunt!« Rögger atmete aus und sprach für mehrere Minuten nicht mehr, stand in der Mitte des Wohnzimmers, die Augen zusammengekniffen, betrachtete seine Malerei, als suche er etwas. Dann fand er zumindest seine Sprache wieder: »Kinder sind wichtig, das ist doch unsere Zukunft. Und der Gustav, der hat es echt geschafft. Ist doch gut so.«

»Herr Rögger, der Gustav ...«

»Wally, sag doch Wally.«

»Wally, der Gustav ...«

»Der hat gemalt wie ein Besessener. Ich hab den Kindern ja immer Hausaufgaben aufgegeben, malt mal euer Elternhaus, malt mal euern Lieblingsplatz, malt mal ein Plattencover für eure Lieblingsband, malt mal dies und das. Und die Ergebnisse haben wir dann alle gemeinsam im Kunstunterricht angesehen und besprochen, und ich habe immer allen Kindern eine Eins oder eine Zwei gegeben, nie schlechter, das hab ich auch der Schulleitung damals erklärt, Kunst kann man doch nicht benoten! Jeder, der was gemalt hatte, hat eine Eins oder Zwei bekommen, die Zwei als Motivation! Und der Gustav hat immer mindestens drei Bilder zu jedem Thema abgegeben, meistens fünf oder sechs Bilder, immer ein ganzer Zyklus, eine ganze Welt, die Bilder bezogen sich teilweise aufeinander, da wurden Geschichten erzählt und da stand dann dieses schweigende Riesenkind und wusste nicht, wohin mit seinem ganzen Talent. Gut, dass er mich hatte.« Walter Rögger betrachtete die Actionfiguren an der Wand. »Die Geschichte mit den Krebsen, das war auch so ein Hammer, da hat der Gustav, ach du liebe Güte, der Kaffee!« Rögger sprang elegant über die Hindernisse auf dem Weg zur Küche, von dort war ein Rumpeln zu hören, ein Schmerzensschrei, dann Porzellan auf Porzellan, der Lehrer erschien im Türrahmen, zwei Kaffeetassen auf Untertassen balancierend: »Zucker und Milch sind leider aus, Scheiße, hab ich mir grade die Flosse verbrannt, ich sag mal aua, aua, wo war ich?«

Möninghaus nippte am Kaffee, stellte die Tasse schnell wieder auf den Tisch: »Krebse, Sie wollten von den Krebsen erzählen.«

»Ja. Genau. Hammer. Das muss in der achten Klasse gewesen sein. Die Kinder sollten ihr Lieblingstier zeichnen, und Gustav fragte mich vor der Stunde, ob wir den Wasserkocher befüllen und vorne hinstellen könnten, und er bräuchte auch die Schüssel, in der sonst immer die Pinsel eingeweicht werden. Ich denk so, machste mal, und als ich Gustav aufrufe, überreicht er mir fünf Bilder. Auf allen Bildern war, extrem naturalistisch gemalt, ein Krebs zu sehen, da stimmte alles, die Scheren, die Fühler, die Beinchen, der pickelige Panzer. Grandios. Die Farben des Panzers leuchteten, glänzten und verliefen elegant, königsblau, ein perlmuttgrünes Schimmern, schlammgrau, einfach toll. Die

Farbe des Tieres änderte sich von Bild zu Bild, ein kräftiges Rot breitete sich über dem gesamten Panzer aus, gleichzeitig änderte sich die Farbe des Untergrundes, das zart schwebende Blau wurde von Bild zu Bild heller, klarer, durchsichtiger, und aus dem letzten Bild schälten sich die Konturen von Eiswürfeln aus dem Hintergrund, es wirkte, als schwimme der Krebs in Eiswasser, ganz toll. Und wie ich so die Bilder in Reihe an der Tafel festklippe, um alles zu besprechen, bricht plötzlich Radau los, ich dreh mich um, da steht der Gustav am Pult und hat den Knopf des Wasserkoches gedrückt, aus seinem Ranzen holt er einen lebenden Krebs, die ersten Mädchen schreien schon und er setzt den Krebs in die Pinsel-Einweichschale, klack macht der Knopf am Kocher kurze Zeit später, das Wasser brodelt und der Gustav übergießt den Krebs mit dem kochenden Wasser. Der Panzer des Tiers färbt sich rot, leblos liegt der Krebs am Grund der Schale, und der Gustav zeigt wortlos drauf, verbeugt sich dann, wie ein Zauberkünstler nach einem besonders gelungenen Trick und geht zurück an seinen Platz. Riesentumult, die Jungs klatschen und johlen, einige rennen nach vorne, um den Krebs besser sehen zu können, einige Mädchen kreischen immer noch, und Melanie Gülbler bricht in Tränen aus und rennt raus und ich hinterher wegen meiner Aufsichtspflicht und die Melanie will sich überhaupt nicht mehr beruhigen und ich weiß den Namen heute noch, weil der Vater von der Melanie, der Herr Gülbler, ja dann am nächsten Tag im Lehrerzimmer stand, ist da einfach reingestiefelt und hat mich angebrüllt, Metzgermeister war der, ein Riesenklops und der stand da und brüllte minutenlang und ich dachte nur, gleich langt der dir eine und dann bist du auf der Stelle tot, unter Gehirnerschütterung kommst du hier zumindest nicht raus. Aber das mit den Krebsen, das war schon sagenhaft.

Ich hab dem Gustav das dann später in Ruhe erklärt, was er da eigentlich gemacht hat, Konzeptkunst! Performance! Und dass der Direx auch recht hätte, in gewisser Weise, und dass das mit dem Nachsitzen nicht zu ändern sei, aber insgesamt eben doch: Eins plus mit Sternchen, Gustav Glander, hab ich gesagt und den Jungen gedrückt im Überschwang, anfassen mochte der ja gar nicht, aber da musste er durch an dem Nachmittag. Haha. Die Krebsnummer, einfach toll.«

Walter Rögger schien wieder in diesem Klassenzimmer zu sitzen, lächelnd blickte er nach draußen auf den Balkon, der mit Gartenstühlen, Blumentöpfen, Weinkisten und halb leeren Grillkohlesäcken vermüllt war. Dann kehrte er wieder zurück auf sein Sofa und wandte sich seinem Gast zu: »Und ich find's schön, dass sich jetzt wieder alle Welt für Gustav Glander interessiert.«

Möninghaus vermochte den letzten Satz nicht ganz einzuordnen, denn eigentlich hatte sich seit Mitte der Neunziger exakt niemand mehr ernstlich für den großen Glander interessiert. Er wusste, das Folgende könnte jetzt eine Weile dauern, er fragte aber trotzdem: »Haben Sie eigentlich noch Bilder von Ihrem Meisterschüler?«

»Ja! Eins! Aus der Krebsserie! Das mittlere!«

»Und wissen Sie, wo genau ...«

»Na klar, ich weiß ganz genau, wo das Bild jetzt ist! Hat der Typ mitgenommen, der vor zwei Wochen hier war, Leihgabe, das musste der mir quittieren, das war so ein schlaksiger Ami, sprach aber gut Deutsch, Feidlinger hieß der oder so, ich müsste irgendwo noch die Visitenkarte haben ...«

»Feininger?«

»Feininger, genau! Kennst du den?«

KATRIN

Der Waldboden ist so weich, dass man es sogar durch die Schuhe spüren kann. Man muss aufpassen auf Wurzeln und Steine, Angst muss man nicht haben, hat Gustav gesagt. Gustav geht voran. »Gleich sind wir an der guten Stelle«, ruft er.

Katrin hat keine Angst, nur ein bisschen. Der Waldweg ist nicht mehr zu sehen, die Bäume stehen immer näher beieinander. Der Wald macht Geräusche. Es knackt und knistert und raschelt und Katrin läuft, bis sie Gustav eingeholt hat, und schiebt ihr Händchen in seine große, weiche Hand, viel besser. Sie schaut hoch zu ihm, es scheint ihn nicht zu stören, er sieht angestrengt geradeaus und läuft weiter. Mitten im Wald plötzlich eine Lichtung, ein Rund von Sonne gefüllt, ein Bach gluckert über moosige Steine. Gustav formt seine Hände zu einer Schale, schöpft Wasser aus dem Bach und trinkt. Katrin macht es ihm nach und trinkt, eisekalt.

»Und jetzt guck mal«, sagt Gustav und zeigt auf einen großen Busch mit schwarzen und lila und rosa Beeren. Er geht hinüber und pflückt eine schwarze Beere, steckt sie in den Mund und kaut und schmatzt, *mmmh*, macht er und rollt mit den Augen, Katrin muss lachen. Sie weiß nicht so recht, *in freier Natur darfst du keine Beeren essen*, sagt die Mutter immer. Sie beobachtet Gustav, der sich Beere um Beere in den Mund steckt und nicht stirbt. »Das sind Brombeeren«, sagt Gustav.

Gustav kennt sogar den Rückweg, Katrin ist erleichtert: »Du darfst heute Mittag bei uns essen, weil Ferien sind, hat Mama gesagt«, sagt Katrin und hofft, dass Gustav Ja sagt. Er nickt.

»Guten Tag, Frau König«, sagt Gustav später an der Tür zu ihrer Mutter und »danke für die Einladung«, und dann holt er drei angedrückte Brombeeren aus der Hosentasche und überreicht sie.

»So ein perfekter Gentleman!«, sagt die Mutter und lacht.

»Was ist ein Gentleman, Mama?«

»Ein so wohlerzogener junger Mann wie dein Freund Gustav hier.«

Jetzt bemerkt Katrin den Geruch. Aus der geöffneten Haustür riecht es eklig. Katrin erstarrt, ihr Gesicht wird ganz heiß: »Mama, was gibt es denn zu essen?«

»Putencurry, mein Schatz! Ganz mild, mit Ananas und Reis. Steht schon auf dem Tisch, alle mal rein jetzt!«

»Oah, Mama, nee!«

Katrin beschließt, das gelb leuchtende Zeug nicht anzurühren, und schiebt den Teller weg. Sie beobachtet Gustav, der das Essen auf seinem Teller beobachtet.

»Nun esst mal, Kinder«, mahnt die Mutter.

Gustav spricht zum Teller: »Ach, wir probieren das jetzt mal.« Er piekst einen Putenstreifen mit gelbem Glibber auf, schiebt sich das Fleisch in den Mund, kaut langsam, dreht sich dann zur Mutter und sagt: »Mm. Gut.« Er lügt, weiß Katrin, sieht wie die Mutter sich freut, und greift ebenfalls zur Gabel. »Ist das Ananas?«, will Gustav wissen und betrachtet einen gelben Fruchtfetzen auf seiner Gabel.

»Mmmh, ja«, antwortet die Mutter kauend.

»Das wär doch auch gut mit Brombeeren«, ruft Gustav und kichert und auch Katrin kichert, und die Mutter lacht, und es wird Katrin ganz warm.

9

Sie waren am frühen Morgen aus Ulm losgefahren, und kurz vor Göttisau sah Gerd Möninghaus das Feindesheer zum ersten Mal. Als sie das Kreisstädtchen Marktriedel passiert hatten, färbte sich die Luft plötzlich gelb, nahm Formen an und stob in Schleiern über das Fahrzeug, bedeckte die Windschutzscheibe mit einem dichten Film. Möninghaus bremste, betätigte gleichzeitig die Scheibenwischer, die das Wischwasser in gelben Schlieren über die Frontscheibe schmierten, von links nach rechts und zurück: »Scheiße«, fluchte er und ließ den Wagen am Ortsausgang in einer Kurve auf den Standstreifen rollen.

»Nee, Wüstensand«, erklärte Philip vom Beifahrersitz aus, starrte gebannt auf sein Smartphone-Display, das mit feinem Klingklang vom unentwegten Eingang neuer Nachrichten kündete. Möninghaus zog die Augenbrauen hoch, sah flehend hinauf zum Plafond des Wagens, dann hinaus ins Panorama. Vor ihnen, zwischen den gelben Schlieren, lag ein weites Tal, aus dem sich im Rund mächtige Berge erhoben. Die hügeligen Höhenzüge zu Füßen der Gebirgskette waren mit blühenden Almwiesen bedeckt, ein dunkler Tannenwald dünnte nach oben hin aus, hier und da blitzte zwischen den Bäumen ein helles Stück Wanderweg auf, erste Felsflecken, die sich oben zu steinigen Gipfeln auswuchsen, und alles hinter einer seltsamen Folie aus schwebendem Gelb, beschienen von einer fahle Sonne. Möninghaus war ausgestiegen, lehnte, die Arme auf dem heißen Autodach übereinandergeschlagen, am Wagen und starrte in die Ferne. Irgendwo da hinten, auf der anderen Seite des Tales, lag die Alm, oberhalb von Göttisau, einer Ansammlung von wenigen Häusern, die sich um eine Kirche drängten, deren Glocken in diesem Moment zu schlagen begannen. Mittagsläuten, dachte Möninghaus und wunderte sich darüber, wo dieses Wort herkam. Das Kitzeln in der Nase dagegen kannte er. Und auch den Geruch. Dieses Warme, intensiv Blumige. »Ach du Scheiße, das sind Pollen«, rief Möninghaus, und schon ging es los, dreimal schnappte er nach Luft, das Kitzeln in der Nase wurde stärker und entlud sich in einem Nieser, der das Glockengeläut im Tal übertönte, klarer Rotz flog über das Autodach, und Möninghaus griff vergeblich in seine Hosentaschen, nie hatte er Taschentücher dabei. *Du musst immer ein Taschentuch dabeihaben*, hatte sein Vater ihn immer beschworen, wenn sie gemeinsam im Garten gearbeitet hatten, trotz seiner Pollenallergie hatte er dem Vater helfen müssen. *Da nimmst du dein Spray und gut ist*, hatte der Vater gesagt, aber es war gar nicht gut, im Garten. Er wagte kaum zu atmen, die Pollen setzten sich trotzdem in der Nase fest und auf den geröteten Augen und er musste niesen, einmal, zweimal, dreimal. Und wenn er die brennenden Augen öffnete, stand der Vater über ihm und hielt ihm vorwurfsvoll ein blütenweißes Taschentuch hin, aus Stoff.

»Taschentuch, Chef?« Philip hatte sich über den Fahrersitz gelegt, hielt mit der ausgestreckten Hand ein Papiertaschentuch ins Freie, die andere Hand umklammerte sein stetig vibrierendes Smartphone. Möninghaus griff dankbar zum Tuch, wischte sich auch übers Kinn.

»Scheiße«, näselte er, rieb sich mit den Fingern die Wasserschleier aus den Augen, *Nicht reiben!*, hatte der Vater immer gerufen, aber was wusste der schon, *Dann wird es nur noch schlimmer*, hatte der Vater gewusst und recht behalten, jedes Mal, aber das

Reiben gaukelte Linderung vor, es brannte etwas angenehmer, die Welt war wie in Wachs getaucht und das Kind durfte auf dem Sofa liegen, die Augen geschlossen, und es wurde langsam besser.

Philip hatte das Steuer übernommen, nachdem Möninghaus auf dem Höhenzug in Rekordzeit erblindet war, die Nase in feuchte Taschentücher vergraben. So viel also zur tollen Hyposensibilisierung, mit der ihm sein Hausarzt in Hamburg seit Jahren das Geld aus der Tasche zog. »Es gibt einen Gott in Göttisau«, stellte Möninghaus fest, als sie den Marktplatz erreichten, und zeigte auf die Apotheke neben dem Lebensmittelladen.

»Grüß Gott!« Die ältere Dame hinter dem hölzern glänzenden Verkaufstresen nickte ihm freundlich zu, als er die Apotheke betrat. Sogar den Namen der Akut-Tabletten kannte er noch und auch den des Nasensprays. Die Apothekerin lachte: »Gibt's nicht mehr, die Medikamente sind ja älter als ich, da gibt es heute auch schon ganz andere Wirkstoffe, ich stell Ihnen mal was zusammen.«

Noch in der Apotheke träufelte sie ihm kühlende Tropfen in die Augen, die nur kurz brannten und dann schnell für neuen Durchblick sorgten, mit einem Glas Wasser spülte er eine winzige Tablette hinunter, bekam Nasenspray verordnet und zwei Päckchen Papiertaschentücher geschenkt, auf denen das Lautwort *Tröööt!* aufgedruckt war, mit Ausrufezeichen, das fand Möninghaus nicht lustig. Während er zahlte, fragte er die Apothekerin nach dem Weg zum Glanderhof.

»Ach, der Josef, der lebt ja schon nicht mehr, und die Magda ist ganz allein da oben, weil der Sohn, der Künschtler, isch ja verschollen, in Amerika, des isch ein Drama. Aber ins Tal will die Magda ja nicht, a schture Eselin isch se emmer scho gwä.«

Das Letzte hatte Möninghaus nicht verstanden: »Äh das hab ich jetzt ... äh, wie bitte noch mal?«

Die Apothekerin schüttelte den Kopf: »War nicht wichtig. Aber saget Se, was wollet Sie denn von der Magda?«

Möninghaus lächelte unverbindlich und überlegte. Die Apothekerin zog die Augenbrauen zusammen und musterte den Fremden intensiver, jetzt fiel Möninghaus was ein: »Ich bin ein Freund ihres Sohnes und wollte Frau Glander mal besuchen.«

Die Türglocke schlug ein zweitönig holperndes Klingeln an, Philip betrat die Apotheke: »Ham Sie Kaugummis?« Möninghaus und die Apothekerin sahen Philip an, der im hereinfallenden Sonnenlicht stand und fragend zurückstarrte.

»Ach so, Tür zu!« Philip schloss die Tür, die Türglocke rummbimmelte ein zweites Mal.

»Mit meinem Sohn«, sagte Möninghaus. »Da lernt er mal was, der Herr Kunststudent.«

Als sie wieder im Auto saßen, winkte die alte Dame Möninghaus durch das Fenster der Apotheke zu, einen Arm wie ein Handpuppenspieler angewinkelt, nur ihre Finger bewegten sich auf und ab.

Kaum war der Wagen verschwunden, ging die Apothekerin zum Tresen, hob den Telefonhörer ab und wählte eine kurze Nummer. »Magda? Da kommet glei zwei Leut hoch zu euch, die hend nachm Gustav gfrogt. Ja. Hamburger Kennzeichen. Ja, gern. Verzählsch dann halt mal. Also, ade!«

Weißgelber, staubiger Kies knirschte unter den Autoreifen, sie hielten etwas unterhalb des Hofes, hier stand schon ein roter Fiat 500, der still in der Sonne vor sich hin rostete. Die letzten Meter gingen sie zu Fuß, kurz vor dem Höhenwald hatten sie den

Pollenschleier durchbrochen, der jetzt hinter und unter ihnen lag, Tal und Dorf bedeckte er wie ein graugelber Wischlappen. Es war auch kühler hier oben, trotz der Sonne, die den blauen Himmel in Strahlen durchdrang. Das Summen der Bienen, Kuhglockenläuten hier und da, fernes Autohupen aus dem Tal, dazwischen einzelne Hammerschläge auf Metall, ansonsten: still, die Welt. Möninghaus wagte, tief einzuatmen.

Eine alte Dame saß vor dem Haus, am äußersten Ende einer langen, verwitterten Holzbank, vor der ein ebenso langer Holztisch aufgestellt war. Sie trug eine schwarze Tracht, die über einer weißen Bluse geschnürt war und die Zierlichkeit der alten Dame unterstrich, grauer Rock und grüne Schürze, weiße Strümpfe in schwarzen Schnürschuhen.

»Grüß Gott!«, rief Möninghaus im Näherkommen, und schon während er die Hand erst zum Gruß hob und dann ausstreckte, merkte er, wie falsch und aufgesetzt der Gruß von hier aus seinem Mund klang, eilends schob er ein »Guten Tag!« hinterher, während er die Hand der alten Dame griff, die sich erhoben hatte. »Bleiben Sie doch bitte sitzen, Möninghaus mein Name und das ist der Philip, mein, äh, Sohn.« Beide sahen zu Philip herüber, der sich vor dem Bergpanorama postiert hatte, sein Handy in die Höhe hielt und ins Display grinste. Möninghaus zuckte entschuldigend mit den Schultern.

»Glander«, antwortete die alte Dame, ohne seine Hand loszulassen, »Magda Glander.« Sie lächelte, nickte zustimmend: »Setzen wir uns doch.«

Erst jetzt fiel Möninghaus auf, dass er sich vom silberweißen Haar der Dame hatte täuschen lassen, das zu einem Dutt gebunden von drei dunklen Holzstäbchen in Form gehalten wurde, links und rechts rahmten zwei entflohene Strähnen ein beinahe faltenloses

Gesicht mit makellosen Zügen und einem frischen Blick. Möninghaus überschlug im Kopf, wie alt Gustav Glanders Mutter jetzt sein musste, und stellte überrascht fest, dass er sie sehr attraktiv fand, Magda Glander und ihre alterslose Schönheit, hinter der Jugend und Alterswürde gleichermaßen schimmerten.

»Sie haben Heuschnupfen, Sie Ärmster?«

»So schlimm wie seit Jahren nicht mehr«, Möninghaus nickte.

»Heute ist aber auch so ein Tag, so einen Pollenflug hab selbst ich lang nicht mehr erlebt hier. Aber sagen Sie, Herr Möninghaus, was führt Sie zu mir, ich nehme nicht an, Sie fahren den weiten Weg von Hamburg hierher, um unsere schöne Aussicht zu genießen und einer Sägewerkswitwe Gesellschaft zu leisten.«

»Nein, nein«, log Möninghaus und überlegte, woher Magda Glander das mit Hamburg wusste, dann fiel ihm ein, dass sie wohl das Autokennzeichen gesehen haben musste. Adleraugen also auch noch. »Ich bin auf Urlaubsreise mit meinem Sohn runter nach Italien, und da dachte ich, ich schau mal bei meinem alten Freund Glander vorbei, wir haben seit Jahren nichts mehr voneinander gehört, schade eigentlich, dachte ich, und ich wusste, dass er hier in der Gegend aufgewachsen ist, und da dachte ich, auf gut Glück, und hab mich durchgefragt. Ist er hier, der Gustav, wo ist er denn, der Gustav?«

Magda Glanders Miene verfinsterte sich, Skepsis im Blick: »Der Gustav. Aha. Woher kennen Sie sich denn, mein Gustav und Sie?«

»Vom, äh, Kunststudium in New York«, antwortete Möninghaus, hoffend, dass Magda Glander das Zögern in seiner Antwort nicht wahrgenommen hatte, er war nicht vorbereitet auf Rückfragen, stellte er fest, als Journalist war er es gewohnt, Fragen einfach beantwortet zu bekommen.

Magda Glander hakte nach: »Aha. Wie heißen Sie denn mit Vornamen?«

»Gerd, Gerd Möninghaus.«

»Und was haben Sie gemacht aus Ihrem Kunststudium, Gerd Möninghaus?«

»Ich arbeite jetzt bei einem Kunstmagazin, Frau Glander, als Redakteur, *KunstStücke* heißt das Heft. Aus Hamburg.« Möninghaus spürte die Erleichterung, wieder bei der Wahrheit angekommen zu sein, aber nur kurz.

»Und dann wissen Sie nichts über das Verschwinden meines Sohnes?«

»Na ja, doch, also, ja-ha, aber ich dachte, ich frag mal selber ...«

Magda Glander unterbrach ihn, rückte näher an ihn heran, mit einer Hand packte und drehte sie seinen Hemdkragen, unverwandt sah sie ihm in die Augen, hielt seinen Blick, ihre Nasenspitzen berührten sich jetzt fast, und Magda Glander sprach mit gespielt ruhiger Stimme: »Gerd Möninghaus. Verarschen Sie eine alte Frau nicht. Ich habe meinen Mann verloren und meinen Sohn, der einmal ein Star war in Ihrer Welt, Herr Möninghaus, und sollte ich herausfinden, dass Sie hier nicht nur ausschließlich als Freund, sondern auch als Journalist aufgetaucht sind, um in den Wunden einer alten Frau zu stochern, dann ...« Magda Glander erhob sich, Möninghaus immer noch am Hemdkragen festhaltend.

»So bleiben!« Philip lachte und schoss ein Handyfoto, senkte das Smartphone und betrachtete kichernd die Aufnahme: sein Chef im Würgegriff der Alten, große Klasse.

Dann bemerkte er die Frau mit den roten Haaren im Hintergrund des Fotos, sie trug Jeans und ein weißes Hemd und hielt in den Händen einen imposanten Tellerstapel. Philip sah auf vom

Handy und da stand sie immer noch, die Frau mit den Tellern, und sagte: »Katrin.«

»Das ist Katrin«, sagte Magda Glander, die von Möninghaus abgelassen hatte und nun dessen zerknitterten Hemdkragen geradezuppelte, als wolle sie die letzten Sekunden ungeschehen machen: »Sie geht mir ein bisschen zur Hand, die Katrin, ist ja doch sehr viel jetzt, grade mit den Bauarbeiten.«

»Bauarbeiten?«, fragte Möninghaus, der sich aufgesetzt hatte und jetzt ebenfalls seinen Hemdkragen zu ordnen begann. Als habe er ein Stichwort gegeben, tauchten Männer hinter dem Haus auf, kräftige Männer in derben Arbeitshosen, mit schmirgelstaubgrauen Haaren und Zementspritzern im Gesicht, muskulöse Männer, die Ärmel der groben Wollhemden über imposante Bizepse gerollt. Die Männer nickten Magda Glander zu, deuteten unbeholfen eine kleine Verbeugung an, einige hatten sich Stühle mitgebracht. Magda Glander grüßte mit freundlichem Nicken das Defilee der Bauarbeiter, erhob sich und deutete einladend auf den langen Tisch: »Hinsetzen, die Herrschaften! Katrin und ich haben gekocht, heute gibt es Maultaschen in Brühe!«

Die Männer nahmen johlend Platz, es wurde schnell eng auf der langen Bank. Katrin verteilte die schweren weißen Teller, Löffel und Gabeln dazu und eine große Flasche Bier für jeden am Tisch, ohne Gläser. Möninghaus saß eingeklemmt zwischen Philip und Frau Glander und war dankbar, als der Bauarbeiter ihm gegenüber seine Misere bemerkte und Möninghaus' Bierflasche mit einem Augenrollen und einem Feuerzeug öffnete. Möninghaus prostete seinem Retter dankbar zu und nahm einen großen Schluck vom kalten Bier. Mit einer kurzen Handbewegung, die keinen Widerspruch duldete, schubste Magda Glander Philip von der Bank: «Du gehst jetzt mal mit der Katrin und hilfst ihr bei der Suppe.«

Je einen Henkel eines großen dampfenden Topfes haltend, kehrten Philip und Katrin bald aus der Küche zurück, die Männer klatschten und pfiffen, dann wurde die Suppe verteilt. Ein Schöpfer goldgelbe Brühe mit Schnittlauch und Fettaugen floss in jeden der tiefen Teller. Drei große Maultaschen platschten pro Mann hinterher und alle griffen zu den Löffeln und legten los. Die klare Brühe duftete würzig und schmeckte herrlich salzig, Gerd Möninghaus betrachtete die Maultaschen, die, wie er fand, aussahen wie kleine Gehirne, die papierdünne Nudelschicht hatte sich beim Brühen über der würzigen Füllung in Falten geworfen, diese Maultaschen sahen so ganz anders aus als jene, die Möninghaus mal im Supermarkt gekauft hatte, als seine Frau verreist war. *Verzehrfertig*, hatte auf der Packung aus dem Frischeregal gestanden und *Einfach 15 Minuten in Brühe erhitzen oder in einer Pfanne in wenig Öl 12-15 Minuten braten*. Möninghaus war das mit dem Braten zu kompliziert gewesen und er hatte einen Brühwürfel in kochendem Wasser aufgelöst und die harten, dicken Nudeltaschen darin erhitzt. Später hatte er die Nudeltaschen vor dem Fernseher gegessen, war nach dem ersten Bissen noch mal aufgestanden, hatte die Verpackung aus dem gelben Sack gefischt und die Zutatenliste studiert: *Fleischerzeugnis im Nudelteig: mit Brot (58 %), Spinat (gehackt, 30 %) und Hackfleisch vom Schwein (12 %)* war da unter *Füllung* zu lesen, und er hatte genickt, die Packung wieder weggeworfen, die Maultaschen dann mit Ketchup und Currypulver verfeinert und sich gewundert, wie es dieses Grauen zur Leibspeise der Schwaben gebracht haben konnte.

Mit der Löffelkante trennte er ein Stück einer Maultasche auf seinem Teller ab, kaute flüchtig und aß zügig, wie er es gewohnt war. Das nächste Stück Maultasche kaute er andächtiger, bemerkte die Zartheit der Nudelschicht, die fleischige Füllung mit würzigem Spinat, leicht pfeffrig abgeschmeckt, mit einem Hauch Muskat gewürzt. In Gedanken entschuldigte sich Möninghaus ausführlich beim Volk der Schwaben, bat um Nachschlag, wie die Arbeiter an der Tafel, sah zwischen jedem Löffel hinauf ins Panorama, hinab ins Tal, wo sich die gelben Schleier auflösten wie die Verstopfung in Möninghaus' Nase, dankbar sog er den Duft der reichen Brühe ein.

»Ist wie Medizin«, kicherte Magda Glander und boxte ihm beherzt in die Seite.

Die Suppe entwickelte irgendwie auch eine befriedende Wirkung. Nach dem Essen und als die Bauarbeiter wieder hinter dem Haus verschwunden waren, setzten beide ihr unterbrochenes Gespräch fort, man einigte sich darauf, dass das Verschwinden Gustav Glanders eine Tragödie und diese Tragödie außerdem für die vorübergehende und hochverzeihliche Dünnhäutigkeit Magda Glanders verantwortlich gewesen sei. »Außerdem hatte ich Hunger. Wenn ich Hunger habe, bin ich unausstehlich. Das hat schon mein Mann Josef immer gesagt, im schönsten Streit hat er innegehalten, mich lange und schweigend angesehen und dann gesagt: *Iss vielleicht erst mal was.* Und da war der Streit auch schon halb rum. Ich habe mir dann erst mal ein Brot gemacht, mit Butter und Rauchfleisch.« Magda Glander lachte, dann wurde sie wieder ernst: »Der ist weg, der Gustav, und, ich weiß nicht, wenn er noch leben tät, hätt er sich doch gemeldet bei mir. Er hat ja nie gut gekonnt mit Menschen. Aber mit mir, mit mir hat er schon gekonnt. Der tät sich doch melden bei mir.«

Mit Schrecken bemerkte Möninghaus, dass Magda Glander zu weinen begonnen hatte, und widerstand dem ihm eigenen

Fluchtreflex. Mit weinenden Frauen konnte Gerd Möninghaus nicht umgehen. Sie überforderten ihn komplett. *Wer weint, kommt weg, und wer weiterweint, kommt weiter weg!*, pflegte er zu rufen, wenn während einer häuslichen Diskussion seine Frau oder seine Tochter (und manches Mal auch beide gleichzeitig) zu weinen anfingen, statt sachlich zu argumentieren. Eilends verließ er dann den Ort des Disputs und kehrte erst wieder zur Diskussion zurück, wenn kein Schluchzen mehr zu hören und alle Tränen getrocknet waren.

Neben ihm schluchzte Frau Glander. Unruhig rutschte Möninghaus auf der Bank hin und her. »Ja, weiß ich ja jetzt auch nicht«, fiel ihm ein, während er Philip und Katrin neidisch beim Abräumen zusah.

Zum Kaffee hatte sich Magda Glander wieder beruhigt.

»Nein, eigentlich interessiert sich kaum mehr jemand für meinen Sohn. Bei der Polizei kommt die Akte immer noch alle drei Monate auf den Tisch, dann prüfen sie, ob eine der Bankkarten von damals genutzt wurde, ob es beim Zahnbild Übereinstimmungen mit unbekannten Leichenfunden gibt, so was. Na ja, und der Herr Rögger ruft manchmal hier an, sein Kunstlehrer aus dem Gymnasium. Meine Güte, der redet wie ein Wasserfall. Ich hab ja jetzt so ein neues Telefon mit Rufanzeige, und wenn ich schon die Vorwahl von Ulm sehe ... manchmal gehe ich einfach nicht ran.« Möninghaus sah hinauf in den Himmel und nickte verständnisvoll. »Und der Feininger schickt Pralinen. Zu Weihnachten, immer, mit einer Neujahrskarte.«

»Sein ehemaliger Agent?«

»Ja. Der. Und neulich hat der mal angerufen, das hat mich gewundert. Aus New York. Wissen Sie, was so ein Ferngespräch kostet!«

»Und was wollte er?«

»Ob ich noch Bilder hätte vom Gustav, von früher. Ob wir einen Keller hätten oder einen Dachboden. Ob ich mal schauen wollen würde, ob da noch Zeichnungen sind vom Gustav, und die tät er dann verkaufen für mich, da hätten wir doch alle was davon. Und ich hab nur so gedacht, das werden aber teure Pralinen nächste Weihnachten, und gesagt hab ich, dass nix mehr da ist vom Gustav. Und dann ist mir eingefallen, dass ich mal beim Frisör gelesen habe, dass so Ferngespräche auch für den angerufenen Teilnehmer teuer werden können, und dann hab ich schnell aufgelegt.«

»Haben Sie denn noch Bilder aus der Jugendzeit?«

»Herr Möninghaus, wenn ich noch Bilder hätte, würde ich sie verkaufen. Da scheint es ja einen Markt zu geben. Nur der Herr Feininger, der hat dem Gustav ja noch nie gutgetan, und seine Pralinen kann der selber essen. Dumm und dusselig hat der sich am Gustav verdient und nach Gustavs Verschwinden keinen Cent mehr rausgerückt. Ist ja nicht so, dass ich das nicht anfangs noch versucht hätte, nachgefragt habe ich, ausstehende Beteiligungen an Bilderverkäufen, Nachlassverwaltung und so. Nachweisen konnte ich nix. Ich wusste ja nicht mal, was der Gustav in New York gemacht und gemalt hat und vor allem wie viel. Der Herr Feininger hat gesagt, es ist alles verkauft und ausbezahlt. Und seine Konten hätte Gustav noch selbst aufgelöst, kurz vor seinem Verschwinden. Das hat die Polizei damals gesagt und die Bank. Und dass er sich abgesetzt hat mit seinem Geld, haben die behauptet.« Magda Glanders Stimme wurde wieder brüchiger: »Aber wer geht denn aus so einem schönen Leben weg, als erfolgreicher Künstler im großen Amerika. Das macht doch keinen Sinn!«

Gerd Möninghaus überraschte sich dabei, wie er der Witwe tröstend den Rücken streichelte. »Und dann kommen Sie, lügen mich erst an und wissen auch überhaupt nichts.«

Möninghaus zog die Hand zurück.

»Mir geht das Geld aus, Herr Möninghaus, ich leb allein hier oben, und die Rente meines Mannes reicht zum Leben nicht und zum Sterben ist's zu viel. Ich hab das Sägewerk hinterm Haus jetzt an junge Leute verpachtet, die machen da weiter, mit Schreinerwerkstatt und so, alles machen die neu, bauen um. Ich freu mich schon auf den Geruch von frischem Holz, den vermiss ich. Dann bin ich auch nicht mehr so alleine hier oben, und es kommt wieder Leben auf den Hof. Und die Katrin hab ich ja auch noch, die schaut nach mir.«

Magda Glander setzte sich plötzlich ganz gerade hin, klemmte die flüchtigen Strähnen hinter die Ohren und sah ihren Gast mit festem Blick an: »Wie es aussieht, lebe ich also noch ein Weilchen und verhungere nicht. Ich habe noch ein paar Jahre, die ich mit dem Warten auf meinen Sohn verbringen kann. Sie, Gerd Möninghaus, sind doch Journalist. Warum revanchieren Sie sich nicht für die guten Maultaschen, hören auf, mich zu belügen, schnappen sich Ihren Sohn, wenn er das überhaupt ist, und finden *meinen* Sohn!«

»Das tue ich doch schon!« Möninghaus' Empörung wich sekundenschnell dem Schrecken über das Gesagte, das war ihm jetzt so rausgerutscht.

»Na, da haben wir's doch und sind uns einig.« Magda Glander lächelte knapp: »Ich bin sehr müde geworden über dieses aufregende Mittagessen mit Ihnen, Herr Möninghaus, ich werde mich jetzt ein bisschen hinlegen müssen. Vergessen Sie doch bitte nicht, bevor Sie gehen, Ihre Telefonnummer aufzuschreiben, und lassen Sie sich von Katrin auch unsere Nummer geben. Wir bleiben nämlich ab jetzt in Verbindung!«

Auf der Rückfahrt erklärte Gerd Möninghaus seinem Volontär die Sache mit dem Handy noch mal: »Es ist einfach unhöflich, Philip, während eines Gespräches dauernd ins Handy zu starren, ich bin froh, dass du dann wenigstens noch ein bisschen mitgeholfen hast, da in der Küche.«

»Ich bin auch in einem Gespräch, wenn ich ins Handy gucke, mit der ganzen Welt bin ich im Gespräch. Jetzt zum Beispiel schicke ich Katrin grade eine Freundschaftsanfrage auf Facebook.«

»Welcher Katrin?«

»Na der Küchen-Katrin von grade eben. Ist doch spannend, wer die ist und ob die den Glander noch gekannt hat, die sind doch ungefähr ein Alter!«

»Du kennst ihren Nachnamen?«

»Ja, Katrin König und …« Ein Glockenklang, wieder versank Philip kurz in sein Handy: »Ha … wir sind jetzt auf Facebook befreundet.«

»Wir werden uns trotzdem erst einmal auf Feininger konzentrieren. Und wir müssen Tad finden.«

»Fliegen wir nach New York?«

»Würde Sinn machen.«

Philip boxte mit der Faust in die Luft und tippte die neue Nachricht in seine Welt.

JOSEF

Immer dichter fällt der Schnee. Große weiße Flocken schweben leise aus dem Dunkel heran und lassen sich lautlos auf der dicken weißen Decke nieder, die sich über das Land gelegt, Hügel und Wege verschluckt hat. Josef beobachtet seinen Atem, der das Fensterglas milchig werden lässt, jedes Mal, wenn er dagegenhaucht. Der Vater ist jetzt schon sehr lange weg, so weit ist es doch gar nicht bis zum Gänsebauer: den Waldweg hinunter und in der Kurve rechts ab, den Pfad entlang bis zum Nachbarhof, im Sommer waren es keine zehn Minuten zu Fuß. Josef sieht hinaus, die Welt verliert sich hinter dem Ende des Lichtkegels der Laterne, die über der Haustür hängt, der Weg löst sich nach wenigen Metern in Nacht und Schneefall auf. Jetzt beugt sich die Mutter über ihn, blickt über seine Schulter hinaus ins Gestöber: »Na, wo bleibt er denn, der Vater?« Sie riecht nach Bratäpfeln und Rotkohl, sieht dann den Bub an: »Mach dir keine Sorgen, Unkraut vergeht nicht, und dein Vater kennt den Weg. Sorgen solltest du dir ums Christkind machen, ob das durchkommt bei dem Schnee, ich weiß es nicht!« Dazu macht sie eine Miene des Bedauerns. Josef muss lachen, es gibt gar kein Christkind, das hat er herausgefunden, sein Geschenk haben die Eltern besorgt, neue Ski mit Federbindung, so wie Franz Pfnür sie am Gudiberg gefahren ist und Gold geholt hat für Deutschland, bei den Olympischen Winterspielen im Vorjahr. Die Ski liegen ganz versteckt in einer Ecke des Heuschobers, Vater hat ein paar gesägte Bretter darübergelegt, zur Tarnung. Da ist ein Schatten zu sehen, hinter der Scheune: »Vater!«, ruft Josef und läuft zur Tür. Es ist wirklich der Vater, der die Tür aufreißt. Schneeflocken stieben in den Hausflur, als er die Schuhsohlen aneinanderknallt.

»Mach zu!«, ruft die Mutter. »Du lässt ja die ganze Wärme hinaus.«

Josef hüpft am Vater hoch, der sich die Mütze vom Kopf gezogen hat, lachend zeigt er Zähne im borstigen Bart, er riecht nach Alkohol.

Tadelnd sieht ihn die Mutter an: »Hast du getrunken, Fritz?«

Der Vater kichert: »Ich hab den Christbaum der Nachbarn gelobt, wie es alter Brauch ist, und dafür einen Schnaps bekommen, wie es alter Brauch ist, und dann hab ich den Baum gleich noch zweimal gelobt!«, der Vater will sich gar nicht mehr einkriegen vor Lachen. Die Mutter steht im Flur, die Hände in die Hüften gestemmt, Tadel im Blick und Ungeduld.

»Und dann«, sagt der Vater und knöpft die dicke Jacke auf, unter der sich ein kindsgroßes Paket aus geschnürtem braunem Papier befindet, »hab ich dem Gänsebauern noch dieses schöne Tier abgeschwatzt, über fünf Kilogramm!«

Er überreicht das Paket der Mutter, die jetzt auch lächelt. »Und mit was hast du bezahlt?«, fragt sie.

»Ich hab ihm ein Glas vom Honig gegeben, vier Flaschen Obstler, eins von deinen Früchtebroten und einen Sack Kartoffeln.

»Hui. Teuer!«, ruft die Mutter.

Doch der Vater schüttelt den Kopf: »Hauptsache, wir haben einen Gänsebraten! Und die Scheißnazis in Berlin, die können sich Würschtle heiß machen zum Fest, ha ha!« Der Vater streicht Josef über den Kopf: »Scheiße sagt man natürlich nicht!« Er nimmt einen Lebkuchen vom Gebäckteller in der Stube: »Obwohl, in dem Fall ...«

Jetzt muss auch die Mutter ein bisschen lachen, die Eltern küssen sich, und Josef trägt stolz die Gans in die warme Küche.

10

Möninghaus saß im Büro und fluchte. »Ich ersticke hier noch«, brüllte er unvermittelt in die Stille.

Lechner zuckte zusammen: »Gerd, hier arbeiten Leute! Und ich bin keine zwanzig mehr, könntest du mich bitte nicht so erschrecken.« Lechner fasste sich an die linke Brust, sein Gesicht war plötzlich schmerzverzerrt, langsam sackte er vom Stuhl und verschwand röchelnd unter seinem Schreibtisch. Möninghaus atmete tief ein, sortierte weiter die Post, warf jene Umschläge, die an den Kollegen adressiert waren, über die Schreibtische in die Lücke zwischen Schreibtischkante und Zimmerwand. »Aua«, rief Lechner empört und rieb sich beim Auftauchen den Kopf. »Die Umschläge haben Ecken, Gerd!«

Flüchtig betrachtete Möninghaus die Post, riss Briefe auf, las eilig, die werbenden Anschreiben und Bittbriefe der Galerien zerknüllte er bis auf wenige Ausnahmen sofort. Ein wattierter hellbrauner Umschlag, ohne Absender, lag zwischen dem wöchentlichen Branchenblatt und den Hausmitteilungen, adressiert an das Kunstmagazin und zu seinen Händen. Der Poststempel verriet, dass der Brief am Bodensee aufgegeben worden war, in Konstanz, also nahe der Schweizer Grenze. Möninghaus öffnete den Umschlag und sah hinein, eine CD in einer durchsichtigen Hülle aus Plastik, ein Anschreiben fehlte. Möninghaus schob die unbeschriftete CD ins Laufwerk des Rechners, der sich surrend an die Arbeit machte. Sekunden später tauchte die CD als Symbol auf dem Bildschirmschreibtisch auf, Möninghaus fischte nach seiner Brille, setzte sie auf, ging ganz nahe an den Bildschirm heran und las laut den Namen der Datei: »*GGlander_Bilder_at*. Das gibt's doch nicht.« Gerd Möninghaus doppelklickte auf das CD-Symbol, das Vorschaufenster öffnete sich, und eine Hitze stieg schlagartig in ihm auf, die ausnahmsweise nicht dem beengten Kabuff-Büro zuzuschreiben war: »Ich kriege nen Knall, Lechner, das musst du sehen.« Möninghaus hatte sich auch in den Wochen nach ihrem Ausflug ins Allgäu umfassend mit Gustav Glander beschäftigt, er glaubte, jede Zeile gelesen und jedes Bild des Künstlers gesehen zu haben, er erkannte die Zeichnungen auf den Fotos und kannte sie doch nicht. Er zählte durch: 26 Bilder.

Lechner erhob sich stöhnend und kam rüber, stellte sich hinter Möninghaus und sah ihm über die Schulter: »Oha.«

Eine Weile studierten beide schweigend die Bilder, Möninghaus fand als Erster die Sprache wieder: »Das sind Skizzen. Skizzen zu Bildern von Gustav Glander aus seiner Hochzeit, hier, alles da, *Golden Calf*, alleine drei Vorstudien zu *Adams Rippe*! Hier unten *Thoughts about*, komplett, Studien zu allen fünf Bildern. Ich werd verrückt.«

Lechner starrte auf den Bildschirm, auf dem sich Möninghaus durch die Galerie klickte und die Bilder nach und nach vergrößerte.

»Woher kommt das?«

»Anonym, hier in dem Umschlag war das drin.«

Lechner seufzte: »Ist doch komisch. Kaum interessierst du dich für einen seit Jahren verschwundenen Künstler, taucht alter Kram von dem auf? Wer weiß eigentlich alles davon, dass du Glander suchst?«

»Na ja, Braunauer, du, Philip, Glanders Mutter, die Leute da auf dem Hof. Meine Frau.«

»Mmh. Und nichts dabei, kein Anschreiben?«

»Nix. Poststempel Konstanz.«

»Irgendein durchgeknallter Galerist von dort?«

Möninghaus zuckte die Schultern: »Wie gesagt, kein Anschreiben, nix.« Er zeigte auf den Bildschirm: »Das sind alles Skizzen.«

Lechner nickte: »Und höchstwahrscheinlich Fälschungen. Das machen Fälscher ja gerne, Entwurfsskizzen sind einfacher zu fertigen, kaum dokumentiert, selten und somit teurer. Weißt du noch, Gerd, Eric Hebborn, der Fälscher aus London, der sich auf Skizzen konzentrierte, die sich in die dokumentierte Provenienz berühmter Gemälde fügten? Schnell gemacht, plausibel und die Kunstwelt dürstet geradezu danach. Glander hat zudem kaum ein nennenswertes Werk hinterlassen, das hier wäre, nach seinem Tod oder Verschwinden, die raffinierteste Möglichkeit, das Oeuvre des großen Glanders zu erweitern. Und lukrativ dürfte das Ganze auch sein. Das ist eine Falle, Gerd.«

»Nur, wer stellt sie uns? Was machen wir denn jetzt damit?«

»Abwarten? Ich würde die Sachen Braunauer auf den Tisch legen. Ihn heißmachen auf die Geschichte, vielleicht investiert er dann ein bisschen in deine Recherche.«

Möninghaus winkte ab: »Ach, der hat doch keine Ahnung, kein Gespür, kein Gefühl. Braunauer ist doch gar nicht wirklich Chefredakteur, das ist kein Blattmacher, der ist Wirtschaftskontrolleur, das ist die neue Schule, Wolfgang. Nee. Was mir wirklich Spaß machen würde, wäre ja, dem Feininger die Sachen unter die Nase zu halten.«

»Feininger?«

»Glanders Mentor, Galerist und Nachlassverwalter. Wir haben in Süddeutschland rausbekommen, dass der grade überall ganz hektisch nach eventuell verschüttgegangenen Glander-Bildern sucht. Machen wir ihm doch eine Freude.« Möninghaus musste lachen, schnell verfinsterte sich seine Miene aber wieder: »Ich muss wohl doch erst mal zu Braunauer.«

Philip hatte schon eine ganze Weile an der Tür gestanden: »Ich komm mit!«

Überhaupt nicht mehr einkriegen wollte sich Braunauer, tippte sich mit dem Zeigefinger staccatissimo gegen die rechte Schläfe: »Herrschaften, wohl einen Clown gefrühstückt! Glaub ich jetzt nicht, nach New York, die feinen Herrschaften, Canario Pipo kann ich da nur sagen, ich glaub, es hackt!«

Specht trifft Holzkopf, dachte Möninghaus und sah unbeteiligt aus dem Fenster. Chefredakteurs-Hafenansicht mit allem Drum und Dran, blauer Herbsthimmel, das Dock, die Kräne in der Morgensonne. Hafenrundfahrtsschiffe im glitzernden Wasser, Möwen segelten in eleganten Manövern über den Schleppern, die ein großes Containerschiff hinter sich her ins Bild zogen.

»Vergnügungsfahrten zahlt der Verlag nicht. Wir haben einen New-York-Korrespondenten, dem mailen Sie Ihr Anliegen und dann besucht der diesen Feindlinger für Sie und stellt dem Ihre Fragen, kostet uns zwei Taxiquittungen, wenn der nicht sogar die U-Bahn nimmt!«

»Oder Skype! Dann können Sie da selbst anrufen.« Möninghaus fuhr herum und starrte Philip an, was redete denn der Junge, der sollte doch eigentlich gar nicht reden jetzt. Möninghaus schüttelte streng den Kopf und wandte sich dann wieder Braunauer zu, der jetzt auch das Containerschiff entdeckt hatte.

»Wie schon gesagt, Herr Braunauer, Kunsthändler Feininger ist die eine Sache, das andere, ich sag jetzt mal, Problem, wäre

Tadeusz Sobotka, ein, wenn nicht sogar *der* New-York-Freund von Glander, es wäre interessant, mit ihm über die Bilder zu sprechen, über Glanders Verschwinden ...«

Braunauer unterbrach: »Und der hat kein Telefon, der Herr Robotka? Ohne Witz, Möninghaus, ich zahle Ihnen doch nicht Ihre Lustreisen. Fragen Sie doch mal Ihre Frau, die ist doch auch Chefredakteurin hier im Haus, fragen Sie doch mal bei der nach, ob die noch Geld für reisende Redakteure hat, ich jedenfalls nicht.«

Sie gingen zu Fuß zurück ins Büro und ließen sich Zeit, am Hafenkiosk spendierte Möninghaus Kaffee und kämpfte dann mit der zweiten Kaffeesahnekapsel: »Mensch! Lässt sich das vielleicht auch öffnen?« Die Alulasche riss, und Möninghaus erinnerte sich an den alten DDR-Witz, hielt sich die Kaffeesahne vor den Mund und rief: »Aufmachen! Volkspolizei!« Philip lachte nicht. Möninghaus trieb den Daumennagel ins Aludeckelchen, Kaffeesahne spritzte auf die Plastiktischdecke: »Och nö. Sag mal, Philip, was hast du denn da vorhin im Büro erzählt, mit Skype? Der Braunauer hat gar nicht reagiert, kennt der wahrscheinlich nicht, hehe, äh, wie geht denn das genau?«

»Na ja, du brauchst den Kontakt des anderen Teilnehmers, ihr verknüpft euch am Rechner und dann könnt ihr miteinander telefonieren und euch auch sehen dabei. Via Computer. Und das kostet nix.«

Möninghaus war verblüfft, eine ähnliche Technik hatte er schon in den Science-Fiction-Filmen bewundert, die er so gerne sah: »Und wo gibt's das?«

»Im Internet, richte ich dir gleich ein.«

»Und funktioniert das mit jedem Menschen?«

»Mit jedem Menschen, der sich bei Skype angemeldet hat, ja.«

Möninghaus musste an seine Tochter denken. Ungeduldig blies er Wellen über den Kaffee: »Das zeigst du mir mal, ja?«

Im Büro schlief Lechner, den Kopf zwischen die Arme gebettet, auf einem Stapel alter Hefte.

»Aufgewacht, Kaffee, Kollege!«

Lechner schreckte hoch und sah dankbar zum Kaffee, den Möninghaus ihm jetzt auf den Schreibtisch stellte: »To go. Aber vorher Deckel abmachen, Meister.«

Philip fuhr den Rechner hoch, und zu Möninghaus' größter Verwunderung dauerte es nur wenige Minuten, bis sie verbunden waren: Lechner und er auf der einen Seite des Schreibtischs, Philip auf der anderen. Das Bild schwankte zwischen vollscharf und verpixelt, aber doch, doch, das war Telefonieren mit Angucken, wie Lechner es formulierte.

»Und wie finde ich da jetzt den Feininger?«

»*Feininger* eingeben und ...« Philip stockte: »Ah, okay, das sind doch eine Menge Feiningers. Vorname?«

»Jean-Marie.«

»Da gibt's zwölf. Am besten, du mailst dem Feininger mal und der schickt dann den Direktkontakt, und dann verknüpft ihr beide euch, und los geht's. Du bist jedenfalls *Möninghaus_KunstStücke*. Okay? Falls dich mal wer fragt.« Philip lachte. Ohne Anlass, wie Möninghaus fand.

»So, danke, jetzt lasst mich mal wieder sitzen, an die Arbeit, Herrschaften! Philip, finde du mal raus, wie wir an diesen Tadeusz rankommen.« Möninghaus schob sich vor den Computer, das Skype-Fenster war noch geöffnet, und er tippte ins Suchfeld: *Michaela Möninghaus*. Dann *Mika Möninghaus*. Dann *Mika DJ Ibiza*. Ein

Suchtreffer. Und im kleinen Kästchen neben dem Namen lachte ihm seine Tochter entgegen. Ihre Haare waren auf diesem Foto lila. »Und diese grüne Taste, Person und Plus-Zeichen, da kann ich Leute in mein Telefonbuch eintragen?«, fragte Möninghaus.

»Hinzufügen, ja.« Philip nickte knapp.

Kurz zögerte Möninghaus, dann drückte er die grüne Taste: »Wer nicht wagt ...«

Philip hatte inzwischen eine Telefonnummer aus dem Netz gezogen und sie riefen auf dem gewöhnlichen Telefon in New York an: *Tad's Deli* im Greenwich Village.

»Ach herrje, wie viel Uhr ist denn grad in New York? Nicht, dass die da alle schlafen«, murmelte Möninghaus, während er dem Freizeichen lauschte, das eben die lange Reise über den Atlantik abgeschlossen hatte.

Am anderen Ende der Leitung beantwortete offensichtlich ein Italiener Möninghaus' Frage. »Buona Sera! Hier spricht Gianfranco von der Pizzeria e Spaghetteria Castellabate, originale Cucina Cilentano, einmalig in New York, womit kann ich helfen, kleine Tische für heute Abend, ist alles möglich!«

Möninghaus suchte nach Worten.

»Mamma mia, die Leitung ist schon wieder defekte! Ich kann die Gäste nicht hören, Adriano, komm mal, hörst du? Da! Tote Leitung!«

Ein Rascheln, dann: »Adriano, pronto?«

»Möninghaus, guten Abend! Excuse my bad English, ich suche Herrn Sobotka, Tadeusz Sobotka, hab ich mich wohl verwählt.«

»Ah, der Herr Sobotka! Der ist in Rente! Das Deli gibt es nicht mehr! Hier ist jetzt die Pizzeria e Spaghetteria Castellabate! Wir machen originale Cucina Cilentano. Tisch wäre noch frei, alles möglich!«

»Nein, nein, hören Sie, Herr Sobotka dürfte so um die vierzig Jahre sein, schätze ich mal, da ist der doch noch nicht in Rente!«

Schweigen in der Leitung, dann: »Aaah, macht nichts! Kommen Sie trotzdem vorbei, wir kochen originale Cucina Cilentano, das ist einmalig in New York! Kleine Tische für heute Abend? Alles möglich!« Möninghaus atmete schwer aus und schüttelte den Kopf. »Und vielleicht kommt der Herr Sobotka auch!«

»Wie, der Herr Sobotka kommt auch?«

»Ja, manchmal. Dann sitzt er traurig am Tresen, trinkt originale Vino Cilentano, besser als Chianti-Wein, und wird trotzdem nicht fröhlich, weil er seinen Sohn verloren hat.«

»Wie, der Herr Sobotka hat seinen Sohn verloren?«

»Ja. Traurig.«

»Ich. Äh. Danke.«

»Kleiner Tisch für heute Abend?«

Möninghaus legte auf. »Mist. Ich glaube, Tadeusz Sobotka ist tot.«

Abends lud Möninghaus seine Frau zum Italiener ein. »Danach ist mir heute«, erklärte er, als Silke Möninghaus ihn verwundert nach seinem Befinden gefragt hatte, denn für gewöhnlich besuchten sie Restaurants selten und dann auch nur an den Wochenenden. Möninghaus genoss den Campari Soda, eiskalt und wie Limonade, er hatte Durst und Lust auf einen Schwips. »Sach mal, Silke, kennst du Skype?«

Seine Frau biss von der Bruschetta ab, die Hälfte der Tomatenwürfel fiel dabei herunter, sie nickte kauend: »Ja klar. Willst du mich mal anrufen?«

»Bitzele Brot?« Aus dem Nichts war der Kellner mit dem Brotkorb aufgetaucht, zeigte mit der Brotzange auf Möninghaus, der eben sein Carpaccio pfefferte.

»Nein, danke.« Kopfschüttelnd entfernte sich der Kellner und Möninghaus griff zur Zitrone: »Absurd, oder? Da zahlt man knapp zwanzig Euro für ein Gericht, das man sich dann auch noch selbst würzen darf, ungefähr zwanzig Gramm gefrorenes Rinderfilet mit ein paar verlorenen Parmesanraspeln und einem halben Kilo Rucolasalat.« Möninghaus schob das Grün beiseite und schwenkte die Ölflasche über dem Filetfleisch.

Silke Möninghaus nickte und griff zum Rotwein: »Ja, aber was war denn jetzt mit Skype?«

»Ach, nix.« Er ärgerte sich, mit dem Thema überhaupt angefangen zu haben. Er betrachtete den Olivenölsee, der das Fleisch jetzt komplett bedeckte, dann seufzend den kaputten Tropfen-Ausgießer auf der Olivenölflasche. »Silke. Wie wäre es, wollen wir zwei nicht mal über ein verlängertes Wochenende nach New York fahren? Nur wir zwei. Zeit für uns!«

»Gerd! Du wirst doch nicht auf deine alten Tage romantisch?

»Hat geschmeckt?« Die Eheleute Möninghaus nickten.

»Och, na ja, ich dachte, wir ...«

»Irgendeine Kunstausstellung, von der ich wissen sollte, Gerd Möninghaus? Ich erinnere mich an unser letztes, wuuunderbares Liebeswochenende in Barcelona! Wie schön das war, die schönen Häuser, 26 Grad und ein leichter Wind vom Meer! Die Palmen am Straßenrand, bevölkert von unzähligen grünen Papageien. Die Cafés, die Menschen, der Trubel, die Musik. El Raval! Ach ja und dann der imposante Mercat de la Boqueria, dieser prächtige Markt, der Bauch von Barcelona, kein Fisch und keine Muschel unter Gottes Himmel, die sich da nicht findet, und süße Früchte und ungekanntes Gemüse, regionale Käse, die duftenden Schinken verschiedenster Reifung – all das haben wir ja auch nicht erlebt und gesehen!« An dieser Stelle flocht Silke Möninghaus eine wirkungsvolle Kunstpause ein, bevor sie weitersprach: »Weil der Herr Kunstredakteur aus Hamburg ja diese potthässliche Kirche besuchen und ins MACBA musste, um zeitgenössische Kunst aus Europa in dunklen, eiskalt runterklimatisierten Räumen auf sich wirken zu lassen. Und ich immer dem Superstreber hinterher, hab mich vertrösten lassen, *gleich gehen wir bummeln* und dann war's Abend und kein Restaurant hatte mehr auch nur einen kleinen Tisch für uns. Erinnerst du dich, wir haben uns dann unter Neonlicht im Stehen ein Hähnchen auf der Straße geteilt und im Anschluss zwei Tage Magen-Darm durchlitten, unter verschwitzten dünnen Laken, in einem abgedunkelten Pensionszimmer mit miefigen, staubigen Vorhängen.«

Möninghaus sah sich nach dem Kellner um, winkte: »Rosso! Jaja, de la Casa, ist okay jetzt«, sah dann seine Frau an. Ihr spöttischer Blick. Ich liebe sie sehr, dachte er. Und um es gleich zu sagen, gab er zu: »Erwischt. Zwei Termine. Ich muss einen Kunsthändler treffen. Zwei Stunden, tagsüber. Du gehst shoppen oder bummeln oder was weiß ich. Und dann treffen wir uns wieder.«

»Und der zweite Termin?«

»Das reinste Vergnügen, den machen wir zusammen! Wir gehen italienisch essen. Und zwar nicht irgendwie!« Der Kellner brachte die Hauptgänge, knoblauchduftende Spaghetti alle Vongole in Weißweinsauce mit viel Petersilie. Seine Frau hatte wieder mal das glücklichere Händchen bewiesen, der römische Rollbraten mit Mandeln, Rosmarin und gebratenen Steinpilzen sah fantastisch aus.

»Genau, ja.« Möninghaus nickte dem Kellner zu und verneinte die Frage nach ein bisschen Brot. »Also nicht irgendwie italienisch, sondern originale Cucina Cilentano! Ich hab mal gegoogelt, Cilento, das ist eine ziemlich unberührte Gegend in

Süditalien, Kampanien, das ist so unterhalb von Neapel. Das vergessene Italien. Hab ich gelesen.«

»Gerd, ich weiß, wo das Cilento liegt. Ich frage mich nur, was du beruflich beim Cilento-Italiener in New York zu tun hast?«

»Das weiß ich ehrlich gesagt auch noch nicht so ganz genau. Aber lecker wird das, Schatz! Und wir zwei! Zusammen! In New York!«

Silke Möninghaus blieb die Skepsis ins Gesicht geschrieben und wich nur zögerlich einem Grinsen, die Stirn glättete sich langsam: »Okay. Du zahlst. Und du legst noch einmal Pekingente in Chinatown obendrauf.«

»Ist gebongt!« Ihr Mann nickte eifrig.

»Und ich will auf dem Empire State Building mit dir knutschen.«

Möninghaus sackte ein bisschen in sich zusammen, schaffte dann aber mit einem breiten Lächeln noch eben grade so die Kurve.

11

Jean-Marie Feininger stand in der Mitte des Raumes, ein Mann von zarter Statur, in einem streng geschnittenen grauen Anzug, der die schlanke Figur seines Trägers noch betonte. Sein graublondes Haar hatte Feininger akkurat nach hinten gekämmt, Strähne an Strähne, durch die rahmenlose Brille beobachtete er Möninghaus, der die gerahmte Fotografie im ansonsten leeren Schaufenster der Galerie betrachtete: Ein hölzerner Baum, der an eine Laubsägearbeit erinnerte, streckte seine dicken Äste von links ins Bild und vor graues Mauerwerk. Im Vordergrund war eine schöne Frau mit feinen Gesichtszügen und feuerrot geschminkten Lippen zu sehen, die Haare im Stil der Zwanzigerjahre onduliert. Die Frau trug ein violettes Oberteil mit Schalkragen aus glänzendem Stoff, sie blickte nach rechts, während auf ihrer linken Schulter ein dickes Huhn in schwarz-weißem Federkleid saß und sich an den Hals der Frau schmiegte, dabei sah es den Betrachter direkt an. Als Möninghaus vor den Eingang trat, ging Feininger die wenigen Schritte zur Glastür, öffnete diese schwungvoll, deutete dabei eine kleine Verbeugung an, schüttelte die Hand seines Gastes, feingliedrige, gepflegte Hände und ein kräftiger Händedruck, der zu überraschen wusste: »Willkommen, Herr Möninghaus, schön, dass Sie persönlich vorbeischauen!«

Möninghaus nickte dankend und sah sich um. »Sie sprechen ausgezeichnetes Deutsch!«

»Ich spreche acht Sprachen fließend, Herr Möninghaus, dabei ist mir die deutsche Sprache eine der wenigen, die mir auch persönlich nahe ist, meine Großeltern kamen aus Deutschland hierher. Setzen wir uns doch.« Mit einer Hand wies Feininger einladend auf den Stuhl vor dem prächtigen Schreibtisch mit den geschwungenen Beinen, Blumenranken zogen sich durchs glänzend polierte Holz. Feininger strich zärtlich über die Arbeitsfläche, auf der sich lediglich ein Papierblock und ein Bleistift befanden: »Louis XV, Buche mit Rosenholz, Amaranth und Mahagoni, verziert mit vergoldeter Bronze. Ich liebe diesen Schreibtisch. Es verbietet sich, einen Computer darauf abzustellen.« Feiningers Blick löste sich vom Schreibtisch: »Also! Nennen Sie mich Jean-Marie, oder meinetwegen auch John, das ist das Schicksal des alten Europas in diesem Land, alles hier wird irgendwann zu John.«

»Gerne. Gerd«, sagte Möninghaus und betrachtete die schwarz-weiße Fotografie über Feiningers Schreibtisch, links im Bild hielt sich eine nackte Frau mit beiden Händen an einem groben Seil fest, den Rücken durchgedrückt, die Beine leicht angewinkelt, streckte sie ihr Becken Salvador Dalí entgegen, der, im schwarzen Anzug und einer gestreiften Krawatte, konzentriert das gelockte helle Haar der Frau zu ordnen schien. Neben ihm seine Frau Gala, ebenfalls in Schwarz, versunken in die Betrachtung eines Hummers, dessen gekrümmter Schwanz die Scham der Frau bedeckte.

»Das Bild ist von 1939, es entstand hier in New York bei den Vorbereitungen zu *Le Rêve de Vénus*, Dalís Beitrag zur Weltausstellung damals. Wussten Sie, dass Dalí ein obsessiver Esser war? Dalí verstand Essen als Einverleibung. *Die Kiefer sind unsere besten Erkenntniswerkzeuge*, der Satz ist von ihm. Er liebte Hummer und Schnecken, das Knacken und Knirschen, den Eros des Oralen, die Erotik des Essens, der Mund als Weltorgan, um sich die

Welt einzuverleiben. Wilder Kerl. Mit Humor. Schade, dass ihn der Zeitenlauf zum Gebrauchskünstler degradiert hat. Kalenderkunst für alle, die nichts von Kunst verstehen wollen.« Feininger lachte gespielt und zeigte auf die Fotografie hinter ihm: »Das Foto ist von George Platt Lynes. Das ist Dalí für mich. Es nimmt alles vorweg, den Punk, die Sexualität der Tiki-Kultur, das Psychedelische.«

Möninghaus räusperte sich: »Sie, Herr Feininger, Entschuldigung, Jean-Marie, Sie haben sich ja früh auf *Eat-Art*-Künstler konzentriert, nicht wahr?«

»Wissen Sie, Gerd, ich bin Kunsthändler, das heißt, ich bin Geschäftsmann. Ich mache Geld. Und *Eat-Art* verkauft sich, entschuldigen Sie den platten Witz, wie geschnitten Brot. Wer sich für Kunst begeistert und für Kultur ganz allgemein, der liebt meistens auch die Kulinarik, denn auch das Kochen ist eine Kunst. Es geht in unserer Gesellschaft ja längst nicht mehr ums Überleben, wir brauchen ja keine Überlebensküche mehr, wie das noch bei unseren Großeltern der Fall war. Wer kocht, erschafft etwas, etwas Neues, wer kocht, schafft ein Statement, eine Aussage, etwas, das unterschiedlichste Deutungen zulässt, und ich rede hier nicht über *schmeckt* oder *schmeckt nicht*. Und nicht zuletzt sind es die kulinarischen *Kunststücke* eines Kochs oder einer Köchin, die wir nicht nur an uns heranlassen, wie ein Bild oder ein Stück Musik beispielsweise, nein, wir lassen sie in uns hinein, sie werden ein Teil von uns! Das finde ich spannend. Essen ist persönlicher als Sex. Es verändert unseren Körper, es beeinflusst Gesundheit und Denken. Die Funktionen unseres Körpers und die daraus resultierenden Befindlichkeiten. Sie können über die Kulinarik jede Geschichte erzählen. Wenn diese Ungeheuerlichkeit dann Eingang in die bildende und darstellende Kunst findet, dann finde ich das ungemein faszinierend. Und da bin ich nicht alleine. Meine Käufer spüren das, bewusst oder unbewusst. *Eat-Art* bringt etwas Existenzielles in die Kunst. Und damit verdiene ich mein Geld.« Feininger drehte sich im Bürostuhl zur Seite und schlug die Beine übereinander. Zu Möninghaus' Überraschung trug Feininger regenbogenbunt geringelte Strümpfe von Paul Smith. »Sie sind aber sicher nicht hier, um mit mir den kulinarischen Kunstbegriff zu diskutieren, Gerd?« Feininger lachte: »Sie sind wegen Glander hier, nicht wahr?«

Möninghaus nickte: »Haben Sie mal wieder was von ihm gehört?«

»Sie sind mir ja einer, Gerd!« Feininger wedelte tadelnd mit dem Zeigefinger. »Ernsthaft, nein. Er fehlt mir. Wir waren Freunde.«

»Haben Sie eine Ahnung, wo er jetzt ist, ob er noch lebt?«

»Ich kann dazu nur schwer was sagen. Und auch nichts, was ich nicht schon der Polizei erzählt habe, damals, nach seinem Verschwinden. Es war das Wochenende nach der *Thoughts about*-Vernissage im *Clayton Hotel*, ich hatte ihn an diesem Abend noch eingeladen, mich am nächsten Tag in meinem Haus in den Hamptons zu besuchen, kleines Grillfest, kleiner Kreis, wir hatten gut verdient, und das wollte ich mit ihm feiern, bei ein paar Steaks, amerikanischem Bier und europäischem Wein. Ich hatte ihm auch angeboten, einige Tage zu bleiben, ich wollte Montag wieder in die Stadt, und er hätte das Haus für sich gehabt. In den Wochen zuvor war er noch stiller geworden als sonst, ich dachte, er ist vielleicht überarbeitet, der Druck war hoch bei *Thoughts about*, Glander wollte weiterkommen, sich entwickeln, und die Arbeit war ein großer Schritt in die richtige Richtung.«

»Wirkte er depressiv?«

»Immer, eigentlich.« Feininger lachte, dann wurde er schnell wieder ernst: »Die Steaks haben wir dann alleine gegessen. Und nach ein paar Tagen erst bemerkt, dass er weg ist.«

»Wochen, die Polizei spricht von Wochen.«

Feininger nickte. »Ja. Es war aber auch normal, dass wir nicht täglich Kontakt hatten. Wissen Sie, Glander war kein *man of the people* und sehr gerne für sich allein. *Ich bin mir selbst genug*, hat er mal gesagt. Das war sein Thema.« Feininger schien die Decke der Galerie zu betrachten, in Gedanken verloren, dann schüttelte er den Kopf und wandte sich wieder seinem Besucher zu: »Ich bin tatsächlich erst nach Wochen zur Polizei. Deren Interesse am Verschwinden Glanders war, höflich ausgedrückt, mäßig. Ein deutscher Staatsbürger mit Greencard, der wieder nach Hause geflogen ist, so what? Es gab und gibt bis heute keinerlei Anzeichen auf ein Verbrechen, Glander ist lebend in Frankfurt angekommen. Alleine das Gesuch auf Amtshilfe durch die deutschen Behörden hat dann ein weiteres halbes Jahr gedauert, das lief dann dort aber auch ins Leere, weil niemand in Deutschland Glanders Verschwinden anzeigen wollte. Nicht mal seine eigene Mutter hat Anzeige erstattet. Die haben mir das dann auch klipp und klar erklärt, bedeutender Künstler hin oder her, der Mann war zum Zeitpunkt des Verschwindens volljährig und kann machen, was er will. Abzutauchen steht in Deutschland nicht unter Strafe. Für mich war das schwierig, ist es bis heute. Ich wüsste einfach gerne, ob er noch lebt, ob es ihm gut geht, was er macht. Ich mochte den großen, schweigsamen Jungen.«

»Und heute?«

»Verwalte ich den Nachlass. Ich bin noch im Besitz einiger weniger Bilder von Gustav. Wenn Bilder versteigert werden, versuche ich, sie aufzukaufen. Das ist alles.«

»Nach meinen Kenntnissen ist das aber nicht alles, Jean-Marie, oder? Waren Sie nicht unlängst auf Europareise und haben nach Frühwerken Gustav Glanders gesucht? In Ulm zum Beispiel, bei Walter Rögger?«

Feininger staunte. Er ließ sich in den Bürosessel fallen, ordnete sichtbar seine Gedanken, ließ sich eine Minute Zeit, bevor er sich wieder aufrichtete: »Mensch, Gerd, ich hab Ihnen noch gar nichts zu trinken angeboten! Agnes!« Eine Angestellte tauchte aus den hinteren Räumen der Galerie auf, deckte zartes Porzellan, brachte braunen Zucker, Sahne und einen Kaffee-Filter-Aufbau, wie ihn Möninghaus noch nicht gesehen hatte – vor ihren Augen träufelte dampfendes Wasser durch einen holzummantelten Porzellan-Filter in eine geschwungene Glaskaraffe auf einem Stövchen und verwandelte sich in duftenden Kaffee. »Kaffee will geliebt werden und verlangt einen respektvollen Umgang, gerade wenn man diesbezüglich unter Wilden lebt«, erklärte Feininger. Während sie der Verwandlung des Wassers in Kaffee zuschauten, erzählte Feininger von seinen Plänen, eine Gustav-Glander-Retrospektive zu eröffnen: »Eine ständige Ausstellung. Die Kinderbilder wären das Sahnehäubchen, denken Sie nur, auf so was fahren die Leute ab, Kindheitszeichnungen von einem der größten Künstler unserer Zeit, so was lieben die Amis! Darum habe ich Rögger besucht, ich gestehe!« Feininger streckte Möninghaus seine Arme entgegen, die Hände aneinandergelegt, wie ein Verbrecher, der auf das Klicken der Handschellen wartet.

»Stellen Sie sich das nur vor, die Kinderbilder gleich vorne, noch im Foyer der Ausstellungsräume. Ich bin sicher, wenn dann noch die Touristen kommen, wäre die Ausstellung über Jahre täglich ausverkauft, riesige Schlangen, jeden Tag!«

»Und ordentlich Gewinn für Sie, Jean-Marie.« Möninghaus zwinkerte Feininger spöttisch zu, dessen Augenbrauen sich jetzt bedrohlich zusammenzogen.

»Da Gustav Glander verschwunden ist, stehen seine Bilder bis zur Klärung des Sachverhalts nicht zum Verkauf, der Preis wäre nämlich stark vom Umstand abhängig, ob Glander tot ist oder nur ein Schaffenspäuschen eingelegt hat. Und solange dem so ist, verkaufe ich nichts. Die Ausstellung wäre eine schöne Gelegenheit, Glanders Kunst einer breiten Öffentlichkeit zugänglich zu machen. Die Einkünfte, ja gut. Ich trage ja auch das ganze Risiko, Herr Möninghaus. Ich bin Gustav Glanders Galerist. Die alten Verträge wurden nie aufgelöst. Ich bekomme meine Prozente. Den Rest verwalte ich auf einem Konto für Gustav. Wenn er wieder auftaucht, ist alles da. Oder es geht an seine Mutter.«

»Die Sie ja auch unlängst kontaktiert haben.«

Feininger nickte: »Bravo, Gerd! Harte Nuss, die Dame. Sagte, es gäbe keine Jugendbilder vom Sohn. Ich weiß aber von Gustav selbst, dass da noch ein ganzer Karton mit Zirkus-Zeichnungen sein muss.« Feininger nahm den Filter ab und goss Kaffee in die Tassen. »Nicht mal Geld konnte Frau Glander locken. *Keine Bilder, auf Wiedersehen.* Ich werde Frau Glander zur Eröffnung der Retrospektive einladen, vielleicht erweicht das ja ihr Herz. Das ist übrigens Jamaican Blue Mountain Kaffee. Ian Fleming war verrückt danach und ließ auch James Bond diesen Kaffee trinken. Das war, glaube ich, ja, in *Live and let die*. Sie müssen ihn heiß trinken, Gerd.«

»Und Sie haben keine Ahnung, wo Glander heute steckt?«

»Gerd, worauf wollen Sie hinaus? Noch mal, nein, ich habe keinen Schimmer und hoffe aber inständig, dass Gustav irgendwo auf einer Südseeinsel sitzt und sich weiterhin selbst genug ist. Ernsthaft: Er ist bei Ihnen in Deutschland verschüttgegangen, nicht hier. Gustav Glander hat an einem sonnigen Spätsommertag im Jahre 2001 hier in New York ein Flugzeug betreten, einen Direktflug nach Frankfurt. Und nach allem, was wir wissen, ist Glander auch in Frankfurt wieder aus diesem Flugzeug gestiegen. Das ist der Moment, in dem er verschwindet. Kein Weiterflug, kein Zugticket, kein Taxi, kein Busticket. Kein Bankautomat. Nix.«

Möninghaus nickte. 2011 hatten sie, anlässlich des zehnjährigen Jahrestages des Verschwindens, ein letztes Foto von Gustav Glander in der *KunstStücke* veröffentlicht. Es war das Foto aus einer Überwachungskamera des Frankfurter Flughafens. »Gruselstimmung!«, hatte Chefredakteur Braunauer gerufen, »das drucken wir, Gruselstimmung!«, und den Einwand von Möninghaus, das sei aber jetzt schon ein bisschen sehr *BILD*-Niveau, einfach überhört. »Alle haben jetzt die Türme, wir haben Glander! Emotionen, Möninghaus! Emotionen!« Im schwarz-weißen Gekrissel des Fotos ist eine hochgewachsene Gestalt zu erkennen, Glander steht mit dem Rücken zur Kamera auf einer Bordsteininsel vor dem Ankunftsportal, sieht einem abfahrenden Linienbus hinterher, sein Gepäck, zwei Koffer, hat er abgestellt. Zwei Minuten später speicherte die Kamera das nächste Bild. Glander war verschwunden. Kurz nach dem Amtshilfegesuch der amerikanischen Polizei hatten die deutschen Kollegen noch versucht, mehr zu erfahren über den abfahrenden VW-Bus, der an der rechten oberen Ecke der Fotografie aus dem Bild fuhr, nur ein Stück Stoßstange war zu sehen, darüber die Rücklichter, ein Stück der Heckscheibe, in dem sich das Flughafengebäude spiegelte. Kraftfahrzeugkennzeichen und das internationale Landeskennzeichen lagen außerhalb des Bildbereiches. Möninghaus hatte den Beamten ausfindig gemacht, der Glanders Verschwinden damals betreut hatte, auch um die Bildveröffentlichung wenigstens irgendwie zu rechtfertigen. Der Pensionär hatte sich kaum an den Fall erinnert und zu bedenken gegeben, dass Polizeiarbeit zu neunzig Prozent Fleißarbeit sei, akribische, endlose Recherche. Der Bus allerdings, damals ein gängiges Modell, dessen Farbe auf der Schwarz-Weiß-Fotografie nicht zu ermitteln war, habe keinerlei Details aufgewiesen, die eine Suche auch nur in irgendeiner Form erfolgversprechend eingeschränkt hätten.

»Jemand muss ihn abgeholt haben.«

»Noch Kaffee?«

Möninghaus schüttelte den Kopf, öffnete den City-Rucksack, den ihm Silke gestern gekauft hatte, und zog seinen Laptop hervor: »Wenn ich schon mal hier bin. Darf ich?« Fragend hielt Möninghaus das Gerät über die glänzende Schreibtischplatte, Feininger nickte schicksalsergeben. »Es ist nämlich so, ich hab da was, das würde ich Ihnen gerne zeigen.« Möninghaus tippte das Datum seines Hochzeitstages ein, öffnete den Ordner und klickte auf die Fotografien, die jetzt den ganzen Bildschirm ausfüllten: »Es sind nämlich bislang unbekannte Skizzen von Gustav Glander aufgetaucht.« Während er sprach und den Laptop umdrehte, beobachtete er Feininger, der jetzt aufrecht in seinem Stuhl saß und mit offenem Mund die Fotografien studierte, nur seine Augen bewegten sich. Es dauerte lang, bis sich Jean-Marie Feininger wieder seines Gastes erinnerte. »Können Sie die größer machen?«, fragte er, bevor er sich erneut in konzentrierte Betrachtung versenkte. »Mein Gott, Gerd. Woher haben Sie das?«

Nach seiner Rückkehr hatten sie im Hotelzimmer miteinander geschlafen, jetzt lagen sie nackt nebeneinander unter den dünnen Laken. Ungeduldiges Hupen, Schluckauf-Sirenen, das Surren der Klimaanlagen auf den benachbarten Dächern, ein paar Takte Hip-Hop von irgendwoher, Baulärm, Pfiffe und Rufe drangen durch das geöffnete Fenster herein und füllten das Zimmer.

»Man ist sogar in New York, wenn man die Augen schließt«, sagte Silke Möninghaus und schmiegte sich an ihren Mann.

Gerd Möninghaus betrachtete die Zimmerdecke und nickte, fuhr seiner Frau mit der Hand zärtlich durchs gelockte Haar, wickelte sich zwei Strähnen um die Finger: »Der wusste wirklich von nichts, das hätte ich nicht gedacht.«

»Von wem sprichst du, von diesem Kunstsammler?«

»Kunsthändler, ja, Jean-Marie Feininger. Ich habe ihm die neuen Glander-Bilder gezeigt und der war wirklich komplett überrascht. Oder er ist ein sehr guter Schauspieler.«

»Hattest du was anderes erwartet?«

»Zumindest gehofft hatte ich, dass er irgendwas weiß. Der Kerl zieht's wirklich durch. Die haben irgendwelche Verträge gemacht damals und Feininger sieht sich quasi immer noch als Glanders Agent, ungeachtet der Tatsache, dass sein Mandant schon ein gutes Jahrzehnt verschwunden ist. Sein Schaden ist das nicht, ich glaub ja, der hat sich dumm und dusselig verdient damals und tut's immer noch. Einen Wind hat der gemacht heute! Gleich Anspruch erhoben auf die Bilder, besteht auf unabhängige Gutachter, die die Echtheit der Bilder bestätigen, will auch selbst nach Deutschland kommen und hat gleich mal ganz freundlich in einem Nebensatz seinen Anwalt ins Spiel gebracht.« Möninghaus war aufgestanden und hatte sich ein Bier aus der Minibar geöffnet. Er nahm einen großen Schluck, verzog dann das Gesicht. »Hui. Das schmeckt ja nicht so. Na ja, krasser Typ jedenfalls.«

»Und weiß aber auch nicht, wo sein Schützling abgeblieben ist?«

Möninghaus schüttelte den Kopf: »Das Problem ist, dass es Feininger, glaube ich, recht ist, wenn Glander nicht mehr auftaucht. Die Sachen sind dann schlicht mehr wert. Der plant ein Museum für Glander! Er nennt das zwar Dauerausstellung und Retrospektive, in Wirklichkeit ist das ne Beerdigung. Möchtest du zuerst duschen oder soll ich?«

»Nicht so eilig, junger Mann«, lachte Silke Möninghaus und schlug das Laken beiseite.

When the moon hits your eye like a big pizza pie – that's amore!, sang Dean Martin zur Begrüßung, als sie das kleine Souterrain-Restaurant betraten. Die Holztische mit den rot-weiß karierten Tischdecken waren eng gestellt und der Raum ausschließlich mit Kerzen erleuchtet.

»Oh, gemütlich!«, rief Silke Möninghaus und strich ihrem Mann über den Rücken. *When the world seems to shine, like you've had too much wine – that's amore!* Beinahe alle Tische waren schon besetzt, einladendes Stimmengewirr, fröhliches Gelächter, Gläserklingeln, *Bells will ring ting-a-ling-a-ling, ting-a-ling-a-ling, and you'll sing »Vita bella«!*

Der Kellner hinter dem Schanktresen setzte sein schönstes Lächeln auf, als er die Eheleute Möninghaus erblickte, ließ das Poliertuch fallen, blickte kurz ins Reservierungsbuch auf dem Tresen, riss dann die Arme in die Höhe, als begrüße er alte Freunde, und eilte ihnen entgegen: »Buona Sera! Ich bin Gianfranco, und Sie sind, sagen Sie nichts, ich rate: Signore und bella Signora Moninghauser! Benvenuto in meinem kleinen Restaurant mit originale Cucina Cilentano, ich habe heute noch genau einen entzückende Tisch, in bester Lage!« Die beste Lage befand sich offenbar direkt neben der Bar, an der ein älterer Herr saß, der konzentriert versuchte, das Rotweinglas vor sich zu hypnotisieren.

»Darf ich mal?« Der Mann machte keine Anstalten, sich zu bewegen, und Möninghaus musste sich an ihm vorbeiquetschen.

»Ist das schön hier, Gerd, woher wusstest du denn davon?«

Gerd Möninghaus wackelte mit dem Kopf und gab schweigend den Geheimnisvollen, bestellte dann »Zwei Campari Soda, schon mal so vorweg!«

Hearts will play tippi-tippi-tay, tippi-tippi-tay like a gay tarantella!

Gianfranco nickte knapp und servierte kurze Zeit später zwei Longdrinkgläser, in denen sich je drei Eiswürfel stapelten, der unterste Eiswürfel badete in einem zitronengelben Sirup. Dazu stellte er eine eiskalt beschlagene Karaffe mit sprudelndem Mineralwasser auf den Tisch und erklärte: »Limoncello! Ist ein Zitronenlikör, aus den sonnenverwöhnten Zitronen meiner Heimat, Cilento und Amalfiküste! Sehr erfrischend mit etwas Acqua minerale, cin cin!«

»Aber Entschuldigung, wir hatten doch Campari Soda bestellt!«

Gianfranco blickte Gerd Möninghaus streng und lange in die Augen, stieß ein verächtliches »Ma!« aus, ließ ein versöhnliches Grinsen folgen und verschwand wieder hinter dem Tresen.

Silke Möninghaus gab ihrem Mann einen kleinen Tritt unter dem Tisch, schenkte Mineralwasser aus, dann probierten sie.

»Wir sollten auf Gianfranco hören«, stellte Gerd Möninghaus fest, der dessen Rückkehr an den Tisch nicht mitbekommen hatte.

»Ist auch besser, weil wir keine Menükarten haben, es gibt meine Empfehlungen, das ist alles originale Cucina Cilentano! Also, wie groß ist Ihr Hunger?«

Das Menü begann mit einer imposanten Kugel strahlend weißem Mozzarella, *Echter Mozzarella di Bufala Campagna!*, die auf einem Bett von süß eingelegten Kirschtomatenvierteln mit Basilikum ruhte. Mit zwei Gabeln teilte Gianfranco die Kugel, träufelte reichlich Olivenöl über das Gericht und wünschte guten Appetit. Keine Minute später stellte er einen Teller mit knusprigen Crostini auf den Tisch. Die gerösteten Brotscheiben schienen mit einer Art Mett bestrichen zu sein: »Das ist rohes Salsiccia-Brät, frisch aus der Wurstpelle gedrückt, aus eigener Produktion, mit Fenchel und schwarze Pfeffer.« Der Wirt setzte eine Miene größter Trauer auf: »Es ist leider in Amerika verboten, rohe Bratwurst zu essen. Gottlob seid ihr hier in Italien!« Mit einem Augenzwinkern erhob sich Gianfranco lachend und verschwand wieder in die Küche, er schien hier alles zu machen, bewirtete die Gäste, servierte, goss Wein nach, klapperte in der Küche mit Töpfen und Pfannen, verschwand hin und wieder hinter Kaffeedampf und Espressomaschine. »So, aufpasse, heiß! Amici, hier kommt die beste Pasta der Welt aus Gragnano! Gragnano ist die Wiege der Pasta-Kultur, seit über fünfhundert Jahre sind wir da im *Pasta secca*-Geschäft! Darum dieser Teller, nur mit Spaghetti, mit kleinen Tomatenstückchen, etwas Knoblauch, Olivenöl. Und scharfe Peperoncini, per fare l'amore! Ansonsten ist die Pasta selbst der Star!«

Andächtig aßen die beiden, wickelten die Nudeln in kleinen Portionen um die Gabelzinken, sahen einander schweigend an, Silke Möninghaus' Augen lachten. Gianfranco goss Rotwein nach und nickte wissend.

»Wie gut das hier riecht!«, rief Möninghaus plötzlich und mit aufsteigender Begeisterung, der ältere Herr am Tresen zuckte vor Schreck zusammen und warf ihm einen kurzen widerwilligen

Blick zu, bevor er mit dem Ärmel seines Pullovers die kleine Rotweinpfütze wegwischte.

Der gute Duft, lernten die Eheleute Möninghaus, entsprang dem Ofen, in dem der Hauptgang röstete. »Cosicio di Pollo alla Griglia!«, annoncierte Gianfranco, während er die schweren Steingutteller absetzte: »Hähnchenschenkel, knusprig aus dem Ofen, mit Kräutern aus dem Cilento, Limone, Knoblauch und das Gemüse ist wilder Brokkoli, ganz natur, nur mit etwas Olivenöl, Salz und weich geschmorte Rosinen.«

Es war das beste Hühnchen, das sie je gegessen hatten: Unter der salzig-würzigen Knusperhaut verbarg sich saftiges Hähnchenfleisch, das sich dampfend heiß ohne jede Mühe vom Knochen lösen ließ. Die dünnen, langen Brokkoli-Stengel mit den krausen Köpfchen waren knapp gegart und von knackigem Biss, das Olivenöl roch grasig und nach frisch geriebenen rohen Mandeln, und die leichte Bitterkeit des Gemüses passte gut zu den wenigen weichen Rosinen, die in Süßwein gekocht waren, knackig und saftig im Biss. Erst als die Teller abgeräumt wurden, erinnerte sich Möninghaus wieder, dass er ja nicht alleine zum Essen hergekommen war.

»Es war großartig, Gianfranco! Sagen Sie, hätten Sie später Zeit, mir ein paar Fragen zu beantworten?«

»Die Rezepte sind maximal geheim«, sagte Gianfranco lachend. Mit einem Tuch wischte er Krümel von der Tischdecke auf den Boden. »Wie kann ich denn helfen?«

»Ja, also, ich hatte ja diesbezüglich schon mal angerufen, hier war ja früher mal ein Deli drin und ich suche den Vorbesitzer, Tad Sobotka, Sie sagten …«

»Hab ich euch nicht vorgestellt?« Gianfranco schlug sich mit der flachen Hand gegen die Stirn, dass es klatschte: »Entschuldigung. Sie haben Glück, da ist er!« Der Italiener zeigte mit der ausgestreckten flachen Hand auf den älteren Herrn am Tresen, der sich ihnen jetzt zugewandt hatte und die Fremden skeptisch betrachtete: »Das, Signore, Signora, ist der Signore Sobotka!« Gianfranco hatte einen dritten Stuhl herbeigeschafft und stellte eine weitere Karaffe Rotwein auf den Tisch, brachte neue Gläser: »Machen wir doch eine kleine Pause vor dem Dolce! Ihr könnt euch derweil kennenlernen.«

In der Gästezusammenführung duldete Ginafranco keine Widerworte.

Herr Sobotka nahm Platz, nickte knapp, strich sich über den imposanten Schnauzbart, lehnte sich zurück, die buschigen Brauen zusammengezogen, die Arme vor der Brust verschränkt, saß er da. Dann sagte er: »Aus Deutschland. Es kam noch nie viel Gutes aus Deutschland für meine Familie. Was wollen Sie von mir?«

Möninghaus stellte sich vor, begann zu erzählen und bemerkte, dass sich die Gesichtszüge des Alten entspannten, als er von Glander erzählte, und irgendwann nickte der Alte: »Big Glander. Ich denke oft an ihn, er war der beste Freund meines Sohnes. Tad und er haben alles miteinander geteilt, die Begeisterung fürs Kochen, für die Kunst, für den Wein und letztendlich auch für die Freiheit. Ich habe Tad verloren, an Glander.«

»Ich verstehe nicht?«

»Herr Möninghaus, Sie sitzen hier in einem Traditionsrestaurant. Schon meine Großeltern kochten hier jüdische Küche, nicht immer koscher, aber wenigstens in jüdischer Tradition. Heimwehküche für die vielen Kriegsflüchtlinge aus Hitlerdeutschland, die Migranten. Schon 1950 gab es hier wenigstens Fattoush mit täglich frisch gebackenem Brot, eingelegte Gemüse,

Rote Bete mit Walnüssen und das beste Hummus außerhalb Jerusalems! Meine Großmutter war eine brillante Köchin, die ihr Wissen an meine Frau Magdalena weitergab, und wir haben das Geschäft in den Siebzigern übernommen, kurz nachdem Tad geboren wurde. Und Tad ist hier groß geworden und hat immer mitgekocht. Später habe ich ihn machen lassen und er hat alles amerikanisiert, mit Baked Beans und so, aber eben auch das beste Pastrami-Sandwich von New York angeboten. Das hat ihm auch alles immer gereicht. Bis Glander auftauchte.«

Sobotka schenkte sich Wein nach, nahm einen tiefen Schluck und setzte dann seine Erzählung fort, Möninghaus war es, als schimmerten die Augen des alten Mannes. »Waren Sie schon auf Toilette? Nein? Im Durchgang hängen noch die Bilder von damals. Dieser Abend, als die Jungs Zunge gekocht haben, wie schön das war. Und wild!«

Wieder griff Sobotka zum Glas, drehte es zwischen seinen großen Händen. »Die Jungs waren ständig zusammen. Dieser große, schweigsame Junge aus Deutschland hatte irgendwie das Herz meines Sohns berührt. Die waren so unterschiedlich, und erst nachdem Glander verschwunden war, wurde mir klar, wie sehr sie eins geworden waren.«

Sobotka erzählte seine Geschichte ruhig und mit leiser Stimme, er machte lange Pausen zwischen den Sätzen, als horche er in die Vergangenheit, dabei sah er die ganze Zeit auf die Tischdecke vor sich, erzählte von der Trauer seines Sohnes um den verschwundenen Freund: »Meine Frau wurde krank zu jener Zeit, und ich spürte auch schon das Alter meine Knochen hochsteigen, diese Müdigkeit, die Tage wurden länger für mich im Deli, nach dem Mittagsgeschäft habe ich mich oft in der Waschküche hingelegt, da, wo jetzt die Klos sind, und bin da dann tief und fest eingeschlafen bis zum Abend. Wir haben uns gewünscht, dass Tad den Laden übernimmt, vielleicht eine hübsche Frau findet, die das Arbeiten gelernt hat. Und dann steht mein Sohn irgendwann abends vom Tisch auf und eröffnet uns, er gehe nach Europa, um Koch zu lernen. Magdalena hat so geweint an diesem Abend.«

»Wann war denn das?«

»Es muss so fünf Jahre nach Glanders Verschwinden gewesen sein. In die Schweiz ist er gefahren. Da lebt er heute noch, ist Koch, er schreibt oft, er ist halt doch ein guter Junge und er hat uns schon drei Mal besucht. Seit das Kind da ist, aber nicht mehr.« Der Alte wischte sich ruppig eine stille Träne aus dem Augenwinkel, zog ein riesenhaftes Portemonnaie aus der Hosentasche, aus dem Papier und Belege quollen. Zielsicher zog er ein Foto und eine Postkarte aus der Zettelwirtschaft, legte beides auf den Tisch, strich liebevoll über die angeknitterte Postkarte, rückte die Fotografie gerade. Die Postkarte zeigte eine Stadtansicht von St. Moritz und dem St. Moritzersee, aufgenommen aus großer Höhe, im Vordergrund des Motivs erstreckten sich steile Almwiesen. In den wolkenlos dunkelblau leuchtenden Himmel hatte jemand von Hand mit einem Kugelschreiber *Corviglia View St. Moritz* geschrieben. Auf dem Foto war sein Sohn Tad zu sehen, neben ihm eine dunkelhaarige Frau mit ebenmäßigem, bleichem Teint und braungrünen Augen. Das Paar hielt ein verrunzeltes, rotgesichtiges Baby im Arm, das sie fröhlich lachend dem Betrachter präsentierten. »Sie haben die Kleine auch Magdalena genannt, das freut uns.«

Möninghaus hatte Gänsehaut bekommen, der anonyme Umschlag mit den Glander-Skizzen war an der Grenze zur Schweiz abgeschickt worden. Er betrachtete die Fotografie lange, nahm dann noch mal die Postkarte in die Hand. Erst jetzt entdeckte er das Kugelschreiber-Kreuz, an einem der Seeufer hatte der Absender etwas markiert. »Was ist das?«

»Dort steht das Hotel, in dem Tad jetzt als Koch arbeitet. *Hotel Vitella*. Er ist Chefkoch da! Die haben vier Sterne, das soll sehr gut sein!« Sobotka sammelte seine Schätze wieder ein.

Gianfranco kam zurück: »Attentione, liebe Leute, hier kommt der Nachtisch, den stell ich in die Mitte, dann könnt ihr alle euch selber nehmen!«

Silke Möninghaus' Augen weiteten sich im Moment der Erkenntnis: »Das sind ja ...«

»Kichererbsen! Genau. In dunkler Schokoladensauce, gewürzt mit etwas Orangenschale, Zitrone und frischen Lorbeerblättern, eine Spezialität aus dem Cilento. Probiert unbedingt dazu die süßen Feigen, sie sind in Süßwein gekocht, originale Cilentano!« Mit diesen Worten wuchtete er die zweite Schüssel auf den Tisch, die Feigen waren noch warm und schwammen in tiefrotem, dickem Sirup. Die Kichererbsen glänzten, von dunkler Schokolade überzogen, beide Speisen waren warm serviert worden.

Gerd Möninghaus gab Herrn Sobotka den Vortritt, bevor er erst seiner Frau und dann sich selbst eine zögerliche Probierportion auftat. Gianfranco war zurück aus der Küche, einen Metallbehälter mit Vanilleeis unter den Arm geklemmt, zeigte er mit dem Eiskugelausstecher und gespielter Empörung auf die winzigen Portionen der Familie Möninghaus: »Ma! Wollen Sie essen wie die jungen Mädchen? Erstens schmeckt das zu gut. Und die zweite Sache ist, der Nachtisch geht immer nur in die Arme, nicht auf den Bauch! So, und jetzt, Achtung, amerikanisches Zugeständnis, aber hausgemacht mit italienischem Eis-Know-how, bekommt jeder noch eine dicke Kugel Vanilleeis dazu. Erzählen

Sie das aber nicht im Cilento! Und gleich komm ich mit dem Kaffee.«

Die Kichererbsen schmeckten himmlisch, sie zergingen nussig in der geschmolzenen, bitteren Schokolade, das Lorbeerblatt und die fein abgeriebenen Zitrusfrüchte hatten darin eine ungekannt süchtig machende Würze entwickelt. Die frischen, weich geschmorten Feigen im herbsüßen Sud passten perfekt dazu und das Vanilleeis verschmolz auf den Tellern cremig zur Ménage-à-trois auf italienisch. Sie aßen schweigend. Möninghaus häufte sich Zucker auf den Espresso und nickte anerkennend, irgendwo hatte er gelesen, dass es sich immer dann um eine perfekte Crema handele, wenn der Zuckerberg ein kleines Weilchen stehen bliebe, bevor er majestätisch im Espresso untergehen würde. Eben wollte er das Gelernte zur Sprache bringen, sah aber dann, dass seine Frau den Kopf schüttelte, während sie im Tässchen rührte.

»Sagen Sie, Herr Sobotka, Ihr Sohn weiß auch nichts über das Schicksal von Gustav Glander? Haben Sie mal darüber gesprochen?«

»Oft, damals. Eine Weile lang hat Tad auch noch selbst nachgeforscht. Er hat in seinem ersten Jahr in der Schweiz wohl auch Gustavs Mutter in Süddeutschland besucht und da auch eine Jugendfreundin von Gustav kennengelernt, Karen oder so. Das ist aber alles lange her und wir sprechen heute nicht mehr darüber. Weg ist weg.« Sobotka trank seinen Espresso mit einem Schluck. »Wir sind froh, dass es dem Jungen gut geht, und wir sparen Geld, um einmal unsere Enkeltochter zu sehen. Und Gianfranco kocht derweil gut für uns, jeden Mittag haben wir das Vergnügen, und wir haben es nicht bereut, an ihn zu vermieten. Er ist übrigens auch ein alter Freund von Tad und Gustav, er hat damals noch im Schlachthof gearbeitet und die Jungs mit Fleisch beliefert.«

Gianfranco war an den Tisch getreten, eine Flasche Grappa in der einen und winzige Gläser in der anderen Hand, er lachte: »Ja, ich war früher Schlachter. Wahrscheinlich gibt es darum bei mir heute allerhöchstens noch mal ein Hähnchen, ich habe in meinem Leben wohl zu viele Bistecca gesägt! Haha! Aber die Zungen, die Zungen für Gustav, die hab damals ich besorgt, ich bin dadurch also auch an einem weltberühmten Kunstwerk beteiligt! Köstlich war das, meine Zungen, butterweich, mit dieser Sauce aus Eiern und Gewürzgurken und Kräutern, die mache ich heute auch noch immer zur Zunge, ich schneide etwas frisches Basilikum mit rein und erzähle den Leuten: Das ist ein Originalrezepte aus der cilentanischen Küche, ich schwör! So, wollen wir alle Mann mal Wohlsein sagen!« Das war ein Befehl, Gianfranco hatte die Schnapsgläser randvoll gefüllt und hob seines einladend in die Höhe: »Trinken wir auf Gustav, darauf, dass es schön ist, da, wo er jetzt ist, Viva!«

Als sie auf die Straße taumelten, hakte sich Silke Möninghaus bei ihrem Mann ein: »Du schnallst auch gar nichts, oder?«

»Was denn?«

»Wer da sa-haß!

»Wie?«

»Wer da saß. Im Lokal. Hinten links. In der Ecke.«

»Hä? Wer saß denn da?«

»Robert De Niro«, säuselte Silke Möninghaus und blickte mit verklärtem Blick hinauf in den Sternenhimmel über Greenwich.

JEAN-MARIE

Jean-Marie isst gerne alleine, er hat sich überhaupt an das Alleinsein sehr gewöhnt, er liebt seine Freiheit. Man spart sich Diskussionen und Small Talk. Alleine zu essen, das ist für ihn das vollkommene Glück. Er liebt die Konzentration auf die Aromen, den Geschmack der Speisen, das Mundgefühl. Und er liebt es, beim Essen zu schweigen. Entsetzlich, dieser Kritik-Zwang in Begleitung – *schmeckt es dir, mein Schatz, ist da vielleicht Ingwer drin, meins ist zu durch*. Entsetzlich. Aus dem gleichen Grund geht Jean-Marie auch grundsätzlich nur noch alleine ins Kino. Ärgerlich, wenn man bereits beim Verlassen des Kinos, während der gute Film noch nachschwingt, zu einem Statement gezwungen wird, *und wie fandst du den Film?*. Jean-Marie nimmt einen großen Schluck vom Champagner, Champagner immer in großen Schlucken trinken, sonst perlt und schmeckt das nicht, denkt Jean-Marie. Er sieht hinaus aufs Wasser, schwarze Yachten schweben über dem hellen Sandgrund auf glasklarem Wasser, in der Ferne sieht er die Skyline von Monaco, dort hat er am Vormittag ein paar Bilder an einen Sammler verkauft, die Einladung zum Lunch aber abgelehnt. Der Verkäufer war ein geschwätziger Neureicher, mit dem er nicht mal einen Topf Muscheln an der Strandbude geteilt hätte, geschweige denn seine wertvolle Zeit oder das nun folgende Menü. Das Restaurant hat er sich schon im Vorfeld ausgesucht, der Name des Kochs sagt ihm nichts, aber er ist ja aufgeschlossen und die Kritiken waren gut. Der erste Gang wird serviert, eine schwarz geröstete Auberginenhälfte mit Meersalz und Olivenöl zum Auslöffeln. Jean-Marie lächelt, isst mit geschlossenen Augen. Der zweite Gang besteht aus grünem Fenchel, grünem Spargel und süßen Orangenfilets in Tomatenvinaigrette, es stimmt einfach alles, der Eigengeschmack der Gemüse, die Garzeiten, die Kombination, die sensible Würzung. Das Doradenfilet ist knusprig auf der Haut gebraten, nur mit Salz gewürzt, serviert auf schneeweißem, rahmigem Püree aus getrocknetem Kabeljau und winzigen Fenchelwürfeln in bitterscharfem Olivenöl. Fünf Zutaten, ein Universum. Der St.-Peters-Fisch im Feigenblatt, butterzart. Dazu zwei geröstete Kartoffelhälften, die intensiv erdig-nussig nach Kartoffel schmecken, und zwei Esslöffel einer tiefroten, würzigen Feigen-Reduktion. Minimalismus, Reduktion, Vertrauen in den Geschmack der Natur. Die Kunst des Weglassens. Jean-Marie bekommt eine Gänsehaut beim Löffeln der Vanillejus zum rosa gebratenen Kalbsrücken, der mit ofengetrockneten Karotten serviert wird. Die runzeligen Möhrchen haben durch das Trocknen nicht nur ihren Eigengeschmack intensiviert, sondern eine deutliche Aprikosennote gewonnen, die wunderbar mit der Vanillejus harmoniert und den perfekten Kontrast zum kräftigen Fleisch bilden. Jean-Marie ist glücklich, nichts fehlt hier, nichts ist zu viel auf diesen perfekten Tellern, an diesem perfekten Tag, an diesem perfekten Ort, jetzt. Der Kellner übergießt einen glänzenden Streifen buttrigen Biskuitteig, der mit Nougat und hauchdünnen Bitterschokoladetafeln belegt ist, mit heißer, dickflüssiger Schokolade aus einer Karaffe. Auf einem zweiten, geeisten Teller wird cremiges Schokoladeneis gereicht, und Jean-Marie verwirft den aufkommenden Gedanken, der seine Hochstimmung subtil eindunkelt: Dass es vielleicht doch schön wäre, das alles mit jemandem zu teilen.

12

»Wir müssen da jetzt langsam mal runter, Gustav.«

Gustav Glander saß im Dunkel auf dem Rand des Hotelbetts. Er hatte das Licht gelöscht und versucht, vor der Vernissage noch ein bisschen zu dösen, doch all die Gedanken an den bevorstehenden Abend hatten ihn unruhig werden lassen, der Blick aus dem Fenster beruhigte ihn ein bisschen, lenkte ihn ab. Wieder eine Ausstellungseröffnung, wieder diese Nervosität, es wurde nicht besser. Er sah durch die riesigen Panoramascheiben hinaus in die Nacht und über die Stadt, die gerafften Vorhänge links und rechts rahmten das Ganze, es war wie ein Bühnenbild, ein Teppich aus Lichterfunkeln, aus dem sich Wolkenkratzer erhoben. Einige schienen zum Greifen nah, graue Monolithen aus Beton und Stahl. Nur gedämpft und wie aus weiter Ferne waren Polizeisirenen zu hören und das leise Flappen der Flügel eines Helikopters, der zwischen zwei Gebäuden eine weite Kurve flog, sich dabei elegant nach links neigte und gleichzeitig an Höhe gewann.

Hinter den hell erleuchteten Fenstern der Büros in den gegenüberliegenden Türmen bereiteten sich Menschen auf den Heimweg vor, löschten Schreibtischlampen, schlüpften in Mäntel, schüttelten Hände und winkten ihren Kollegen zum Abschied. Ein knappes Nicken für die Reinigungskräfte, die jetzt die Büros übernahmen, mit Rollwagen voller Putzmittel bewaffnet, Papierkörbe leerten, Handtücher austauschten, in feuchten Spuren um Familienbilder, Computertastaturen und Aktenstapel wischten, mit gelernter, beiläufiger Routine. Glander dachte zurück an die Abende mit Katrin, damals in ihrem Kino, an die stille Aufgeregtheit vor den Filmabenden und Konzerten, die angespannte Ruhe im Haus, kurz bevor die ersten Autotüren draußen zugeschlagen wurden, die ersten Gäste schwatzend und lachend über den Kiesweg schritten, erwartungsvoll, erwartungsfroh. Ein Déjà-vu war das hier nicht. Gustav Glander hatte keine Erwartungen an den heutigen Abend, statt Film oder Konzert stand eine weitere Ausstellungseröffnung an, parfümierte Menschenmassen, Geschubse mit Sekt, der übliche, erschütternd dämliche Small Talk. Was wäre eigentlich, wenn er jetzt einfach ginge? Treppenhaus statt Aufzug, dann unten raus zur Hintertür, ein Taxi und los. Nur wohin eigentlich?

»Gustav!« Tad öffnete die Türe zum Schlafzimmer jetzt ganz und griff nach dem Lichtschalter, die Deckenbeleuchtung flammte auf und das Panorama hinter dem Fenster verschwand, das jetzt Glander spiegelte, wie er auf dem Bett saß und sich selbst prüfend betrachtete. »Wir müssen runter, jetzt!«

In diesem Moment klingelte das Telefon auf dem Nachtschrank, Glander nahm müde ab. »*Clayton Hotel*, die Rezeption, mein Name ist Geoffrey Comb. Mr. Glander, wir hoffen, Sie genießen die Suite, die wir für Sie gebucht haben, ich dürfte Sie jetzt nur bitten, nach unten zu kommen, die Gäste sind da, und Mr. Feininger und die Presse warten sehnsüchtig auf Sie, wenn ich das so sagen darf. Soll ich jemanden nach oben schicken, der Sie abholt?«

Glander schüttelte müde den Kopf, sprach in den Hörer: »Ich komme«, und legte auf. »Ja, wir müssen dann wohl wirklich.« Stöhnend richtete er sich auf.

»Etwas mehr Elan bitte, Herr Glander, heute ist ein großer Abend für die Kunst, für New York, für unser wunderschönes

Grandhotel«, Tad ahmte die näselnde Stimme des Hoteldirektors nach und lachte dann.

Glander versuchte ein Lächeln: »Schön, dass du dabei bist, Tad.«

»Ehrensache!«

Als der Fahrstuhl nur noch zwei Etagen vom Erdgeschoss entfernt war, hörte Glander ein lauter werdendes Murmeln, fragend sah er Tad an, da öffneten sich schon die Fahrstuhltüren mit einem Glockenklang und gaben die Sicht frei auf die Menschenmenge im Foyer, der Liftboy zeigte mit dem Arm nach draußen, das Murmeln jetzt ein laut zu hörendes Stimmengewirr. Sie hörten Gläserklingen und Gesprächsfetzen, es mussten Hunderte sein. Ein buntes Volk aus Sammlern und Galeristen in modischen Anzügen, nachlässig gekleideten Kritikern, Presseleuten in Schwarz und jungen Künstlern, deren Ausdruck und Botschaft an die Welt sich auch in ihrem Erscheinen ausdrückte. Gewagte Frisuren, pointierte Brillen, farbstarkes Make-up und interessante Bärte prägten den Look der kreativen Festgemeinde. »Da ist er«, sagte jemand, Applaus brandete auf, und die Besucher verschwanden hinter dem einsetzenden Blitzlicht der Pressefotografen: »Hierher, Mr. Glander, bitte mal nach links schauen, smile, Mr. Glander, Herr Glander, hier!«

»You're a fucking star, Alter.« Tad lachte und schob Glander aus dem Aufzug. »Enjoy!«

Glander lächelte unsicher in das Blitzlicht der Fotografen, bemüht, den Blick irgendwo zu ankern, schemenhaft tauchten hier und da Gesichter und Hände im Lichtergewitter auf, immer noch applaudierte die Menge im Hintergrund, vereinzelt waren Pfiffe zu hören, Rufe der Begeisterung, immer wieder sein Name, *Glääääänder*!

Aus dem Nichts tauchte neben ihm Feininger auf. Er legte einen Arm um ihn und musste sich dafür auf die Zehenspitzen stellen, der Galerist roch nach teurem Rasierwasser, nach Zimt und Holz und Rauch, Vanille, Rosmarin und Tabak, sein Mund war ganz nah an seinem Ohr, er flüsterte: »Stark, Glander, ganz starker Auftritt! Der Empfang im Foyer war leider die Idee des Hoteldirektors und nicht mit mir abgesprochen, sorry!« Feininger atmetet seufzend aus, er hatte bereits Weißwein getrunken. »Jetzt muss ich dich nur noch in den Ausstellungssaal bekommen. Wir gehen jetzt zusammen los, nach links, den Gang runter und dann zum Pult im Saal, ich sag ein paar Worte und du dann bitte auch was. Irgendwas Nettes, zwei, drei Worte, bitte! Und tu mir bitte noch einen ganz großen Gefallen. Lächle mal! Auf den Bildern von der Vernissage im vergangenen Herbst sahst du aus wie ein depressiver Minderbegabter. Also lachen. Guck mal, so!« Feininger zeigte Zähne, lächelte dann in die Blitzlichter und rief: »Bitte, Herrschaften, es geht los jetzt, bitte, wir sehen uns gleich im Rockefeller-Saal!«

Tad schob sich vor Glander und Feininger und machte Schwimmbewegungen mit den Armen: »Leute! Macht mal Platz, bitte!« Im Hintergrund rannten Menschen mit Sektgläsern und Kameras in der Hand durchs Foyer in den Rockefeller-Saal.

Feininger lachte: »Dabei ist gar nicht bestuhlt.«

Die fünf großformatigen Bilder waren in gebührendem Abstand voneinander aufgehängt, zogen sich entlang der fensterlosen Wand über die gesamte Länge des imposanten Saals, es mussten gute hundert Meter sein. Alle Gemälde zeigten barocke Stillleben und erinnerten an niederländische Meister, grobe Holztische mit bleichen Leinendecken, beladen mit prallen Früchten, mit Pflanzen, Gräsern und Kräutern, mit Speisen im Stil der Nouvelle Cuisine, angerichtet auf zeitgenössischem Porzellan. Doch nur wenige Besucher schenkten den Bildern Beachtung, der Großteil sah hinüber zu Feininger und Glander, die jetzt auf die kleine Bühne in der Mitte der gegenüberliegenden Saalseite stiegen. Feininger räusperte sich, klopfte gegen das Mikrofon, ein trocken verstärktes *tock, tock, tock* echote in Folge durch den Saal: »Ladies and gentlemen, als Gustav Glanders Galerist ist es mir Freude und Glück gleichermaßen, Sie heute zu einer Weltpremiere begrüßen zu dürfen. Erstmals sehen Sie heute die Werkreihe *Thoughts about*, bestehend aus fünf großen Ölbildern, an der mein deutscher Freund Gustav, *The big Glander,* wie wir ihn so liebevoll nennen, im vergangenen Jahr gearbeitet hat. Es sind Bilder, die sich deutlich am klassischen Stillleben orientieren, man glaubt den Duft der dargestellten Äpfel förmlich zu riechen, den Duft der Rosenblätter, das Aroma des Brotes und den Geruch von Gewürzen, von Weizen und Roggen. Die barocke Malerei, als raffiniertes Zitat, wird in Glanders neuem Bilderbogen nur durch die Darstellung zeitgenössischer Kochkunst in moderner Anrichtung auf den Tellern gebrochen. Ich möchte Sie bei der Betrachtung der Bilder aber auch bitten, zuvor einen Blick auf den Titel des jeweiligen Gemäldes zu werfen, es werden Ihnen dort die Namen zeitgenössischer Künstler aus der Populärmusik begegnen, ich bin mir sicher, diese Persönlichkeiten werden Ihnen einen weiteren Aspekt der Arbeit verdeutlichen. Sie können dann eventuell erspüren, oder sollte ich besser sagen, fast schon riechen und schmecken, wohin Gustav Glander uns mit dieser neuen Arbeit auch gedanklich führen möchte.«

Es wurde unruhig, viele der Besucher hatten sich jetzt bereits den Bildern zugewandt, standen krumm gebeugt in Gruppen, um die Titel von den kleinen Infokarten am unteren rechten Rand der Bilder abzulesen. Feiningers Gespür für gutes Timing ließ ihn rasch zum Ende der Ausführung kommen, mit großer Geste bat er den Künstler selbst ans Mikrofon: »Meine Damen und Herren, hier ist er, der eine und einzige, der große Glander!« Applaus und Gejohle brandeten auf, lange, laut und anhaltend, aufrichtig beschämt betrachtete Gustav Glander die Spitzen seiner Schuhe.

»Ich will ein Bild von dir!«, rief eine junge Frau in der ersten Reihe, von der Glander nur goldglitzernde Leggins und schwarze Turnschuhe mit weißen Streifen sehen konnte. Gelächter im Publikum. Und mehr Applaus. Glander dachte weiter nach. Feininger nickte aufmunternd erst in seine Richtung, dann, mit ausgebreiteten Armen und gespielter Zerknirschung, dem Publikum zu. *Arbeit geht von Arbeit weg*, hatte Gustavs Vater immer gesagt und damit auch jedes Ungemach und Problem gemeint, das sich einem in den Weg stellt, *nur wer's anpackt, bringt's hinter sich*, Glander erinnerte sich in diesem Moment daran und hob den Kopf. »Hallo.«

Augenblicklich grüßte das Publikum geschlossen zurück, ein *Hallo* aus Hunderten Mündern, wieder freundliches Gelächter und Applaus, der langsam ausdünnte und einer erwartungsvollen Stille Platz machte. »Danke, dass ihr gekommen seid. Ich bin kein großer Redner. Ich hoffe, meine neuen Bilder haben euch etwas zu sagen, und wünsch euch und uns jetzt einfach mal einen …« Ein Schrei der Begeisterung vom anderen Ende des Saales beendete die Rede.

»Oh mein Gott, es ist wirklich Madonna!« Eine aufgeregt atemlose Stimme, mehr ein laut ausgesprochener Gedanke als eine Feststellung. Alle im Publikum reckten die Hälse, Glander und Feininger hatten von der erhöhten Bühne eine bessere Sicht auf die gegenüberliegende Wand mit der Bildergalerie. Madonna wirkte klein und zierlich, sie trug einen schwarzblauen Samtanzug, ihr leicht gewelltes Haar war schulterlang und sonnenblond. Sie stand direkt vor dem Bild *Thoughts about Madonna*, betrachtete es konzentriert, als ginge sie die gaffende Menschenmenge hinter ihr nichts an, als wäre nur sie hier im Rockefeller-Saal alleine mit dem Bild, dessen Titel ihren Namen führte. Aus dem dunklen, endlos wirkenden Bildhintergrund ragte links ein mehlbestäubter Laib Ciabattabrot ins Bild, teilweise verdeckt vom den dunkelrot-grünen Blattwerk einiger erdverklebter Rote-Bete-Knollen, die sich über die gesamte Bildbreite erstreckten. Im Zentrum des Bildes stand eine flache Schale mit einer bleichgelben Grapefruit und drei Blutorangen. Eine der orangerot leuchtenden Zitrusfrüchte war mittig in zwei Hälften geteilt, glänzende Safttropfen saßen auf den Schnittflächen, die im einfallenden Sonnenlicht leuchteten. Aus einem orientalisch anmutenden Kelch aus Bronze erhob sich ein Hügel aus weißen Salzkristall-Flocken, vor dem Sockel der Schale lagen einzelne Salzflocken, ein Bündel aus gerollter Zimtrinde, einige Kapseln Kardamom, fünf Anissterne, einige Körner Tasmanischer Pfeffer. Am unteren rechten Bildrand stand ein aus hellem Ton getöpferter Teller, drauf lag ein weißblättrig aufgefächertes, gekochtes Stück Kabeljaufilet mit Salatgurkenwürfeln in einem hellgrünen Sud, auf dem kleine goldglänzende Öltropfen schwammen.

»Es ist perfekt!«, flüsterte Feininger in Glanders Ohr und deutete auf die Kameramänner, die sich jetzt von zwei Seiten Madonna näherten. »Die Kameramänner sind von uns!«, Feininger freute sich.

»Wie, von uns?«, fragte Gustav erstaunt.

Doch Feininger zuckte nur die Schultern, zeigte mit dem Finger auf Madonna und nickte begeistert: »Sie ist so toll!«

»Wer, Madonna?«

»Nein, Monika. Meine Praktikantin.«

Am liebsten wäre Gustav Glander direkt wieder hoch ins Hotelzimmer gegangen, oder noch besser gleich ganz nach Hause. Feininger drückte ihm ein Glas Sekt in die Hand: »Lächeln, Gustav, lächeln! Ein Riesenerfolg, mein Lieber, verkauft haben wir ja eh schon alles vorher, aber die Geschichten, die Presse, unbezahlbar, sag ich dir. Und schau, sie lieben es!« Feininger zeigte quer durch den Saal auf die Menschentraube vor dem Madonna-Stillleben, das zum Fotohintergrund umfunktioniert worden war, jeder wollte einen Schnappschuss mit der falschen Madonna. Monika hatte viel zu tun, sie sah der Sängerin wirklich sehr ähnlich. Im Akkord nahm sie glücklich grinsende Menschen in den Arm und lächelte dabei angestrengt, die blonde Perücke war inzwischen leicht verrutscht, das störte aber niemanden.

»Das ist doch Scheiße«, murmelte Glander und leerte sein Glas in einem Zug.

»Das ist Erlebnis, mein Freund, wir schenken den Leuten ein Erlebnis, da haben sie was zu erzählen und die Presse was zu berichten. Denn kaufen können sie deine Bilder ja sowieso nicht mehr!«

»Es ist Scheiße!«

»Überhaupt nicht, das ist ein Happening, das ist Aktionskunst, Gesprächsstoff! Genau wie deine *Golden Calf*-Vernissage mit den Zungen!«

»Die Zungen hatten Sinn, standen in Kontakt mit den Bildern, die Idee der Bilder wurde transportiert und weitergesponnen,

Kunst zum Spüren, Schmecken, Einverleiben. Dein Madonna-Double hat keinen Sinn.«

Feininger schien beleidigt: »Das war doch eine gute Idee von mir! Madonna betrachtet ihr eigenes Bild deiner kulinarischen Interpretation ihrer Persönlichkeit, das ist ja wohl ein absolut großartiger Gänsehautmoment.«

»Wenn's Madonna wäre und nicht deine Praktikantin.«

»Du denkst kleinlich, Gustav.«

Ein junges Pärchen beendete das Schweigen zwischen den beiden: »Tschuldigung, stören wir?«

Glander sah auf und versuchte ein Lächeln: »Ja?«

Die junge Frau ergriff das Wort, ein hübsches Mädchen, sie gefiel Glander. »Ich hab das nicht ganz gecheckt, mit dem ganzen Essen und so, Sie sagen, Sie denken über Madonna nach, und dann malen Sie Orangen und Zimtstangen und so. Soll das so sein wie ein Parfüm, das Sie sich für sie ausdenken?«

»Genau, mit Fisch.« Im Hintergrund lachte der Junge, verstummte aber nach einem kurzen Seitenblick des Mädchens.

»Ich habe über Madonna nachgedacht, über ihre Persönlichkeit, ihre Biografie. Und mir dann überlegt, wie ich mein Wissen über sie kulinarisch übersetzen könnte, in Produkte, Zutaten, ein Rezept und ja, auch in Aromen und Düfte, ganz genau.«

»Du bist, was du isst!«, rief der junge Mann jetzt, mit dem ausgestreckten Finger einen Geistesblitz andeutend.

»So ähnlich, ja, auch. Das Brot steht beispielsweise für Madonnas italienische Wurzeln, die bittersüßen Blutorangen für ihre Musik, das Salz und die Kardamonkapseln für den Schweiß auf der Bühne, die Energie und den Sex, Zimt und Fisch symbolisieren ihre spirituell-religiöse Seite.«

»Cool«, sagte das Mädchen.

»Das Madonna-Double, das war cool!«, ergänzte der Junge.

»Können wir ein Foto mit dir machen?«, fragte das Mädchen, schlang einen Arm um Glanders Taille und lächelte in die Kamera des jungen Mannes. Dann verabschiedeten sich die beiden.

»Siehst du, Glander, sie lieben es.«

»Ich hau dir gleich eine rein, Feininger.« Gustav pflückte sich ein weiteres Glas Sekt vom Tablett eines vorbeilaufenden Kellners.

»Na, der feine Herr hat aber sehr gute Laune heute. Glaubst du, Alkohol hilft da?«

»Nachdenken hilft, Feininger. Du pfuschst mir hier in meine Arbeit rein, mit irgendwelchen hirnverbrannten PR-Ideen, die du nicht mit mir absprichst. Du beschädigst meine Kunst. Du machst das alles lächerlich. Kein Mensch hier interessiert sich noch für die anderen Bilder, alle stehen um deine Praktikantin herum.«

»Und genau darum habe ich für die Ausstellung in Bilbao schon einen sehr begabten David-Bowie-Lookalike aufgetrieben, der Mann ist Engländer, der tritt als David Bowie in Nachtclubs auf, der ist in der Ziggy-Stardust-Phase quasi zu Hause, der lebt das!« Jetzt unterbrach Feininger seine Ausführungen und ging mit geöffneten Armen auf eine Frau zu, die sich ihnen lächelnd näherte.

»Herr Feininger! Und der große Glander höchstpersönlich. Heute ist mein Glückstag!«

»Frau Juschkowa, ich grüße Sie, meine Liebe!« Feininger und Frau Juschkowa umarmten sich, aber nur obenherum, Becken und Po der beiden standen dabei weit in den Raum hinein, und Glander fiel ein Zeitungsartikel über Körpersprache ein, den er irgendwo gelesen hatte, darin hatte der Autor vom Spiel zwischen Nähe und Distanz gesprochen und dass man bei einer

Umarmung, die aktiv nur die Oberkörper betraf, davon ausgehen könne, dass da doch mehr Distanz zwischen den Umarmenden sei, als die scheinbar innige Geste der Umarmung vermuten ließe. »Frau Juschkowa, das ist Gustav Glander!«

»Ich weiß, ich weiß! Dana Juschkowa, *New York Times*, zeitgenössische Kunst und Architektur, sehr erfreut!« Die Dame hatte in einladendem Überschwang ihre Arme immer noch weit geöffnet, Glander erwehrte sich der geforderten Umarmung mit einer zum Gruß ausgestreckten Hand, die Frau Juschkowa jetzt ihrerseits mit beiden Händen ergriff und energisch ausdauernd schüttelte: »Großartig, Mr. Glander, großartig! Und diese Idee mit dem Madonna-Double, also nein, verrückt!« Frau Juschkowas Lächeln erfror in diesem Moment: »Aber sagen Sie mal, ein Interview bekomme ich nicht von Ihnen, Glander, oder? Ich versuche seit einem Jahr, ein Interview zu bekommen, aber Herr Feininger vertröstet mich andauernd, mit ehrlichem Bedauern, wie ich glaube, denn Herr Feininger kennt die *New York Times*, am Ergebnis ändert das aber nichts. Herr Glander, liegt das an mir?« Sie ließ Glanders Hand los und verschränkte die Arme vor der Brust.

Glander zuckte matt mit den Schultern, müde, sich erklären zu müssen. Er betrachtete die Frau vor sich, energisch wirkte sie und willensstark. Glander mochte die Mischung aus Verachtung und nervöser Gespanntheit in ihrem Blick, ahnte, dass das verspielte Jackenkleid mit den farbenfrohen Blümchenapplikationen eventuell nur eine Tarnung war. »Ich lass gern die Kunst für mich sprechen, Frau Juschkowa, darum bin ich ja Künstler geworden, damit ich nicht so viel reden muss.«

»Dana, nennen Sie mich Dana: Die Blutorangen, der Fisch, welche Funktionen haben Nahrungsmittel in Ihren neuen

Arbeiten, was erzählen sie, beispielsweise das Bacon-Stück im David-Bowie-Bild?« Dana Juschkowa hatte plötzlich ein Diktiergerät in der Hand, durch das zerkratzte Minifensterchen konnte man sehen, wie sich die Räder der Mikrokassette drehten.

»Speck«, murmelte Glander, »es ist Räucherspeck.« Er räusperte sich: »Frau Juschkowa. Kunst lebt doch von der Interpretation und Deutung des Betrachters und nicht von den Erklärungen des Künstlers. Ist es nicht sogar das Wesen der Kunst, Fragen eher aufzuwerfen als zu beantworten?«

»Erklären Sie mir gerade meinen Job?« Dana Juschkowa ließ das Aufnahmegerät sinken, drückte eine Taste, mit einem *Klack* stoppte das Band. Die Kritikerin und der Künstler standen einander gegenüber, die Enttäuschung und das Bedauern waren beidseitig und dabei doch von höchst unterschiedlicher Natur.

»Frau Juschkowa, ich ...«

»Nee, lassen Sie mal, Feininger. Ist ja nur mein freier Abend, den ich hier totzuschlagen habe, auf Wiedersehen, die Herren.« Dana Juschkowa entfernte sich, schritt energisch durch die Menge, winkte dabei irritierend lange und mit ausladenden Bewegungen, ohne sich jedoch umzusehen, nach Glander und Feininger, die ihr nachsahen, bis sie verschwunden war.

»Vollidiot.«

»Selber.«

»Ernsthaft, Glander. Vor fünf Minuten hast du den jungen Leuten ausführlich die Madonna erklärt und jetzt kriegst du die Zähne nicht auseinander? Das war die Juschkowa! *New York Times*!«

»Die kommt da schon von selber drauf. Ich hol mir noch einen Sekt.« Glander hatte Tad zwischen den Gästen entdeckt und ließ Feininger stehen.

»Glander! Glander! Das Grillfest am Sonntag! Nicht vergessen, da reden wir noch mal über alles. Draußen im Wochenendhaus. Bisschen Bier, ein paar Steaks. Spätburgunder aus Deutschland! Du kommst doch?« Feininger sah, wie sein Schützling sich entfernte, auch Gustav drehte sich nicht mehr um und winkte im Gehen über die Schulter, genau wie die Juschkowa. Feininger fühlte sich plötzlich sehr einsam. Sein Sektglas war auch leer.

»Glanderman! Oh, oh, oh, ich seh schon, du genießt deine Party mal wieder so richtig!«

»Tad, können wir bitte gehen. Ich kann das nicht so gut ab heute.«

»Heute? Du hast Menschenscheu, Glanderman, und zwar immer!« Tad betrachtete den Freund: »Na gut, heute doch besonders stark ausgeprägt.«

»Ich versteh nur einfach nicht, warum das immer sein muss, dieser Zirkus. Ich hab die Bilder gemalt, sie sind bereits an private Sammler verkauft, jetzt gibt es noch eine kleine Museums-Tour, das schaffen die Bilder sowieso sehr gut ohne mich. Keinen Schimmer, warum ich da immer den Grüß-Hannes machen muss.«

Tad blickte mit zusammengekniffenen Augen konzentriert zur Saaldecke, als lese er dort von einer unsichtbaren Tafel ab: »Weil Künstler und Werk stets in unmittelbarer Beziehung zueinander stehen. Hat die Juschkowa neulich in der *New York Times* geschrieben. Kennste die? Egal, ist jedenfalls was Wahres dran. Oasis würden zum Beispiel viel besser klingen, wenn die Brüder nicht so selbstverliebt-arrogante Superpfeifen wären.« Tad lachte: »Okay, gegen Blur wären sie in jedem Fall chancenlos.« Eine Kellnerin servierte lächelnd Sekt. »Danke, Schätzchen! Und siehst du, das ist jetzt auch ein Vorteil von Prominenz. Bevor du dich zu mir gesellt hast, musste ich jedem Sekt hinterherrennen, und das Personal vermittelte mir bei jedem Glas das Gefühl, ein Dieb zu sein. Ich hatte wirklich das Gefühl, die zählen mit. Prost, Glander, auf dich!« Tad nahm einen großen Schluck: »Personality, Glanderman, solltest du mal ausprobieren! Guck mal. Selbst ich als Koch, ich muss ja auch raus ins Restaurant!«

»Du stehst in einer offenen Küche am Grill, Tad. Und du kannst ja wohl Köche nicht mit Künstlern vergleichen.«

Tad gab gespielt den Beleidigten: »Das hab ich jetzt mal überhört, natürlich sind Köche Künstler. Sie sind sogar mehr, sie sind Zauberer! Sie verwandeln Fleisch, Gemüse und Obst, verändern deren Aggregatzustände, die Formen und Geschmäcker, schaffen Neues, kreieren, Achtung, *kunstvolle* Speisen aus den Ausgangsmaterialien.«

»Und holen sich dann im Restaurant den Applaus ab, reden in Zeitungen und Magazinen von ihrer Philosophie, geben Interviews, treten im Fernsehen auf, sind Popstars.«

»Jetzt hast du es kapiert, Glander!« Tad entließ lautstark Luft aus gespitzten Lippen.

»Können wir jetzt bitte trotzdem gehen?«

»Einen Sekt noch!« Tad hob den Arm und winkte einem Kellner, dann pfiff er zur Überbrückung der Wartezeit ein Lied, das Gustav Glander kannte, doch, doch, ja, jetzt. Das waren The Smiths.

I know I'm unloveable, you don't have to tell me
Message received, loud and clear, loud and clear

»Arsch«, sagte Glander, dann mussten beide lachen.

Draußen regnete es. Die Stimmen und Gespräche, das Klingen der Gläser, das Gelächter, alles blieb zurück hinter der schwergängigen Drehtür, der Concierge nickte würdevoll und winkte eine der wartenden Taxi-Limousinen heran. »Die haben nicht mal bemerkt, dass wir gegangen sind.« Gustav fühlte sich bestätigt.

»Die haben noch was ganz anderes nicht bemerkt«, kicherte Tad und zeigte Gustav beim Einsteigen für einen Sekundenbruchteil die Innentasche seines Mantels, aus der der Hals einer geöffneten Sektflasche ragte. »Wegzehrung! Greenwich Village, Bro!«

Im Taxi war es angenehm warm, Gustav beobachtete die Regentropfen, die in langen glitzernden Bahnen schräg über die Fensterscheiben liefen, dahinter die Lichter der Stadt, die Leuchtreklamen der Ladenzeilen, neonbunte Tupfer in der Nacht, die sich im Vorbeifahren unscharf auflösten. Er schloss die Augen, schreckte hoch, als das Handy in seiner Manteltasche klingelte, tastete fahrig nach dem winzigen Nokia-Gerät. Auf dem Display leuchtete die Nummer seiner Eltern, zu Hause musste es früher Morgen sein, kaum zu glauben, dass seine Mutter an die Ausstellung gedacht hatte.

»Mütterchen, guten Morgen!«

»Gustav, ich bin es.« Seine Mutter weinte leise, er konnte es hören: »Gustav, es ist so traurig. Dein Vater ist gestorben, in der Nacht.«

Augenblicklich füllten Tränen seine Augen. »Mutter«, sagte er, blickte dann wortlos nach draußen in die Nacht, das Telefon am Ohr.

Tad zog die Sektflasche aus der Innentasche, stupste den Freund mit dem Boden der Flasche vorsichtig an und flüsterte: »Sekt?«

Gustav drehte sich langsam dem Freund zu, sah Tad aus schwimmenden Augen an, eine Träne lief über seine Wange und verschwand im Bart, er schüttelte den Kopf, sprach dann in das kleine Telefon an seinem Ohr: »Ich komme nach Hause, Mutter.«

MAGDA

Vor dem Haus ruft der Vater: »Der neue Tisch kommt!« Magda reibt sich den Schlaf aus den Augen, läuft ans offene Fenster, klettert die Bank hoch und beugt sich hinaus. Im Hof stehen die Eltern und sehen hinüber zum Waldweg. Ein Ochsenkarren bewegt sich langsam auf das Wirtshaus zu, begleitet von sieben Männern. Die Bullen schwitzen beim Ziehen der schweren Fracht, ihr Fell dampft in der Morgenkühle, die hölzernen Speichen der Räder knarren, bis zum Haus ist es zu hören.

»Komm runter!«, ruft die Mutter, die Magda am Fenster entdeckt hat: »Brauchst nicht ängstlich sein.«

Die Männer wuchten den Tisch vom Karren, der Vater packt mit an, zieht die graue Decke beiseite. Die dicke, schwere Tischplatte ist glänzend gewachst, wie unter Glas sind die Jahresringe im Holz zu erkennen.

»Zugleich!« Die Männer stemmen den Tisch in die Höhe, tragen ihn zum Haus, an der Tür wird es eng, rote Gesichter, es wird geflucht, dann steht der Tisch in der Gaststube.

Die Mutter küsst den Vater, Magda steht hinter der Mutter und beobachtet die Männer, die lachend Platz nehmen. Magda folgt der Mutter in die Küche, sieht zu, wie diese Kaffee kocht, Zopfbrot dick mit Butter und Erdbeer-Gsälz bestreicht und alles hinaus trägt. Magda kann die Männer im Gastraum jubeln hören.

»Die wollen jetzt schon Schnaps, glaubsch des«, sagt die Mutter, als sie zurückkommt. Der Vater geht mit einer Flasche und einem Tablett mit kleinen Gläsern an den Tisch. Zu Mittag essen die Männer Saure Linsen mit Spätzle und Saitenwürschtle, dazu

Kopfsalat mit Kräuteressig und Öl, Radieschen und Kresse. Die Radieschen hat Magda geschnitten, und sie ist stolz, sie schaut durch den Türspalt in den Gastraum. Die Männer essen mit Appetit, der Vater zapft Bier.

Am Nachmittag rufen die Männer nach Wurstsalat.

»Zum Träubleskuchen, des passt doch gar nicht zsamm«, schimpft die Mutter und schneidet Wursträdchen.

Der Vater streicht ihr zärtlich über den Rücken, sieht dann Magda an: »Mittagsschlaf, kleine Maus.«

Magda schüttelt den Kopf und holt Essig und Öl für den Wurstsalat. Abends löffeln die Männer Leberspätzlesuppe, lachen laut, rufen nach mehr Bier, und der Vater rollt ein neues Fass aus dem Keller nach oben. Beim Servieren der sieben Zwiebelrostbraten darf Magda helfen, obwohl die Mutter dagegen ist, doch der Vater nickt. Sie trägt die Sauce an den Tisch und Schalen mit Schupfnudeln, die Männer loben ihre Kochkünste, obwohl die Mutter doch gekocht hat, und stecken ihr Geld zu, zehn Pfennig, fünfzig Pfennig, einer gibt eine Mark: »Ist ja bald Kirchweih.«

Später liegt Magda im Bett und denkt an das Geld, 3 Mark 20, hoffentlich sind die Männer morgen auch noch da. Von unten aus der Gaststube tönt Gesang und fröhliches Gelächter. Magda sieht sich die Schatten an der Zimmerdecke an.

Am Morgen sitzen die Männer immer noch um den neuen Tisch, einige schlafen, mit den Köpfen auf der Tischplatte, es riecht nicht gut im Gastraum, die Mutter öffnet wortlos die Fenster: »Und du, junge Dame, kannst mir in der Küche helfen. Husch.« Es gibt klare Suppe zum Frühstück, Magda schüttelt mit gekräuselter Nase den Kopf und schneidet Flädle und Schnittlauch. Der Vater zapft Bier in der Morgensonne, die auf den Schanktresen fällt. Bald schon lärmen die Männer wieder, und am Mittag darf Magda nicht mehr in den Gastraum, um beim Verteilen der Teller für den Kartoffel-Rindfleisch-Topf mit Zwiebeln zu helfen, der über Nacht im Ofen gegart ist. Erst am Nachmittag ruft der Vater aus dem Gastraum nach ihnen, die Mutter bindet sich die Schürze ab: »Komm, kleine Maus.« Die Männer am Tisch klatschen, als sie den Gastraum betreten.

Der Vater will was sagen, aber der größte und dickste Mann an der Tafel erhebt sich schwerfällig, hebt beschwichtigend die Hände, sieht ins Rund der Männer, nickt dann und ruft: »Also, ich tät sagen. Noch einen Schnaps, Herr Wirt. Und dann isch der Tisch. Bezahlt!« Die Männer johlen und trinken hastig, Gläser splittern, die Zecher verabschieden sich umständlich, torkeln nach draußen auf den Hof, ins Sonnenlicht des Nachmittags, stützen einander und klettern schließlich auf den Ochsenkarren.

Als die Männer verschwunden sind, nimmt der Vater Magda auf den Arm, die Mutter hakt sich unter, zu dritt stehen sie vor dem verwaisten Tisch. Die Platte glänzt kaum noch, ist zerkratzt, mit stumpfen Stellen, dunkle Fettflecken, Saucenspritzer und nasse Abdrücke von Rotweingläsern und Bierflaschen zeichnen sich auf dem Holz ab.

»Schön, oder, der neue Stammtisch!«, sagt der Vater.

»War aber auch ganz schön teuer!«, lacht die Mutter und küsst Magda auf die Nase: »Danke fürs Helfen, kleine Maus!«

13

In der Warteschlange beim Check-in sah Gustav Glander sich zur Bekämpfung seiner aufkommenden Flugangst nach Kindern und Prominenten um. Er glaubte, die Anwesenheit von möglichst vielen Kindern überzeuge auch schlecht gelaunte Schicksalsgötter davon, die wertvolle Fracht ohne Zwischenfälle durch ihren Hoheitsraum zum Zielort fliegen zu lassen. Ein moralischer Appell, der ihn etwas beruhigte, auch wenn er sich des Unsinns der Gleichung bewusst war, denn höchstwahrscheinlich gab es weder Gott noch Götter, sondern lediglich menschliches Versagen oder menschliche Niedertracht. Blieben die Prominenten. Eine Idee, die Glander sechs Jahre zuvor, auf dem in Phasen turbulenten Hinflug nach New York, entwickelt hatte: Wer aus der Bevölkerung flog denn besonders viel, hatte er sich gefragt, das waren doch Musiker, überhaupt Prominente, Persönlichkeiten des öffentlichen Lebens. Und seines Erachtens war seit Buddy Holly keine bekanntere Berühmtheit mehr bei einem Flugzeugabsturz ums Leben gekommen – ein untrügliches Zeichen für die gewachsene Stabilität der Sicherheit auf Flügen! Überprüft hatte Glander seine steile Theorie nie, gefühlt also kein Absturz mehr seit jener Nacht, in der Buddy Holly, Richie Vallens und *The Big Bopper* in einem Flugzeugwrack starben. Das war 1959. Glander hatte beschlossen, daran zu glauben, und er wollte auch von jenen Ausnahmen nichts hören, die angeblich die Regeln bestätigten. Glander sah sich sorgfältig um, entdeckte aber leider keine prominenten Gesichter. Wo war eigentlich Robert De Niro, wenn man ihn mal brauchte? Eine herbeieilende

Großfamilie mit vier quengelnden Kleinkindern steigerte dann wieder seine Chance, diesen Flug zu überleben, Glander nickte den Eltern dankbar zu.

Sein Talent für Selbstbetrügereien jeder Art hatte ihm einen Platz in der Holzklasse beschert. Ich schlafe während des Fluges doch sowieso und spare dabei im Schlaf das Geld, das ich in der Business Class ausgegeben hätte, so hatte er es der Dame im Reisebüro erklärt und ihre Einwände bezüglich seiner Körpergröße mit einer flüchtigen Handbewegung beiseitegewischt.

Jetzt schmerzten seine Knie bereits, als das Flugzeug von der Startbahn abhob, er schob die Beine hinaus in den Mittelgang, wenigstens hatte er daran gedacht, sich im Reisebüro einen Gangplatz zu wünschen. Seine Hüfte steckte eingeklemmt zwischen den dünnen, stählernen Armlehnen, die sich nicht hochklappen ließen, sein Sitznachbar dünstete die Anstrengungen der Flugsteigsuche am Airport aus, roch nach Schweiß, dem Rauch einer letzten hektischen Zigarette und einem Minzbonbon, das seine Aufgabe nur leidlich erfüllte. Am Abend zuvor musste der Mann in einem Restaurant in Little Italy eine Knoblauchpizza bestellt haben, mit Anchovis und extra Knoblauch gegen Aufpreis. Glander überlegte, wie und ob es ihm gelänge, neun Stunden lang die Luft anzuhalten. Glander schwitzte, mit der freien Hand löste er den Gurt, der auf seine Blase drückte. Das Flugzeug durchbrach im Steilflug die Wolkendecke, es rumpelte ordentlich, und Glander stieß zweimal mit dem Kopf gegen das Gepäckfach über ihm, er krümmte den Rücken. Wieder erschütterte ein Stoß die Maschine, Glander starrte auf die Zeitschrift in seinen Händen, die Ränder der Seiten wellten sich feucht, dort, wo er sich am Papier festhielt. Das Bollern und Rumpeln hörte nicht auf, er schloss die Augen und erinnerte sich an einen Artikel über Flugangstbewältigung, den er im Reiseteil der *New York Times* gelesen hatte, darin wurde das genau erklärt, diese Rumpeln beim Durchbrechen der Wolkendecke, sei kaum lauter und stärker spürbar, als eine einfache Fahrt über Kopfsteinpflaster oder einen unebenen Waldweg. Der Autor des Artikels hatte empfohlen, im Flugzeug die Augen zu schließen und an eine Autofahrt zu denken, *hören, spüren, vergleichen Sie*! Angeblich, so das Fazit, sei dann alles halb so schlimm. Der Mann hatte gelogen, und Glander sah am Rande des bebenden Waldweges hinter seinen geschlossenen Augenlidern eine Stewardess stehen, die sich angestrengt an einen schwankenden Baum klammerte, ihn zerknirscht lächelnd darum bat, doch bitte bis zum Erlöschen der Anschnallzeichen angeschnallt zu bleiben, man erwarte Turbulenzen.

Später, als sie die Reisehöhe erreicht hatten, war nur noch ein gleichmäßiges Rauschen zu vernehmen, die Kinder hatten aufgehört zu weinen, die Vielflieger schliefen bereits unter dünnen Wolldecken und mit Schlafmasken mit dem Emblem der Fluggesellschaft über den Augen. Essen wurde serviert und Glander aß aus Langeweile alles auf: Das indische Curry roch, wenn man die Augen schloss, etwas besser, als es aussah, sollte aber in Folge den Luftraum im Flugzeug nachhaltig prägen. Der Reis hatte sich in der Aluschale zu einem einzigen Reiswürfel verdichtet, der sich nur langsam im Curry erweichen ließ. Die kalte, steinharte Portionsbutter schob Glander unter die lauwarme Schale mit dem Currygericht und bestrich später den totenbleichen Wachsbrötchenteigling mit der streichwarm gewordenen Butter. Er aß das Brötchen zum Waldorfsalat, einem Berg eiskalter, verkochter Sellerieknollenstreifen, die mit Mayonnaise verrührt und mit zwei Dosenmandarinenschnitzen dekoriert worden waren. Der eingeschweißte Käsewürfel schmeckte gut zu den salzigen Crackern aus dem Minitütchen, Glander aß abwechselnd ein Stück vom Käse, nahm einen Bissen vom Cracker, spülte dann einen Schluck Wein in den Mund. Als er den dritten Plastikbecher mit warmem Rotwein befüllt und getrunken hatte, ließ er sich vorsichtshalber noch ein Wasser kommen, die Stewardess nickte streng, mit Verachtung im Blick.

Nach und nach gingen überall im Flugzeug die Lichter aus, nur hier und da brannten noch vereinzelt die Punktstrahler der Leselampen, die Flugbegleiterinnen beseitigten leise die Tabletts mit den Essensresten und Plastikmüllbergen. Glander schien es, als steige die Temperatur in der Kabine konstant, unerträglich warm und stickig war es geworden, es roch nach Curry und Schweißfüßen, manchmal roch Curry so, und es bestand eventuell ein Zusammenhang zwischen Geruch und Gericht, das wusste Glander, das hoffte er, als er kurz auf die besockten Füße seines Sitznachbarn blickte. Sein Nachbar schnarchte, leise wenigstens. Glander löschte sein Leselampenlicht und schloss die Augen.

Ob sein Vater jemals geflogen war? Er konnte es nicht sagen, er erinnerte sich an keine Gelegenheit. Der Vater war ungern längere Zeit vom Sägewerk weg gewesen. Die wenigen, kurzen Urlaube führten meist nicht weiter als drei, vier Autostunden vom Hof und der Schreinerei weg, sie waren schnell in der nahen Schweiz, in Südtirol, in Italien, in Österreich. »Wo will ich denn sonst noch hin?«, hatte der Vater mehrfach lachend gefragt, ohne eine Antwort zu erwarten, und dabei doch immer ein nie ausgesprochenes Fernweh in sich getragen. Er las gerne Abenteuer-Reiseberichte, abends unternahm er, an den Kamin gelehnt,

Ausflüge in die ganze Welt, durchquerte mit John Steinbeck und dessen Pudel Charly Amerika, reiste mit Bruce Chatwin durch Südamerika, ging Bergsteigen mit Eric Newby im Hindukusch, umsegelte die Welt in einem Kleinboot namens Shrimpy. Die Bücher des Vaters lagen überall im Haus verstreut, Glander war groß geworden mit den verheißungsvollen Buchumschlägen, die hohe, schneeverhangene Berge zeigten, Karibikstrände, Wüsten, Wellen und Highways, die durch menschenleeres Gebiet bis zum Horizont führten. Sein Vater hatte ihm später auch das eine oder andere Buch auf den Nachttisch gelegt, und Gustav hatte sich erwachsen gefühlt beim Lesen. Und der Vater war es auch gewesen, der ihn später ermutigt hatte, aufzubrechen und die Welt zu sehen, wohl auch und gerade, weil er selbst nie losgekommen war. »Wir machen das, wenn wir alt sind, deine Mutter und ich, dann reisen wir durch die Welt«, hatte er sich selbst versprochen, da war er schon über siebzig. Und jetzt war er tot. Glander rührte der Gedanke an den Vater, der sein gesamtes Leben auf der Glanderhöhe gelebt hatte, diesem Höhenzug, der den Namen seiner Familie trug, den Namen der Großväter und Urgroßväter. Dieser Höhenzug, der ja auch seinen Namen trug und zu dem er jetzt zurückkehrte, um den Vater zu begraben.

Ob Katrin wohl zur Beerdigung kommen würde? Es wäre schön, sie wiederzusehen. Er würde nicht nach den Briefen und Postkarten fragen, die unbeantwortet geblieben waren, das nahm er sich vor, er würde sich einfach freuen, sie wiederzusehen. Vater hatte Katrin gemocht, das wusste Gustav, nur die Jahre mit dem Kino hatte er als verschwendete Lebenszeit bezeichnet und wohl Katrin die Schuld gegeben, dafür, dass sein Sohn nicht die Welt eroberte, sondern in der Kreisstadt am Hungertuch nagte und auf Unterstützung angewiesen war. »Du kannst mehr, du kannst was Besseres«, hatte der Vater nimmermüde wiederholt, am Abendbrottisch, wenn gegessen und getrunken war. Auf den Tisch gehauen hatte er dabei so manches Mal, im Schwung der eigenen Gedanken. »Das Sägewerk ist nichts für dich, ich hab's gesehen, denn was du kannst, das Malen, Gustav, das ist dein Weg, das ist was Besonderes, das muss in die Welt und dafür musst du in die Welt!« Die energisch liebevollen Mahnungen des Vaters waren ungehört geblieben, bis sich das Kino von der guten Idee in einen finanziell bedrohlichen Albtraum verwandelt hatte und der Brief aus New York gekommen war, das Stipendium, die Rettung. Katrin und er hatten sich zuletzt im *Seehof* in Kreitnau gesehen, wo sie ihre Lehre begonnen hatte.

Er hatte sich verabschiedet, draußen auf der Terrasse, zwischen zusammengeklappten Gartenstühlen und geschlossenen Sonnenschirmen, »Ich komme ja immer zu Besuch, praktisch dauernd«, hatte er gesagt und: »Ich liebe dich.«

Katrin hatte geantwortet, dass sie jetzt echt wieder reinmüsse, hatte sich umgedreht, ohne Abschied. Sechs Jahre war das her, wirklich schon? Glander drückte den Rufknopf über seinem Kopf, eine verschlafene Stewardess erschien und nahm beiläufig nickend seinen Wunsch nach einem weiteren Becher Rotwein auf, den sie Sekunden später wortlos servierte, bevor sie wieder im Dunkel verschwand. Der Wein schmeckte wirklich scheußlich, süßlich parfümiert, mit einem künstlich-falschen Kirschgeschmack, der an Kinderbonbons erinnerte. Doch der Alkohol betäubte angenehm und ließ die Welt um ihn herum langsam verschwinden, alles löste sich auf im Rauschen der Triebwerke. Er wickelte sich enger in die winzige Decke. Er flog durch die Nacht, nach Hause.

Ob es sein Vater wohl bereut hatte, nie selbst die Welt erkundet zu haben? Ob er wohl glücklich gewesen war, an einem Ort, ein ganzes Leben, die Kindheit, die Jugend, das Erwachsenenleben? Jetzt war er sogar gestorben in diesem Haus, auf diesem Hof, im Schatten der Berge. War das ein erfülltes Leben gewesen, war das Lebensglück?

»Mein lieber Junge, jetzt ist aber auch mal gut!«

Glander glaubte, die Stimme des Vaters im Rauschen gehört zu haben, schreckte hoch, stieß sich den Kopf an der Gepäcklade, die Decke rutschte auf seine Knie, er sah sich um. In den Stuhlreihen neben und vor ihm schliefen Menschen in verqueren Positionen, sahen Filme oder waren in Zeitschriften und Bücher vertieft. Glander drehte sich zum schlafenden Nachbarn. Der Nachbar war verschwunden, auf dem Nebensitz saß sein Vater und lächelte ihn an.

»Vater!«

»Pssst! Jetzt mal nicht so laut hier, mein Sohn, die Leute wollen schlafen! Und mach dir bitte keine Sorgen um mein Lebensglück, das ist ja entsetzlich, natürlich war ich glücklich, Gustav!«

»Wie kommst du … bist du nicht …«

Josef Glander unterbrach seinen stotternden Sohn: »Doch, ja, tot. Aber es reist sich ungemein unkompliziert und schnell, als Toter. Und eigentlich wollte ich dich hier auch gar nicht erschrecken, aber, also wirklich, mein Sohn, ich verbiete dir, hier posthum über mein Leben zu befinden. Deine Mutter war für mich die schönste und klügste Frau auf Erden, ich empfinde es als größtes Lebensglück, sie gefunden zu haben. Dass sie sich in diesem, ihrem, einen Leben, für ein Leben an meiner Seite entschieden hat, dafür bin ich dankbar. Und du, mein Gustav, als du zur Welt kamst, ein gesunder Bub, noch so spät für uns und überraschend, wir hatten längst abgeschlossen mit dem Kinderwunsch, da hab ich dem Herrgott gedankt für so viel Glück, du warst ein Geschenk für uns, Gustav, keine Selbstverständlichkeit, und ich liebe dich über alles.«

Gustav starrte den Vater an, suchte vergeblich nach Worten. Der Vater trug eines seiner verwaschenen Holzfällerhemden mit den verblichenen rot-grün-blauen Karos, die schwarze Zimmermannshose glänzte speckig an den Nähten um die Hosentaschen herum, auf den derben Arbeitsschuhen lag Holzstaub. Gustav roch den Vater, den Geruch von Leder und Eisennägeln, von frisch gesägtem Holz, sein Old-Spice-Rasierwasser. Er widerstand dem Wunsch, den Vater zu umarmen, auch aus Angst, dieser würde dann verschwinden.

»Überhaupt ein Leben leben zu dürfen. Mein Vater, dein Großvater, ist im Krieg gefallen, da war er so alt wie du heute, grad mal dreißig war er, ist nicht mehr heimgekommen.« Der Vater sah auf seine Hände, als läge der Rest der Geschichte in seinen Handflächen verborgen, dann sprach er weiter: »Die Reisen mit euch, Mensch, war das schön!« Er sah hinaus aus dem Fenster und lächelte: »Italien, die Schweiz, Österreich! Südtirol! Wunderbar, dass ich das alles gesehen habe, mit euch zusammen! Weißt du, es gab doch immer eine Menge zu tun, wir haben das Erbe meines Vaters ja nicht einfach nur verwaltet, ich wollte etwas Eigenes aus dem Glanderhof machen, und deine Mutter hat mir dabei geholfen. Wir haben gemeinsam das Sägewerk ausgebaut und vergrößert, ich habe eine Möbelschreinerei eröffnet für die Leute in der Region, wir haben Zimmermänner angestellt, Tischler, Holzschneider, andere Menschen in Lohn und Brot gebracht, die mit ihrer Arbeit bei uns ihre Familien ernähren konnten. Magda hat die ganze Buchhaltung gemacht, den Haushalt, sich die Sorgen der Mitarbeiter angehört und sich ganz generell gekümmert, um alles und jeden, wir hatten kaum Zeit zum Reisen. Aber wenn wir gefahren sind, dann haben wir es uns immer schön gemacht! Das ist die Kunst im Leben, eine gute Zeit zu haben, mit den Menschen, die man liebt. Und dankbar zu sein dafür. Das ist es, was wirklich zählt. Ich hatte dazu noch das Glück, mithilfe deiner Mutter einer Arbeit nachgehen zu dürfen, die mich erfüllte, die mir Freude machte, ein Handwerk, das auch anderen Menschen Freude bereitete, so wie du mit deiner Kunst den Menschen Freude machst. Die Abenteuerbücher, die große, weite Welt, das sind Träume geblieben, und das ist ganz in Ordnung für mich, denn ich habe gelebt, mit euch, in unsrer kleinen Welt.«

Gustavs Augen füllten sich mit Tränen, mit der Hand fuhr er in die Tasche mit dem Bordmagazin und den Sicherheitsanweisungen, fand die Serviette, die er beim Abendessen dort hineingestopft hatte. Er entfaltete sie und drückte sich den Papierstoff an die Augen, wischte die Tränen ab. Es musste ein Trick sein. In seinem ganzen Leben hatte der Vater nicht einmal am Stück so viel und lange geredet. Glander musste kurz lachen, dann schossen ihm wieder Tränen in die Augen, er schniefte und hob den Kopf. Neben ihm schnarchte der Nachbar auf dem Sitz, unter der Decke zusammengerollt wie eine riesige graue Raupe.

Glander erwachte, als die Stewardessen Kaffee und Tee servierten, die Bordunterhaltung auf den Monitoren startete mit einer Weltkarte und einem pixeligen Flugzeug, das beinahe am Ende eines langen Bogens angekommen war, der von New York ausging. Sie würden in zwei Stunden landen. Glander pustete Wellen über den heißen Kaffee und dachte über diesen seltsam greifbaren

Traum nach. Es war schön gewesen, den Vater noch mal getroffen zu haben, es war ihm, als sei er erfrischt und klar, als habe sich etwas gelöst in seinem Bauch, das verantwortlich gewesen war für die Schwermut der letzten Monate, den Unwillen, die Unzufriedenheit, die Rastlosigkeit, an deren Ende die Thoughts about-Ausstellung gestanden hatte, diesem Moment, in dem ihm, neben dem immer schon wankelmütigen Selbstvertrauen in seine Arbeit, auch die Kunst selbst entglitten war. Glander horchte in sich hinein, es ging ihm gut, ganz ohne Zweifel. Und er hatte auch jetzt noch das Gefühl, der Vater sei ganz in der Nähe. Es fühlte sich alles richtig an, er war frei und freute sich auf zu Hause.

Glander lächelte die Stewardess an: »Einen Orangensaft, bitte!«

Er humpelte zum Gepäckband, nahm seine Koffer auf und suchte den Ausgang. Seine Knie schmerzten, seine Beine waren taub nach dem langen Flug in Zwangshaltung und erinnerten sich nur zögerlich ihrer Funktion. Trotzdem genoss Glander den Spaziergang durch den Flughafen, schob den Kofferkuli langsam durch die Menge, lauschte den ersten deutschen Wörtern, die zwischen englischsprachigen Lautsprecherdurchsagen an sein Ohr drangen: *Herzlich willkommen, Weltreisegewinnspiel, Hasenbrote im Handgepäck, Endlosschlange am Gepäckermittlungsschalter, die Parkgebühreneinzugsautomaten befinden sich im Untergeschoss.* Onkel Arturo war nicht zu übersehen, er stand in der Mitte der Empfangshalle und ruderte grüßend mit beiden Armen über seinem Kopf, das Hemd war ihm dabei aus der Hose gerutscht. Dazu trug er jenen beigefarbenen Cordanzug, den er auch auf Gustavs Konfirmation getragen hatte. Die Zeit hatte den Stoff insbesondere über den Ellbogen ausgedünnt, um seinen Hals schlang sich ein bunter Wollschal in den Farben Jamaikas. Sein Haar stand wirr vom Kopf ab, wie immer, graue Haare hatten sich unter die dunklen Locken gemischt, Arturo trug eine randlose Brille, jetzt hüpfte er auf und ab, während er weiter winkte: »Gustavo! Was bist du groß geworden, Junge!«, rief der Onkel.

»Was bist du alt geworden, Arturo!«, antwortetete Glander. Die Männer lachten, während sie sich fest umarmten. »Wir müssen uns beeilen, ich parke superverboten auf einer Busspur vor der Ankunftsebene.« Arturo zuckte im Gehen mit den Schultern und rollte die Augen: »Kein Kleingeld für den Parkautomaten.« Als sie einstiegen, zeigte Arturo lachend auf die Überwachungskamera über ihren Köpfen: »Scheiße, jetzt haben sie uns.«

»Starke Karre, Arturo. Hast du die Ente nicht mehr?«

»Ist leider verstorben, Motorschaden auf dem Brennerpass. Ich fahr so, plötzlich Rauch aus dem Motorraum, ich rechts rangefahren, öffne die bereits scheißheiße Motorraumklappe, und da schlagen mir schon die Flammen entgegen! Da war nix mehr zu machen, ich bin in Deckung gegangen, bis die Carabinieri kamen, ist aber nix explodiert. Da war ich doch ein bisschen enttäuscht, das wäre ein Abgang gewesen! Teure Nummer übrigens, der Abtransport, die Verwrackung, ich musste eine Umweltgebühr bezahlen, wegen unerlaubter Verbrennung von Sondermüll. Mein Citroën 2CV, Sondermüll! Ich bin dann laut geworden, da oben auf dem Pass, da haben die mich in Handschellen zurück ins Tal gefahren, sfacciato! Das war teuer.«

Gustav sah sich im Bus um, die Rückbank war aufgeklappt und zu einer Liegefläche umfunktioniert worden. Auf dem improvisierten Bett lag ein zerknautschter roter Schlafsack und ein Kissen, auf dem ein Spruch abgedruckt war: *Early to bed and early to rise, makes a man healthy, wealthy and wise.* »Du schläfst in dem Bus?«

»Ja, wenn ich auf Tour bin. Ich muss viel Gitarre spielen, für meine Schulden bei der Bozener Polizei«, Arturo lachte. »Gestern habe ich auch hier in der Nähe von Frankfurt übernachtet. Du wirst sehen, das ist ein Stück bis zu deiner Mutter ins Allgäu, fünf, sechs Stunden werden wir brauchen.«

»Ich hätte den Zug nehmen können.«

»Ach so ein Quatsch, ich wollte dich abholen und Magda war auch einverstanden, nur den Spruch mit den Rehen konnte sie sich nicht verkneifen. Ich liebe mein Schwesterherz.« Arturo grinste in den Rückspiegel, strich sich beiläufig durchs Haar. »Außerdem fahre ich den Bus so gerne, du sitzt ganz oben, überblickst alles, *king of the road*. Du bist dein eigener Herr, hast dein eigenes Hotel immer dabei! Seit ich den Bus habe, wechsle ich öfter die Städte. Ich spiele jetzt auch auf Plätzen und Fußgängerzonen bis runter nach Venedig, in Verona, in Padua, ich bin verliebt in Padua. Wenn ich abends auf dem Platz vor dem *Palazzo della Ragione* spiele, ist das eine wunderschöne, große Bühne für mich, all die Cafés und Bars unter den alten Torbögen sind besetzt, auf den Tischen leuchtet ein Gläsermeer in Orange und Rot, alle trinken Aperol Spritz oder Campari Soda, die Abendsonne lässt die Eiswürfel in den Gläsern funkeln. Padua leuchtet, Mann. Vielleicht bleibe ich irgendwann einmal dort. Noch nicht. Ich werde sechzig nächstes Jahr, das Reisen hält mich jung, glaube ich. Nur mit der Möbelpackerei musste ich Gott sei Dank aufhören, mein Rücken machte nicht mehr mit, eine Gnade ist das! Aber wir reden hier dauernd nur über mich, wie geht es dir, abgesehen davon, dass dein Vater gestorben ist? Was hast du gemacht, all die Jahre?«

Diese Frage hatte sich Gustav auch schon gestellt, im Flugzeug, und die Antwort war mager ausgefallen. »Ich hab gemalt, ein paar Bilder. Das hat sich alles ziemlich gut verkauft. Ich hab ein paar nette Menschen kennengelernt. Ich hatte Heimweh, sechs Jahre lang.«

»Ein verdammter Star bist du geworden, Gustav!« Arturo hob grinsend die Augenbrauen. »Ich habe davon gelesen, das war sogar hier in der Zeitung, als du auf der *documenta* zu Gast warst. Der Artikel hängt noch bei mir zu Hause über der Spüle. Hättest du ja ruhig mal vorbeischauen können.«

Glander nickte beschämt: »Wir hatten da echt null Zeit für irgendwas.«

»Wenn du keine Zeit mehr für la famiglia hast, ist deine Zeit abgelaufen, sagen wir Mafiosi!« Arturo lachte laut.

»Ich ändere das jetzt«, sagte Glander, höflich lächelnd, dann wurde er wieder ernst: »Wie ich überhaupt einige Dinge ändern werden.«

»Warst du nicht glücklich in New York?«

»Ich kann es gar nicht genau sagen. Am Ende wohl eher nicht mehr.« Draußen zogen Tannenwälder vorbei, die immer wieder den Blick freigaben auf eine Landschaft mit geschwungenen Hügeln und weiten Tälern, in denen sich kleine Dörfer und Ortschaften drängten, umgeben von fleckig sich aneinanderreihenden Feldern, in Grün und Rot-Braun. Schwere feuchte Ackerschollen glänzten in der Mittagssonne. Im weiten tiefblauen Himmel zogen Segelflugzeuge still ihre Bahnen.

»Bist du nur auf Besuch, um deinen Vater unter die Erde zu bringen, oder bleibst du hier?«

»Wenn ich das wüsste.« Es war Glanders ehrliche Antwort, er ließ noch ein paar Kilometer Landschaft vorbeiziehen, bevor er weitersprach. »Ich bin nicht so gemacht für den ganzen Rummel, die Partys, die Vernissagen, die Journalisten. Meine Güte, ich bin ja nicht mal gut im Reden. Dann sind die alle immer enttäuscht. Ich kann nix. Nur malen. Vater war da ganz anders. Der hat Holz geschlagen, gesägt und geschnitten und aus dem Holz hat er Möbel gemacht. Wunderschöne, stabile Möbelstücke für die Ewigkeit. Für die Leute im Ort, die Leute, die er kannte. Ich hab ein paar Bilder gemalt, die hängen jetzt bei Leuten, die ich nicht kenne und allerhöchstwahrscheinlich auch nicht kennen will. Am besten ging's mir immer im Atelier, bei der Arbeit, wenn ich gemalt habe. Den ganzen anderen Scheiß brauch ich echt nicht.«

»Der Scheiß macht aber Geld, Junge, oder?«

»Ich hab gut verdient, ja.« Glander starrte durch die Windschutzscheibe nach New York zurück. »Und kaum was ausgegeben.«

»Bingo! Geben wir das Geld doch zusammen aus«, rief Arturo vom Fahrersitz: »Machen wir ein Fest für deinen Vater, ein großes fröhliches Abschiedsfest!«

Glander rieb sich die Augen und nickte: »Das wäre ein Anfang.«

»Und wo hast du denn das ganze Geld versteckt, Gustav? In der Wall Street?«

»In der Kreissparkasse Göttisau.«

Sie mussten beide lachen, der VW-Bus fuhr kurz Schlangenlinien.

»Dann bist du jetzt Privatier, Gustavo?«

»Nicht wirklich. Ich hab im Flugzeug nachgedacht. Weißt du, dieser Erfolg in New York, der war ganz und gar unverdient, finde ich. Ich hab nicht mal die Kunsthochschule fertig gemacht, da war keine Zeit mehr.«

»Und jetzt? Setzt du dein Studium fort? In Göttisau gibt es eine Malschule!« Arturo kicherte.

»Nein, es ist schon so, ich glaub, ich will ein Handwerk lernen, mit den Händen arbeiten, etwas schaffen.«

Arturo sah vom Fahrersitz hinüber zu Gustav, der seine Hände auf den Oberschenkeln ruhen hatte: »Mit den zarten, feinen Künstlerhändchen wird das aber nichts mit der Arbeit in Josefs Sägewerk!«

Jetzt musste auch Gustav lachen: »Nein, nein! Stell dir vor, in New York hat mich Feininger aller zwei Wochen zur Maniküre geschickt, *Hände*, hat er immer gerufen, *Hände, die Frauen schauen auf deine Hände! Und wir wollen doch Erfolg bei den Frauen, Gustav!*«

Die Männer lachten, Gustav sah aus dem Fenster und sprach zur vorbeiziehenden Landschaft: »Kochen. Ich koche gerne. Ich hab im Flugzeug überlegt, was ich gerne mache, neben dem Malen, und da hab ich ja auch schon immer gerne mit Naturprodukten gearbeitet. Ich koche gerne!«

Arturo kicherte.

»Lach nicht, Onkel. Ich kann eine wunderbare polnische Sauce kochen! Die passt zu Kartoffeln, zu gekochten Eiern, zu gesottenem Fleisch, Kalbszungen beispielsweise, und natürlich zu Spargel. Oh mein Gott. Wann ist Spargelzeit?«

»Nicht im September jedenfalls. Du hast recht, eine Kochlehre wäre wirklich hilfreich in deinem Fall.« Arturo schüttelte in gespielter Enttäuschung den Kopf, Gustav hatte das Handschuhfach geöffnet und sortierte CD-Berge: »Musik?«

»Wir können doch nicht Musik hören, wenn dein Vater eben gestorben ist, das gehört sich nicht, Gustav.« Es klang, als wäre Arturo selbst nicht so ganz überzeugt von der selbst verordneten Trauerregel. Er sah Gustav fragend an.

»Vater hätte nichts dagegen, denke ich, ihm geht's gut!« Arturo nickte erleichtert und begann mit einer Hand hektisch in der Seitenablage des Busses nach CDs zu fischen, immer wieder nahm er eine heraus und hielt sie sich vors Gesicht, der Bus fuhr wieder Schlangenlinien.

»Arturo!« Glander prüfte im Rückspiegel die Autobahn nach Polizeiwagen.

»Scusi! Ha, hier ist sie.« Der Onkel schob mit großer Geste eine CD in den Player, und während der Laser nach Daten suchte, verkündete er mit erhobenem Zeigefinger: »Ein ganz besonderes Lied für dich, passt gut! Achtung!« Ein paar kurze Riffs auf einer scheppernden Gitarre erklangen, das Schlagzeug setzte ein. Dann sang Arturo gemeinsam mit Mick Jones: *»Darling, you got to let me know, should I stay or should I go!«* Der Onkel freute sich sichtlich über die treffliche Musikauswahl, dann fiel ihm etwas auf: »Hast du grade gesagt, deinem Vater geht es gut?«

14

Glander saß an der Uferpromenade des Sees auf einer Parkbank, zwischen knochigen Platanen, die erste grüne Triebe zeigten. Er sah den Schwänen zu, die sich mehr routiniert als neugierig näherten, die langen Hälse abwechselnd ausstreckten, dann wieder suchend über das Wasser gleiten ließen. Sie waren es gewohnt, von den Touristen am Ufer gefüttert zu werden. Nach einer Weile bemerkten sie den Irrtum und schwammen erhobenen Hauptes weiter, ohne Glander eines weiteren Blickes zu würdigen. Die Luft war kühl und klar, die Schweizer Berge auf der anderen Seite des Bodensees schienen zum Greifen nahe, die aufsteigende Morgensonne tauchte die Spitzen der Gipfel in zartes Rosa. Es war ganz ruhig, nur vom nahen Bregenz wehte der Wind vereinzeltes, leises Hupen und die Geräusche drängelnder Motoren aus dem einsetzenden Berufsverkehr herüber. Glander sah auf die Uhr, nickte kurz und blickte dann wieder hinaus auf den See, in der Ferne war ein frühes Fährschiff auf dem blauschwarzen Wasser zu sehen. Glander atmete ein und roch die salzige Würze des angeschwemmten Tangs, der auf den schmalen Strandstreifen gespült worden war und später in der Mittagssonne langsam zwischen den Steinen und Schwemmhölzern vertrocknen würde. Noch eine Viertelstunde. Glander ertappte sich dabei, wie er begann, seine Entscheidung ein weiteres Mal zu überdenken, und schüttelte genervt den Kopf. Schluss jetzt, das war schon richtig, das war durchdacht, das war, was er wollte. Ein Handwerk erlernen. Etwas Handfestes. Eine Lehre machen. Sich neu erfinden. Glander hatte die eigene Vita überprüft und war zu dem Ergebnis gekommen, mit seinen 32 Jahren eigentlich noch nie irgendeinen Beruf ausgeübt zu haben, die Malerei und das Fotografieren waren ihm nicht wie Arbeit vorgekommen, und er hatte darum auch immer ein leises, aber permanent schlechtes Gewissen entwickelt gegenüber jenen Menschen, die wirklich arbeiteten, so, wie es sein Vater getan hatte, seine Mutter, so, wie Tad es tat, die Jungs vom Schlachthof, eigentlich jeder, den er kannte. Bis auf Onkel Arturo vielleicht. Insofern wäre das jetzt wohl gleich sein erster Beruf. Auf jeden Fall sein erstes Vorstellungsgespräch. Gustav erhob sich stöhnend und fasste sich an den Bauch, er ging noch ein paar Schritte, verlor dabei den Eingang des *Fischerschilf*-Restaurants nicht aus den Augen, durch den er gleich gehen würde. Er sah wieder auf die Uhr. Jetzt also.

Die junge Frau an der Rezeption hatte ihr strahlendes Lächeln verloren und gegen einen Ausdruck der Verblüffung getauscht, nachdem er ihre Frage, wie sie denn helfen könne, wahrheitsgemäß beantwortet hatte. »Kochlehre?« Sie sah ungläubig hinauf zu ihm, ihre Augenbrauen trafen sich jetzt beinahe über der Nasenwurzel. »Und Sie haben einen Termin bei Herrn Lugge?« Glander nickte knapp, sah dann hinunter zum Fußboden, folgte der Bahn des roten Läufers, der sich in einem langen Gang verlor. »Na dann«, die Rezeptionistin griff zum Hörer und drückte einen Knopf, nickte nach kurzer Wartezeit: »Ja. Ja. Guten Morgen, Herr Lugge, ja, viel zu früh, find ich auch. Der Herr …?«

»Gustav Glander.«

»Gustav Glander wär jetzt da. Er sagt, er hätte einen Termin? Ja? Ja, ich schick ihn runter.« Kurz noch lauschte die Frau in den Hörer, lachte dann herzlich und nickte wieder: »Das hab ich auch gedacht, Herr Lugge!«

Als sie den Hörer aufgelegt hatte, war das Lachen verschwunden: »Treppe runter, rechts, da wo keine Klomännchen aufgeklebt sind.«

Glander ging die Wendeltreppe hinunter und klopfte leise an die Tür, öffnete nach einem bassbrummenden »Herein!« schüchtern die Tür.

»Guten Tag, ich bin ...«

»Jessas, sind Sie groß!« Der Küchenchef war aufgestanden vor Überraschung, nicht jedoch, um Glanders ausgestreckte Hand zu ergreifen. Stöhnend ließ er sich zurück in seinen Stuhl fallen, wies mit der ausgestreckten Handfläche auf den Stuhl vor seinem Schreibtisch: »Hinsetzen!« Er strich sich über den Kugelbauch, sah suchend auf den Schreibtisch, fischte dann eine Mappe aus der ungeordneten Anhäufung von Zetteln, Büchern, Notizen und Papierstapeln, die sich über die gesamte Arbeitsfläche erstreckte: »Ich sollt mal wieder aufräumen, aber mer kommt ja hier zu nix, Herr Glander!« Er sah Gustav an, als sei dieser verantwortlich für das Chaos, dann klappte er die Mappe auf, Glander erkannte seine Bewerbungsmappe, und der Alte begann, gespielt darin zu lesen, während er weitersprach: »Wissen Sie, wie viele Bewerbungen ich bekomme?« Glander schwieg. »So viele!« Der Alte breitete die Arme über dem Schreibtisch aus, als berichte er von einem kapitalen Fischfang. »In der Woch! Abgesehen davon, dass die meisten Bewerber wesentlich jünger sind als Sie. Einige haben sogar schon vorbereitende Berufserfahrungen mit diversen Praktika gesammelt. Sie sind aber, wenn ich's recht sehe, einen ganz anderen und eher seltenen Berufsweg gegangen, den aber erfolgreich. Ehrlich, ich hab Sie eigentlich nur eingeladen, weil ich das Anschreiben so putzig fand.« Er las laut vor: »*Ihr Restaurant lernte ich mit 13 Jahren am Tag meiner*

Konfirmation kennen, seitdem habe ich mich, allerdings eher privat und künstlerisch, dem Kochen verschrieben und möchte das Handwerk jetzt von der Pike auf erlernen.« Der Alte kicherte und sprach, mehr zu sich selbst: »Jessas. So nett!« Dann hielt er dem Bewerber die zugeklappte Mappe vors Gesicht: »Zu unserer Entlastung an Sie zurück, Herr Glander! Sie sind auch hier, weil ich Ihren Vater gekannt und geschätzt hab und weil ich Sie noch fragen wollte, warum zum Teufel Sie sich das antun wollen?«

Glander überlegte, wie er am überzeugendsten anfangen könnte, da unterbrach ihn der Alte gleich wieder: »Kochen ist ein Knochenjob, wir arbeiten hier fünfeinhalb, ach, eigentlich sechs Tage die Woche, von morgens neun bis nachts um eins. Wenn wir Glück haben und auf der Terrasse nicht so viel los ist, dann können ein paar von uns sich kurz hinlegen, Zimmerstunde oder ins Freibad im Sommer, der Rest haut Wurstsalat und Felchenfilet mit brauner Butter und Sahnetorten im Akkord raus. Direkt nach dem Mittagsgeschäft geht das los und nahtlos weiter. Dann abends Menü und à la carte, da haben wir dann schon auch einen Anspruch, die Leut zahlen ordentliches Geld, die kriegen sehr gute Küche, wir sind stolz auf unseren Michelin-Stern, das können Sie aber glauben, Herr Glander. Bloß müssen wir den Stern quasi nebenher kochen, neben dem ganzen Tourischten-Gelump, Mise en place für den Abend, in jeder freien Minute den Abend vorbereiten, das heißt Teamarbeit und Konzentration. Schaffe, schaffe, Häusle baue und net nach de Mädle schaue, Herr Glander, so schaut's aus! Ich kürz des hier mal ab, Sie schaffen hier bei uns für zwei Restaurants gleichzeitig. Des isch die Härte hier, dauernd verlier ich Leut deswegen.« Der Koch sah jetzt zerknirscht über die Unordnung auf dem Schreibtisch hinweg: »Und ich komm auch zu nix.« Der Alte stöhnte und fuhr sich durchs ungekämmte Haar: »Und die Abbrecher, das sind kerngesunde junge Buben, belastungsfähig eigentlich, aber der Kopf will halt nicht mit und die Welt lockt mit einfacheren Möglichkeiten. Sie sind über dreißig und erzählen Sie mir nix, ab da geht's los mit dem Verfall, da will man doch nicht in der Küche stehen, wenn man nicht muss! Fliehen Sie, Glander! Noch können Sie einfach da rausgehen und weiter erfolgreicher Künschtler sein, kommen Sie zum Essen, wenn Sie in der Heimat sind, bringen Sie Ihre Künschtlerfreunde mit, ich freu mich und allen ist geholfen.« Der Alte zeigte zur Tür, Ermattung mimend: »Ade, Herr Glander.«

Gustav Glander blieb sitzen, er hatte seine Sprache wiedergefunden: »Nein. Ein Praktikum vielleicht?«

»Sie schwätzet aber eher nicht viel, was?«

Glander schüttelte den Kopf und zuckte mit den Schultern.

Der Alte erhob sich geräuschvoll: »Also. Mitkommen. Und nur fürs Protokoll: Ich hab Sie gewarnt.«

Als sie die Küche betraten, entließ der Küchenchef einen gellenden Pfiff aus gespitzten Lippen, Gustav zuckte zusammen: »Silentium, Herrschaften!« Sofort erstarben alle Geräusche in der Küche, nur noch das Summen der Dunstabzugshaube war zu hören, das Wispern der Geschirrspülmaschine in der Spülküche. Alle Augen lagen auf Glander und dem Alten. »Das ist Gustav Glander, er isch von hier und interessiert sich fürs Kochen, er macht hier ein Praktikum und ...« Augenblicklich verloren die Köche jedes Interesse und nahmen die Arbeit wieder auf: Der Schlagkessel in der Patisserie begann sich wieder zu drehen, mit langen Metallspateln schabte ein Koch gebrannte Knochen aus einem großen, eisernen Kippbräter, jemand pürierte Suppe, hier wurden weiter Kräuter gehackt, da Tellerstapel scheppernd in Wärmeschränke verstaut. »Seid hald a bissle nett zu ihm, ihr wisset, mir könne jede Hand brauche im Moment!« Seufzend wandte sich der Alte Gustav zu, zeigte dann mit ausgestrecktem Zeigefinger auf verschiedene Punkte im Getümmel: »Das ist der Herr Dreher, Entremetier, der macht die Beilagen und Suppen. Da hinten mein Souschef, der Herr Matthiesen, Fleisch, Saucen, Rotisseur – der isch in Ihrem Alter übrigens, Glander, gebürtig aus Hamburg, erfahrener Mann mit Ambitionen, ich bin froh um jeden Tag, den der noch kommt. Hinter ihm die Sabine, Frau Gellert, die ist aus der Schweiz und macht bei uns die Patisserie, da hat nämlich von den Herren der Schöpfung niemand Bock drauf, da müsst man ja mit großer Genauigkeit arbeiten, beim Dessert und der Bäckerei, das können die Lumpenseckel hier alle nicht! Gardemanger und Poissonnier, des machen die Lehrlinge, also Vorspeisen und Fisch, und wenn ich nicht draufschau oder der Herr Matthiesen, dann klappt das nicht, gell, Leo, Paul?«

Schuldbewusst hoben zwei junge Buben die Köpfe, brachen dann gleichzeitig in Gelächter aus, und aus dem Nichts entflammte ein Gefecht mit Küchenhandtüchern, die die Jungs zu langen harten Schlangen gedreht hatten und sich jetzt gegenseitig mit ruckartigen Bewegungen zwischen die Beine flitschen ließen: »Der Chef meint dich, du Loser!«

»Nein, dich, du Opfer, aua!«

»Jungs!« Der Alte drehte sich wieder zu Glander. »Und die beiden wichtigsten Männer im Betrieb sind mein Oberkellner, der Herr Adam«, er zeigte auf einen jungen Mann im gedeckten Anzug mit akkurat gescheiteltem hellbraunem Haar und auffällig blauen Augen, der sie von der anderen Seite der Tellerausgabe aus schon eine Weile lang aufmerksam beobachtet hatte, »... und unser Jugoslawe, der Branko, in der Spülküche, unser Casserolier.« Der Alte näherte sich Gustavs Ohr und senkte die Stimme, als wolle er ein Geheimnis ausplaudern: »Das sind die wahren Chefs hier, ich geb hier nur den Vorturn-Kasper. Der Branko und der Adam, wenn die nicht wollen, gehen wir alle baden, und zwar nicht ins Freibad. Dann geht hier gar nix mehr. Also, Gustav, Schürze an und los geht's.«

»Danke, Herr Lugge.«

»Wir duzen uns hier alle und du sagsch einfach Chef zu mir. Und ich wüsste ganz ehrlich nicht, was es zu danken gäbe, Gustav.« Lachend humpelte der Alte hinaus.

Die ersten Tage verbrachte Glander in der Ecke mit dem Aquarium, sein Arbeitsplatz bestand aus einem Metalltisch und einer Spüle, er wusch Salate, schälte Kartoffeln, putzte Gemüse, *zum Reinkommen und Eingewöhnen*, hatte der Alte gesagt. Jeden Morgen fand Glander einen Zettel mit den Aufgaben, die er, am besten bis zum Mittagsgeschäft, zu bewerkstelligen hatte. Er lernte, wie sandig Feldsalat wirklich sein konnte, dass Zwiebeln ganz unterschiedlich scharf in den Augen brannten, dass Ordnung ein hilfreiches Grundprinzip in der Küche war und die Messer wirklich scharf.

Die Kollegen begegneten ihm mit strengen Blicken, knappen Arbeitsanweisungen und auf Nachfrage mit Ungeduld, selbst die Lehrlinge werkelten konzentriert vor sich hin und schienen immer in Eile, ab und zu tauchte der Alte beim Aquarium auf und nahm sich ein paar Minuten, um seine Fragen zu beantworten. Kaum jemand sprach mit Glander, das Serviceteam am Pass ignorierte ihn völlig. Er schien unsichtbar, dennoch stand er viel im Weg rum, wurde insbesondere während der Servicezeiten gerne wortlos beiseitegeschoben, angerempelt, weggeschubst. Wenn mittags die ersten Bestellungen eingingen, lernte er, war es besser, die Ecke nicht mehr zu verlassen, eine konzentrierte Nervosität erfüllte die Mannschaft dann.

»Bon neu, Messieurs, zweimal das Felchenfilet auf Wiesenkräuter-Schaum, viermal Salat mit gebratenem Egli, zweimal Wurstsalat, einmal mit Käse, einmal ohne Zwiebeln, dreimal Zwiebelrostbraten. Vorspeisen, dreimal Sommersalat, einmal mit Wildterrine, einmal mit gebeizter Lachsforelle, Tisch fünf die Kässpätzle, Tisch acht und drei können!«

Die Köche arbeiteten schnell, mit ruhigen gelernten Bewegungen, Salate wurden gestapelt, die vorbereiteten Fischfilets in schmelzender Butter geschwenkt, Leo und Paul häuften streifig geschnittenen Wurstsalat in tiefe Glasteller, die Ofenplatten glühten bereits, Matthiesen schob Stieltöpfe und Pfannen auf züngelnde Gasflammen, kostete mit einem Silberlöffel eine Sauce, nickte, hielt dann die Hand prüfend über eine der aufgestellten Pfannen, gab Öl hinein, strich zärtlich über die rohen Rumpsteaks auf seinem Küchenbrett, sah sich dann suchend um. »Schalotten?«, rief er, dann lauter: »Glander, Schalotten fehlen!«

Glander zuckte zusammen, überlegte kurz.

»Glander, Herrschaftszeiten, Schalotten, jetzt!«

Jetzt fiel es Glander wieder ein, er pellte mit zittrigen Fingern einige der französischen Mini-Zwiebeln, halbierte sie und schnitt kleine Würfel, so, wie es der Alte ihm gezeigt hatte. Die Würfel kehrte er vom Brett in eines der kleinen Schälchen und rannte damit zu Matthiesen, der ihm die Schalotten aus der Hand nahm und mit ernster Mine ins Schälchen sah: »In der Küche wird nicht gerannt. Und die Schalotten sind zu groß gewürfelt, neu machen, Glander«, sagte er, bevor er den Inhalt des Schälchens in einen großen Topf mit Brühe schüttete.

Die Abende waren noch schlimmer, die Gerichte komplizierter, die Gäste aßen große Menüs oder bestellten à la carte, einzelne Teller und Gänge, alle Gäste trafen innerhalb einer Stunde ein und bestellten gleichzeitig. Das Bon-Brett füllte sich mit Tischnummern, Zetteln, Notizen, Bestellungen, von denen der Alte mit ruhiger Stimme ablas: »Bon neu, Tisch acht, dreimal das große Menü, einmal das kleine Menü, Amuse-Gueule kann!«

Leo und Paul riefen »Oui, Chef!« und begannen, Forellenkaviar auf winzigen Kartoffelhälften anzurichten, die sie zuvor in einer lauwarmen Vinaigrette mit Estragon geschwenkt hatten. Auf vier winzige Porzellanteller strichen sie einen breiten Streifen aus geräuchertem Sauerrahm, darauf richteten sie die Kartoffelschiffchen an, tupften je drei grüne Punkte eines Estragon-Sauerampferöls in den Rahm, dekorierten mit gezupftem Estragon, Kerbel und Borretschblüten. Oberkellner Adam hob die rechte Hand mit ausgestrecktem Zeigefinger und nickte, zwei Mädchen aus dem Service nahmen die Teller auf und trugen sie an Adam vorbei ins Restaurant, während der Alte am Pass weiter vorlas, die Vorspeisen für Tisch vierzehn und zwei konnten jetzt, ebenso die Bodenseefischconsommé aus dem Menü an den Tischen elf und neun, und zweimal als À-la-carte-Portion an den Tisch drei: »Das ist Herr Gröttler, von der Kreissparkasse, seine Frau hat eine Glutenunverträglichkeit, lasst bei ihr den Brotcrouton einmal weg und macht ein extra Schälchen mit der Lauchmayonnaise. Und die Hauptgänge an Tisch fünf können auch! Envoyer!«

»Oui, Chef!«

»Branko, Pfannen aus, neu bitte!«

»Kommen, Chef!«

Vier bis fünf Stunden dauerte der Rausch, in anhaltender Geschwindigkeit. Hochkonzentriert richteten die Köche Teller um Teller an, strichen cremige Pürees kreisrund, zogen akkurate Saucenspuren, auf die sie filigrane Landschaften aus bunten Gemüsen setzten, Gurkenperlen, geröstete Auberginenwürfel, bunte Brunoise aus Wurzelgemüsen, knapp gegarten Spargel und perfekt gebratene, saftige Fleischscheiben oder glasig gebratene Fischfilets anrichteten. Schwitzend setzten die Köche Akzente mit papierdünn frittierten Gemüsescheiben, glänzenden, intensiv schmeckenden Gelpunkten, die mit einer Pipette aufgetragen wurden, luftigen Schaumwölkchen, gezupften Kräutern und zarten Blüten, die mit Pinzetten platziert wurden.

»Ja, es geht auch um Optik. Es geht aber vor allem um Geschmack, um Aromen, um Würzungen, um das Spiel mit Süße, Säure, Bitterkeit, das ist das Wichtigste, die pointierte Balance«, erklärte der Alte. »Und natürlich geht's um die Konsistenz, Temperaturen, Aggregatzustände, um Biss, um das Mundgefühl. Des isch die Klaviatur, auf der wir spielen, des isch eigentlich ein großes Orchester, das muss alles zusammenkommen, auf den Punkt konzentriert, dann schaffen wir große Küche.«

Neue Bestellungen kamen herein, Bon um Bon wurde mit Magneten an die Blechschiene am Pass geheftet und vorgelesen, einzelne Gerichte, ganze Menüs, Sonderwünsche, Extrawürste, der Alte feuerte die Mannschaft an: »Schicken, schicken, schicken, Kerle!« Mit einer gefalteten Serviette wischte er über die Tellerränder, bevor er Herrn Adam zunickte. Gegen halb zwölf dann waren die letzten Teller im Restaurant verschwunden, die Metallflächen der Arbeitsplätze wurden mit heißem Wasser und

Spülmittel geflutet, die Böden geschrubbt, die langen Gummiabzieher hinterließen duftende feuchte Spuren, die langsam trockneten.

Später in der Umkleidekabine roch es nach Feierabendbier und saurem Schweiß, die Jungs scherzten, besprachen den Abend noch einmal, es gab lachende Schuldzuweisungen und Verdächtigungen zu hören, alle lästerten über Herrn Adam und sein Team, überhaupt schien der Service letztendlich an allem schuld zu sein: »... dann Adam so, da fehlt ein Crouton, und ich sag, nö, einmal nur Lauchmayonnaise für Gröttler, und er so, ich verstehe nicht? Lies mal deine Bons, Alter, hab ich zu ihm gesagt.«

Riesengelächter. Nur Matthiesen beteiligte sich nicht an den Gesprächen, war als Erster umgezogen, der Souschef verabschiedete sich knapp mit der Bitte um Pünktlichkeit am nächsten Tag: »Morgen Bombenwetter, Terrasse ist voll, und im Restaurant sind wir mittags und abends ausgebucht. Vollgas, Leute.«

»Oui, Chef!«

Glanders Abschiedsgruß wurde mit unbestimmtem Murmeln und vereinzeltem Nicken erwidert, die Jungs gingen noch in eine Bar, weiter unten im Ort, er war nicht eingeladen und traute sich auch nicht zu fragen. Zu groß war auch seine Angst, in der Bar vor Erschöpfung vom Hocker zu kippen, die Füße schmerzten, der Schmerz zog bis in die Beine hoch, in den vergangenen 16 Stunden hatte er sich nur nachmittags kurz im Personalzimmer hingesetzt und einen Kaffee getrunken, bis Matthiesen in der Küche nach ihm gebrüllt hatte.

Die kleinen Schnittwunden unter den Pflastern an seinen Fingern brannten. Er roch nicht gut. Er war todmüde und lag doch wach im Bett, hörte sein eigenes Blut rauschen. Er war sehr glücklich.

In der zweiten Woche, er stand noch immer in der Ecke am Aquarium, schien er befördert worden zu sein, der Zettel, den Matthiesen jeden Morgen mit Tesafilm an die gekachelte Wand seines Arbeitsplatzes klebte, hatte sich verlängert, und er lernte den Umgang mit den Messern. Der Alte nahm sich Zeit dafür, zeigte, wie aus Möhren, Sellerie und Lauch erst dünne Scheiben wurden, dann feine Streifen, dann Würfel, winzige Würfel, Brunoise. Glander lernte das Messer so zu führen, dass er sich weniger oft in die Finger schnitt. Er schnitt auch Paprika, Zucchini und Gurken in Brunoise, am frühen Vormittag landeten die Ergebnisse im angesetzten Gemüsefond, »Schon besser«, lobte Matthiesen, bevor er die Arbeit von Stunden in der Brühe versenkte. Glander schnitt auch das Fruchtfleisch abgezogener Tomaten in Würfel, die *Concassée* genannt wurden. Und diese Tomatenwürfel waren das erste Produkt, das aus seiner Hand ins Restaurant gelangte: mit Zucker und Estragon-Essig mariniert, über dünn aufgeschnittenem, rohen Zanderfilet mit Frisée und gelbem Löwenzahnsalat in Schnittlauchvinaigrette. Oder in Vanillebutter geschmolzen, über einer gebratenen Seezunge mit Wildkräutern und Pfifferlingen. Gustav Glander war stolz auf seine Tomatenwürfel. »Kochen, Gustav, ist die Summe vieler Kleinigkeiten von größter Bedeutung. Wenn du die Tomate nur einen Hauch zu lange im kochenden Wasser lässt, bevor du sie im Eiswasser abkühlst, die geplatzte Haut abziehst und das Fleisch dann kernlos in gleichmäßige Würfel schneidest, wenn die Tomate also gleich am Anfang zu lange im kochenden Wasser war, sind eigentlich alle Mühen umsonst. Die Würfel sind weich, ohne Biss, fransen aus, zerfallen in der Sauce komplett, das ganze Gericht gerät in Schieflage, die gute Arbeit der Kollegen leidet auch darunter, denn die Sauce ist perfekt, der Fisch auf den Punkt gebraten und saftig, die Pfifferlinge springen knackig aus der Pfanne – nur deine Tomatenwürfel sind Brei.« Der Alte lächelte, sah Glander prüfend an. »Jetzt denkst du dir grad, das merkt doch der Gast nicht! Das mag sein. Aber ich merk das. Ich weiß es, es stört mich, und dich sollte das auch stören, Gustav.«

Glander nickte, der Alte machte sich auf zu gehen, drehte sich an der Aufschnittmaschine noch mal um: »Das ist es, was uns ausmacht, Gustav. Das ist, neben all dem Handwerk und der Kreativität, vielleicht die größte Kunst. Jeder Hobbykoch, jeder Foodblogger im Internet kriegt doch mit ein bisschen Geduld und Übung einen guten Teller hin. Diesen Teller aber immer wieder gleich gut und für jeden Gast in Perfektion hinzubekommen, noch im allergrößten Stress immer wieder die allerbeste Leistung abzurufen, das ist die Kunst! Und das beginnt hier, in deiner Ecke, am Aquarium.« Der Alte nahm einen der winzigen Tomatenwürfel auf, setzte ihn sich auf die Spitze seines Zeigefingers und hielt ihn direkt vor Glanders Gesicht. »Und jetzt überleg mal. Wenn du schon einen einzigen Tomatenwürfel so granatenmäßig versauen kannst – was kann dann beispielsweise alles bei der Zubereitung eines Hühnereis schiefgehen?« Der Alte lachte und ließ den Finger sinken: »Und wir haben noch gar nicht von der Qualität eines Produktes gesprochen. All die Optionen, Probleme und Lösungsmöglichkeiten – das wär dann Kochen!«

In der dritten Woche durfte Glander jeden Tag während der Servicezeiten an einem anderen Posten helfen, zuerst mit Leo und Paul auf dem Gardemanger-Posten, die Amuse-Gueule und Vorspeisen schicken, abends hatte er knapp achtzig Tellerchen mit Forellenkaviar-Schiffchen angerichtet und zum Pass getragen.

Am zweiten Tag arbeitete er unter Herrn Dreher, schwenkte hausgemachte Nudeln in einem cremigen Fond aus Butter, Wein und Brühe, richtete blubbernd heißes Kartoffelgratin an, strich Gemüsecremes auf Teller, tupfte Kräutergelees auf Tellerränder, kleckerte ein Pesto aus Haselnüssen, Bärlauch, Sauerampfer und Fetakäse über gegrillte Tomaten, briet Möhren mit Fenchelsaat, würzte mit Orangenschale und frisch geschnittenem Dill, lernte, dass die schönen Anissterne den Eigengeschmack der Pfifferlinge in der Pfanne unterstützten, garte Gurkenperlen im eigenen Saft, mit Senfsaat und einem Spritzer Gin. Am Mittwoch half er dem Poissonier auf dem Fischposten. Aus Fischgräten, einem Streifen geräucherter Forellenhaut, grob gewürfeltem Suppengemüse, Tomaten, Kräuterstielen, Wasser, Wermut und Gewürzen kochten sie in einem großen Topf auf kleiner Flamme einen duftenden Fischfond, der nach zwei Stunden hell und klar durch ein Sieb mit Küchentuch rann. Sie schwenkten saftige Flusskrebsschwänze in dunkelroter Hummersauce, die nach Sherry roch, brieten Fische auf der Haut, bis diese knusprig goldbraun gebraten waren, sie wendeten die Filets, gaben Butter hinzu, zwei Tropfen frischen Zitronensaft und Salz, schwenkten den Fisch nur noch kurz in der schäumenden Butter, bevor sie alles auf vorgewärmte Teller anrichteten. Die Beilagen riefen sie bei Herrn Dreher ab: »Zweimal die Safrannudeln für den Zander in Muschel-Nage, zweimal frittiertes Pastinaken-Fenchelstroh!«

»Steht und wird kalt, Jungs, Augen auf!«

Anderntags knetete Glander Baguetteteig für Sabine Gellert, lernte von ihr, wie Schokoladenmousse hergestellt wird und warum ein Schluck Espresso und eine winzige Prise Salz aus einer guten Schokoladenmousse eine umwerfend köstliche

Schokoladenmousse machten. Stundenlang schnitt er Obstsalat für die Terrasse, die Schnitte an den Fingern brannten wieder höllisch und röteten sich. Den ganzen Tag drehten sich die Schaufeln der Eismaschine, sie schabten das rahmige Eis aus der kalten Trommel. Später spülten sie die Maschinen mit heißem Wasser und weichen Schwämmen aus, dann wurde die nächste Eismasse hineingegossen – Erdbeere, Vanille, Schokolade für die Terrasse, Möhren-Kokosnuss-Ingwer-Eis, Pfirsich-Holunderblüten-Buttermilcheis und Cassis-Rahmeis mit Rosmarin und schwarzem Pfeffer für den Abendservice im Restaurant. Er strich Biskuitteig auf lange Backbleche, rührte rahmige Vanillesauce an, buk Brandteigkrapfen und zarte Marzipanhippen, pürierte Fruchtsaucen in allen Farben. Sabine Gellert war die Einzige in der Küche, die mit Rezepten und Waage arbeitete, mit Maßbechern und Lineal. Spät begann das Abrufen und Anrichten der Teller in der Patisserie, erst waren noch Leo und Karl von den Vorspeisen rübergekommen, als sie um halb zwei in der Nacht dann die letzten Menüdesserts schickten, waren sie alleine in der blank geputzten Küche, nur der Alte lehnte noch am Pass, auf der Restaurantseite, er trank ein Glas Wein und sprach mit Adam, bis Sabine Gellert nach dem Service rief.

Den Freitag und Samstag verbrachte Glander auf dem Rotisseur-Posten, Souschef Matthiesen schien ihn zum ersten Mal wirklich wahrzunehmen, zeigte und erklärte, wie und in welche Teile er die dunkelrote Rehkeule zerlegte. Nach seiner Anleitung schnürte Glander zarte Wachtelvögel mit blau-weißem Metzgersgarn zu kompakten kleinen Paketen, die er zuvor mit einer cremigen Farce aus Geflügelfleisch, Gänseleber, getrockneten Cranberrys, gerösteten und gehackten Nüssen und gebratenen

Shiitakepilzen gefüllt hatte. Abends thronten die goldbraun gebratenen Wachteln auf süßscharfen Kürbiswürfeln und einer dunklen, würzigen Jus, die mit Brombeersaft und Szechuanpfeffer abgeschmeckt war. Sie brieten hausgemachte Würste, Lammfilets und Entrecôte-Steaks mit Rosmarin, Thymian, zerdrückten Knoblauchzehen, schwarzem Pfeffer und Meersalz. Im riesigen Ofen rösteten abends ganze Enten in schweren gusseisernen Pfannen. Die Hitze war zeitweise so groß, dass es ihnen den Atem verschlug, sie schwitzten stark, wischten sich immer wieder die Schweißperlen von der Stirn, die in die Pfannen und Sauteusen zu tropfen drohten. Saucen wurden erhitzt oder schaumig aufgeschlagen, probiert, verfeinert, nochmals abgeschmeckt und überprüft, während unablässig neue Bons annonciert und abgerufen wurden. Für die kleinen Gäste auf der Terrasse buken sie Wiener Schnitzel in duftendem Butterschmalz. Glander hatte schnell den Überblick verloren, reagierte nur noch auf Kommando und Anweisung. »Zweimal Ente in zwei Gängen!«, rief der Alte.

»Kann!«, brüllte Matthiesen, dann: »Glander, Ofen, Ente, raus, jetzt!«

Ohne zu überlegen reagierte Glander, riss die Ofentür auf, wich dem Schwall trockener Hitze aus, griff mit der rechten Hand in den Ofen, erwischte den gusseisernen Griff und wuchtete die Pfanne mit der schweren Ente aus dem Ofen auf die Herdfläche, achtete dabei darauf, dass nichts vom brutzelnden Fleischsaft über den Pfannenrand schwappte, und merkte erst, als er die Pfanne schon in der Luft hielt, dass er den Torchon vergessen hatte, das dicke Küchentuch, das die Köche wie ein Topflappen vor Verbrennungen schützte. Er war seltsamerweise ganz klar in diesem Moment, er konzentrierte sich darauf, die glühend heiße

Pfanne nicht fallen zu lassen, er sah Adam und den Alten mit offenen Mündern am Pass stehen, setzte die Pfanne mit der Ente auf dem Herd ab, sah das Entsetzen in Matthiesens Augen, erst dann begann er zu schreien.

Am nächsten Tag betrat er mit Verspätung die Küche, sie hatten im Krankenhaus den Verband aufgeschnitten, die Handfläche mit einer kühlen Salbe bestrichen, den Mull neu angelegt und gebunden. Der Verband müsse anfangs unter ärztlicher Aufsicht alle 24 Stunden gewechselt werden, sechs bis acht Wochen würde er mindestens ausfallen, hatte der Arzt gesagt und die Krankmeldung ausgefüllt. Mit dem Taxi war er zum Restaurant gefahren. In der Umkleidekabine hatte er viel Zeit verloren, es brauchte eine Weile, sich einhändig umzuziehen, und insbesondere das Knöpfen der Kochjacke zog sich. Als er die Küche betrat, verstummten die Geräusche schnell, die Kollegen sahen ihn an. Der Alte blickte den Küchengang hinunter, schrak zurück: »Jessas, Gustav! Was machsch du denn hier? Lebsch noch, Kerle?«

Glander hob die heile Hand: »Salatwaschen mach ich doch mit links!«

Matthiesen stand hinter seinem Herd, nickte und begann zu klatschen, sofort fielen die Kollegen mit ein und auch der Alte klatschte. Als der Applaus verebbt war, drehte sich der Alte zur Küchenbrigade um: »Leute, das ist die richtige Einstellung, ich tät sagen, der Gustav Glander passt zu uns. Ich geh mal eben ins Büro und mach den Lehrvertrag fertig, und die Herrschaften heißen bitte mal unseren neuen Kollegen herzlich willkommen. Die verbundene Hand nicht schütteln, bitte!« Wieder wurde geklatscht und gejohlt diesmal, der Alte schlug Glander auf den Rücken, zwinkerte ihm einmal zu und verschwand ins Büro.

Glander lernte schnell, wurde Teil des Teams, seine Bewegungen wurden präziser und genauer, geübter, es war ihm, als sei das Tempo kontinuierlich erhöht worden. Die Bewältigung der täglichen Arbeit, der Strom der Bestellungen während des Service war wie ein Flug, den er genoss, eine Herausforderung, wie in einem Videospiel im richtigen Moment das Richtige zu tun, vorbereitet zu sein, Teller um Teller im Gleichfluss zu schicken, sorgfältig angerichtete, duftende Miniaturen. Es bereitete ihm Freude, ein Hochgefühl, Glück und wohlige Erschöpfung am Ende des Tages, nachts schlief er tief.

Die ersten Monate waren ein Rausch, ein sich schnell drehendes Karussell aus konzentrierten Arbeitstagen und langen Nächten in der Küche. Den einen freien Tag in der Woche verschlief Glander, bis ihn das Mittagsgeläut der nahen Kirche weckte, dann kochte er sich Kaffee, las in Kochbüchern, schaltete den Fernseher ein, ohne hinzusehen, gegen die Sonntagsstille in der Wohnung. Selten ging er am See spazieren, verbrachte meist den ganzen freien Tag zu Hause, zeichnete Skizzen von Tellergerichten aus der Erinnerung. So hatte der Alte das blutig-rosa gebratene Rehfilet angerichtet, auf einem ziemlich exakten Kreis von sahnigem Selleriepüree. Von der akkurat gelegten Fleischscheibe purzelten die knackigen Pfifferlinge aus der Pfanne in feinem Bogen vom Filet zum Tellerrand. »Der Tellerrand gehört dem Gast!«, hatte der Alte gemahnt, wenn nur ein Pilzhütchen die Grenze überschritt. Grüne Rosenkohlblätter lagen wie zufällig hingetuscht, die jungen Tannenspitzen schimmerten in Honig gehüllt, drei Stück setzte der Alte mit einer Pinzette zwischen die Pfifferlinge, er atmete nicht dabei. Das Anrichten war Chefsache, mehr als das Kochen selbst, bei dem der Alte seinem Team vertraute und dennoch natürlich dauernd prüfend den Löffel in alle Töpfe und Schüsseln steckte und probierte. Beim Anrichten gab der Alte genau vor, wie alles auszusehen hatte, wieder und wieder legte er selbst die opulenten Gebilde auf die Teller, bediente sich der Zutaten, die von allen Posten in der Küche kamen und vorn am Pass bei ihm zusammenliefen, zog schwungvoll Linien mit schaumigen Saucen, tröpfelte konzentriert Punkte, strich Cremes auf, baute zarte Türmchen aus Gemüsen, ließ filigrane Salatberge entstehen, die Herr Adam und sein Serviceteam auf den schweren Tellern zu den Tischen zitterten. Jedes Kräutlein war an seinem Platz und jedes Salzkorn. Am Ende nickte der Alte und sah kurz auf: »So, Jungs, ja?« Gustav erkannte das Gespür des Alten für Formen, für Farben, für Linien und Komposition, das alles war noch eine eigene Welt, abseits der Aromen, der Düfte und Geschmäcker. Beim Anrichten ging es um Optik, um eine bildhafte Dynamik. »Der Gast muss ein Sekündchen andächtig zögern, ob er das kleine Kunstwerk auf dem Teller wirklich zerstören will, dann hast du ordentlich angerichtet, Gustav«, erklärte der Alte lachend. »Er muss vor lauter Schönheit kurz zurückzucken!«

Glander zeichnete die Teller der vergangenen Woche in einen Skizzenblock, um keine Speise zu vergessen, ansonsten hatte er aufgehört mit dem Zeichnen und Malen, es fehlte ihm schlicht die Zeit. Später, als der Alte ihm mehr zutraute, wurden die Teller im Restaurant für ihn zu Leinwänden, auf denen abends im Minutentakt abstrakte Kompositionen entstanden, essbare Landschaften aus Formen und Farben, die darüber hinaus aber auch aus Düften und Strukturen bestanden, Bilder, die erst betrachtet und dann verschlungen wurden. Nichts blieb übrig, außer ein Lächeln auf den Gesichtern zufriedener Gäste, Entzückung, Freude, Erkenntnis, Genuss. Gäste, die nichts mit nach Hause nahmen außer die Erinnerung an einen schönen Abend, aber das war mehr als bei so mancher Kunstausstellung. Glander lachte bei dem Gedanken. Das Malen fehlte ihm nicht. Und wie in der Kunst war auch beim Kochen das Handwerk eine verlässliche Basis. Und Gustav lernte dazu, jeden Tag.

Die Tage und Wochen vergingen im Strom der Saison, die Terrasse war eigentlich ständig bis auf den letzten Platz gefüllt mit Touristen, morgens schrieb der Alte mit Kreide die Namen der Gäste, Reservierungen und Tischnummern auf die schwarze Schiefertafel im Büro, sie waren jeden Abend ausverkauft und jeder Tag der Woche fühlte sich gleich an. Oft vermochte Glander nicht zu sagen, welcher Wochentag war, dienstags und freitags jedenfalls fuhr ein Laster der Firma Rungis auf den Hof, gefüllt mit Spezialitäten aus den Markthallen von Paris, quietschenden Styroporboxen mit Seezungen, Lotte und Loup de Mer, Lachs und Steinbutt unter Eis, Geflügel aus der Bresse und Käse aus der Auvergne und der Normandie, aus den französischen Alpen, aus Korsika, Saint-Nectaire, Fourme d'Ambert, Pont-l'Évêque, Époisses, Tomme de Chèvre und Brin d'Amour, ein Mantra, ein Lied, das der Alte jeden Abend sang. »Es geht ja leider nur fast nix über einen Allgäuer Bergkäse«, pflegte er genüsslich kauend zu sagen, wenn er den Käsewagen für den Abend bestückte, auch das war Chefsache.

Mit der einsetzenden Routine fand Glander Zeit und Gelegenheit, den Alten bei der Arbeit zu beobachten, er kochte nicht den ganzen Tag mit, saß viel im Küchenbüro am Telefon, organisierte, bestellte, prüfte. Doch immer wieder geschah es, dass er wie aus dem Nichts anfing zu kochen, sich einmischte, loslegte. Dann konnte Glander sehen, wie der Alte zärtlich über das Schuppenkleid eines Fisches fuhr, bevor er die Schuppen mit dem Messerrücken abschabte, er konnte beobachten, wie der Alte manchmal innehielt im Küchenrauschen und still eine Lammkeule auf seinem Brett betrachtete, als sähe er sie zum ersten Mal, bevor er nickend das Messer ansetzte und mit langen, konzentriert gesetzten Schnitten den Knochen aus dem Fleisch löste. In seiner Brusttasche steckte ein kleiner goldener Löffel, den er bei seinen Küchenrundgängen in Saucen, Suppen und Vinaigretten versenkte, in Farcen, Teige, Fonds und Jus, in Mousse und Cremeeis. Flink und beiläufig und mit einem Blick, der keine Diskussion duldete, zog er den Löffel, schwups, verschwand die Spitze erst in der Speise, dann im Mund. Die Kritik erfolgte unmittelbar und wahlweise mit einem Lächeln, manchmal mit einem Nicken, einem Augenrollen, zusammengezogenen Augenbrauen, energischem Kopfschütteln, derweil er den Löffel am mitgeführten Torchon abwischte und wieder in der Brusttasche verschwinden ließ, mit der Eleganz eines Zauberers.

Es dauerte eine Weile, aber irgendwann begannen Glander und Matthiesen, sich anzufreunden. Der schweigsame Souschef sprach nur das Nötigste und das auch meistens nur mit dem Alten, um später in knappen Kommandos Entscheidungen und Strategien mit der Küchenmannschaft zu teilen. Glander missdeutete die knurrige Einsilbigkeit des Kochs anfangs, bemerkte dann aber, dass Matthiesen mit der gleichen Akribie und Leidenschaft zu Werke ging wie der Alte, es war die Art, wie er die Zutaten berührte, in den Händen hielt, beinahe zärtlich führte er das Messer, roch an jedem Kraut, an jedem Gemüse. Auch Glander hatte damit begonnen, aufmerksamer zur riechen, hatte sich auf Geheiß des Alten Düfte und Aromen eingeprägt. »Gustav, Nase auf, im Sinne von Augen auf!«, hatte der Alte erklärt. »Das ist eine Welt, die sich dir da erschließt. Wie riecht der Fenchel, wie duftet der Apfel – und welcher Apfel ist das denn? Der Schlüssel zum Geschmack liegt in den Aromen. Und es erschließt sich mir nicht, warum so viele Köche die Chance nicht nutzen, ihre dicken Nasen konsequenter in diese Welt zu tauchen, Verbindungen herzustellen, Beziehungen zu erschnuppern. Das Vokabular der Kulinarik zur Beschreibung von Geschmäckern und Aromen ist dürr, wir haben eine reiche Sprache, die sich aber in Geschmacksdingen schwertut. Drum schmeckt's ja allermeist nur *gut, köstlich* oder *lecker*. Bei der Beschreibung von Speisen und Geschmäckern hilft oft nur die Assoziation, der Vergleich, und den kann man nur ziehen, wenn man wenigstens ungefähr weiß, von was man spricht. Nach was schmeckt denn diese Sauce?«

Der Alte zeigte auf den Herd, auf eine Sauteuse, in der eine dunkle Kalbsjus simmerte. »Was riechst du? Rotwein. Zwiebeln. Lorbeer. Wacholder? Rosmarin? Pfeffer? Welcher Pfeffer? Schwarzer Pfeffer, Weißer Pfeffer? Woher kommt das Fleischige? Von den Knochen? Ernsthaft? Von den getrockneten Steinpilzen? Sind da überhaupt getrocknete Steinpilze drin? Oder eher rohe Champignonabschnitte? Passen die denn?« Der Alte zeigte auf Adam, der am Pass die Tageszeitung las: »Und unser Herr Adam hier, der wäre ja quasi zum Schweigen verdammt, wenn wir uns bei der Beschreibung von Weinen nicht auf die Küche beziehen könnten. Herr Adam ist ganz konkret bei der Beschreibung von Weinen: Ein Sauvignon Blanc beispielsweise erinnert an schwarze Johannisbeeren, an Kiwi, etwas Passionsfrucht vielleicht, eine krautige Note, Minze vielleicht, Estragon!

Und dazu diese leicht salzige Note im Abgang. Fertig ist die Weinbeschreibung.«

Adam sah hinüber zu ihnen und lachte, nickte und hob den Daumen.

»Cabernet Sauvignon! Was riechen wir? Ich sag's dir, Gustav: Cassis! Schon wieder schwarze Johannisbeeren. Und gerösteten roten, ich sage *roten*, gerösteten Paprika. Etwas Vanille, einen Hauch von Zimt und Anis! Da schwimmt noch ein Zweig Rosmarin, zwei Nadeln eher. Zack! Darunter kann man sich doch jetzt was vorstellen!« Der Alte wurde leiser: »Wenn man halt weiß, wie geröstete Paprika riecht und Zimt und Anis.« Der Küchenchef sah Gustav prüfend an: »Und jetzt kommen wir, Gustav. Was kocht man denn dazu? Lammfleisch vielleicht? Orientalisch gewürzt. Oder eher klassisch französisch? Kräuterkruste? Paprikagemüse? Geröstet oder als Ratatouille? So geht Nachdenken übers Kochen.« Der Alte hob den Finger: »Wenn du das Riechen nicht gelernt hast, bist du in der Küche blind.«

Gustav Glander nickte: »Das ist also die Kunst.«

Der Alte schüttelte unwirsch den Kopf: »Ach was! Konzentration ist vielleicht die Kunst, ein bisschen Talent und ein großer Riechkolben helfen.« Der Alte fasste sich an die Nase: » Aber die Basis ist und bleibt das Kochhandwerk, lernen, lernen, lernen, Gustav. Kochen war ja zunächst erst mal eine Überlebenstechnik, die Entdeckung des Feuers, die Entdeckung von Geschmack, von Bekömmlichkeit! Daraus entwickelte sich unser Handwerk, entstand aus jahrtausendealtem Wissen, es wurde weitergegeben und verfeinert, es sicherte das Überleben von Stämmen und Völkern, es nährte die Menschen, war Kultur, Religion und Ritual. Zivilisation begann an der Feuerstelle. Heute sind wir bequem geworden, verlassen uns auf technische Errungenschaften und vergessen nach und nach einfach alles.« Der Alte hatte sich in Rage geredet: »Den meisten Menschen ist gar nicht mehr bewusst, wie das Essen auf ihre Teller kam und woher es kommt. Viele wissen nicht mal mehr, was das ist, da auf ihren Tellern. Und das letzte Abenteuer ist das Feuer. Im teuren Gartengrill. Funktioniert aber nur mit Grillanzündern. Darauf grillen wir dann Steaks von einem Tier, das andere für uns getötet, zerlegt und säuberlich zugeschnitten und portioniert haben, damit wir keinesfalls daran erinnert werden, was genau wir gleich essen werden. Bleib mir weg mit Kunst!«

»Na ja, aber es kann ja nicht jeder eigenhändig ein Rind erlegen und zubereiten.«

»Darum geht es doch gar nicht, Gustav, es geht um Bequemlichkeit, um Desinteresse und Gleichgültigkeit. Die Supermärkte sind voll, hell erleuchtet und rund um die Uhr geöffnet und sie verkaufen überwiegend industriell fabrizierte Waren und genormte Gemüsen, Produkte sind das für Verbraucher, keine Nahrungsmittel für Menschen! Hauptsache günstig und bequem. Und die, die wüssten, wie es richtig geht, wie es besser geht, die wissen, wie ein Brot schmecken kann, was gutes Fleisch wirklich ist, dass ein brillantes Sößle nicht aus der Tüte kommt, und wie viel Zeit und Mühe in einem gereiften Käse stecken, die guten, die engagierten Jungköche, die sterben uns weg.« Der Alte wischte sich den Schweiß von der Stirn, blinzelte: »So. Das Handwerk stirbt aus, das Wissen um Zubereitungen und Abläufe stirbt aus, Techniken gehen unwiederbringlich verloren. Wir sind nicht länger Erzeuger und Ernährer, wir sind nur noch Verbraucher, gefüttert von Konzernen. Hauptsache schnell, bequem und billig. Des isch das ganze Drama.«

Ab und an trommelte der Alte alle zusammen, Speisekartenbesprechung, frühmorgens im Restaurant. Herr Adam servierte Kaffee, und erst, wenn die neue Speisekarte stand, wurden die Lehrlinge losgeschickt, um beim Metzger im Ort ofenwarme Wecken mit dicken Scheiben vom frisch gebackenen, heißen Leberkäse für alle zu holen. »Nur ein hungriger Koch kann klar denken!«, pflegte der Alte zu sagen. Die Rezeptideen für die nächste Speisekarte wurden grundsätzlich morgens und mit knurrendem Magen erdacht, das funktionierte gut. Alle ausgelernten Köche waren vorschlags- und stimmberechtigt, viele Ideen wurden schon zwischen Mittagsgeschäft und dem Restaurantbetrieb am Abend gemeinsam ausprobiert und probegekocht, alles war erlaubt, nicht jede Kreation schaffte es auf die Speisekarte: »Ich habe eine Sache gelernt. Das Wesen des Trends ist die Behauptung. Ganz besonders gerne zum Jahreswechsel schauen selbst ernannte Trendscout und Zukunftsforscher in ihre Kristallkugeln um ihre, mehr oder weniger wissenschaftlich greifbaren Ergebnisse, in die Welt hinauszuorakeln. Das sind überwiegend Behauptungen und je vehementer die Behauptung vorgebracht wird, umso wahrer wird sie mit der Zeit. Wenn der ausgerufene Trend dann auch noch für die Industrie interessant ist, wird die Behauptung schnell zum *Megatrend*! Ja, es gibt Strömungen und Trends, die aus einem gesellschaftlichen Bedürfnis heraus entstehen, die bleiben dann auch meist. Das Rad dreht sich aber in Wirklichkeit viel langsamer, als die Event- und Lifestyle-Industrie das gerne hätte, die trieben ja am liebsten pro Quartal eine neue Sau durchs Dorf. Es ist sehr interessant, sich kulinarische Moden, Trends und Entwicklungen einmal daraufhin anzusehen.«

Es war einer der letzten Tage seiner Lehrzeit. Der einsetzende Herbst begleitete die Abschiedsschwermut, die sich in Glander breitmachte. Den Vorschlag des Alten, doch zu bleiben und als Postenchef neue Verantwortungen zu übernehmen, hatte er schweren Herzens ausgeschlagen, er hatte andere Pläne, von denen er noch nicht sprach, weil sie noch keine Rede wert waren, Ideen nur, die es zu überdenken galt, wenn der Zeitpunkt gekommen war. Im Restaurant gab es immer weniger zu tun, mit den aufziehenden Herbststürmen waren die letzten Gäste verschwunden, auf den verwaisten Promenaden tanzten einzelne bunte Blätter über den Asphalt. Nasses Laub lag auf den Wiesen zwischen den Platanen, deren kahle Äste wie dürre Finger in den grauen Himmel griffen. Der Caddy parkte vor dem Personaleingang, Glander zog fröstelnd den Reißverschluss der Steppjacke hoch, die er über die Kochjacke gezogen hatte, prüfte noch mal, ob die portablen Metallregale mit den belegten Canapé-Platten reisesicher verzurrt waren, und schloss die Kofferraumtüren.

»Dr. Kallberg, Öschweg 3!«, rief Matthiesen.

Glander zeigte dem Kollegen den erhobenen Daumen, stieg ein und fuhr los. Das Cateringgeschäft würde das *Fischerschilf* über den Winter bringen, die Kochkurse und das Weihnachtsgeschäft, aber da würde er schon nicht mehr dabei sein. Der Öschweg 3 befand sich am Ende des Ortes, es war das letzte Haus auf der Anhöhe, hinter der Villa begannen gefrorene Äcker, die das Haus vom nahen Wald trennten. Glander stoppte den Wagen vor dem Tor, das aus eisernen Weinreben bestand, die ineinander verschlungen waren. Er stieg aus und klingelte, automatisch öffnete sich das Tor.

Sie können reinfahren, sagte eine Stimme aus dem kleinen Lautsprecher über der goldenen Klingel, *parken Sie einfach hinter dem*

Porsche, Sie sind ja schnell wieder weg. Nie leer gehen, hatte der Alte ihm eingetrichtert, und Glander hatte schon die ersten Stiegen mit Canapé-Platten in den Händen, als sich die Tür öffnete: »Sie sind das *Fischerschilf*? Ich bin die Frau Kallberg, kommen Se rein, rechts rum in die Küche!« Die Frau war nicht mehr ganz jung, ihre Hände verrieten es, ihr Äußeres war ansonsten von jener makellosen Gepflegtheit, die eigentlich der Jugend vorbehalten war und im Alter einiges an Engagement verlangte. Die Frau trug Birkenstockschuhe mit Herzchenmuster, eine weiße Hose und ein rosafarbenes Poloshirt, sie war stark gebräunt, das volle blonde Haar hatte sie mit einem Hermès-Tuch gebändigt, das als breites Band über ihren Kopf lief. »Schön, dass das so schnell geklappt hat! Gebeizter, Shrimpssalat, Roastbeef, Räucherforelle?«

»Alles da, Frau Kallberg!«, antwortete Glander, während er die Klarsichtfolie von den Stiegen wickelte.

»Sagen Sie, können Sie die Platte auch direkt ins Wohnzimmer bringen, die Gäste kommen ja gleich, ist ja Brunch. Oh, da kommt mein Mann«, rief die Frau, und Glander drehte sich um, um dem Hausherrn die Hand zu geben. Der winkte ab.

»Lassen Sie mal stecken, junger Mann, mmmh! Roastbeef, lecker!« Der Mann nahm ein Minibrötchen mit gefaltetem Roastbeef aus der Stiege und schob es sich komplett in den Mund, kaute mit Genuss. »Abf fumfzig Grmm wirfs undeutfflich!«, erklärte er schmatzend, schluckte dann.

»Kallberg, Doktor Kallberg, mein Mann ist Zahnarzt«, sagte Frau Kallberg.

Glander nickte und starrte Herrn Kallberg an. Der Doktor war angezogen wie seine Frau, nur die Birkenstockschuhe und das Hermès-Tuch fehlten. Glander musste lachen.

»Spaß bei der Arbeit, hammwa gern«, sagte der Arzt, Remoulade am Kinn. »Kommse ma mit ins Wohnzimmer, ich zeig ihnen, wo die Platten hinsollen.« Das Wohnzimmer wirkte unbewohnt, die Wände waren weiß gestrichen, die wenigen Möbel im Raum waren ebenfalls alle weiß. »Hier auf das Board bitte, neben den Champagnerkühler«, delegierte der Hausherr. Die Canapé-Platten sahen aus, als gehörten sie nicht hier hin, und Glander bemerkte, dass seine weiße Kochjacke grau und müde aussah. Er drapierte die Platten auf dem Board, schob verunglückte Garnituren zurück auf die üppig belegten Baguettescheibchen, entfernte ein schlaff gewordenes Kerbelblatt und drehte sich um, um weitere Platten aus dem Auto zu holen. Dann erstarrte er in der Bewegung, als er das riesige Ölbild entdeckte, das neben der Tür hing, zu der sie eben hereingekommen waren.

»Ja, gut, es hängt nicht optimal da«, sagte Herr Kallberg, »ich wollte aber den weißen Charakter des Wohnzimmers nicht brechen! Interessieren Sie sich für Kunst?«

Glander nickte, immer noch in Betrachtung versunken. Das Dunkelblau war gut getroffen, lief aber an den Ecken zu abrupt ins Schwarz, das nahm der Rinderrippe in der Bildmitte ein wenig von ihrer Plastizität. Er hatte damals sehr lange am 3-D-Effekt gearbeitet. Die dritte Rippe von oben war vergoldet. Das war sein Bild. Das war *Adams Rippe*. Nur hatte er dieses Bild hier nicht gemalt. *Er* hatte damals die vierte Rippe von oben vergoldet. Glander ging näher an das Bild heran, suchte und fand seine Signatur, prüfte das Gold, es war aufgemalt, er hatte Blattgold verwendet.

»Ungewöhnlich für einen Koch«, bemerkte Dr. Kallberg und sagte dann, mehr zu sich selbst: »Wahrscheinlich mögen Sie das Sujet, das ist eine Rinderhälfte, nicht wahr?«

Wieder nickte Glander.

»Das hat ein Gustav Glander gemalt, talentierter junger Künstler! Hier aus der Gegend wohl. Aber schicksalhaft!« Kallberg senkte die Stimme, um die Dramatik seiner nächsten Worte zu unterstreichen: »Der junge Mann verschwand eines Tages. Einfach so. In New York war das, glaube ich. Er verschwand ohne jede Spur. Und ward nie mehr gesehen. Na ja, zwei deutsche Kunststudenten wollen ihn angeblich mal in Padua gesehen haben, er habe dort einen Straßenmusikanten, einen vagabundierenden Gitarrenspieler, auf dem Marktplatz zu einem Glas Wein eingeladen, die Männer wirkten vertraut, berichteten die Augenzeugen – aber nichts Genaues weiß man nicht!« Er klang jetzt wie einer der Märchenerzähler auf den Hörspielschallplatten aus Glanders Kindheit. Kallberg strich mit der Hand zärtlich über die Leinwand. »Schweineteuer natürlich, grade auch deswegen jetzt, unbezahlbar.«

Glander lachte kurz trocken auf, lobte das Bild und machte sich daran, die übrigen Platten zügig ins Haus zu schaffen. Erst auf der Fahrt zurück ins Restaurant realisierte er, was da eben geschehen war. Er hatte vor der Fälschung eines seiner Bilder gestanden. Jemand kopierte ihn, verdiente Geld mit seiner Kunst, seinem Namen, seinem Verschwinden. Jemand glaubte, dass er tot sei. Glander begriff, dass ihm zwar die Flucht gelungen, er aber nicht entkommen war.

ADAM

Adam Nischzok hat alles richtig gemacht. Er hat die vergangenen drei Jahre jeden freien Tag darauf verwendet, den Eltern auf dem Campingplatz zur Hand zu gehen, hat Rasen gemäht, Mülleimer geleert, Duschen geputzt und auf dem Imbisswagen Pommes frites verkauft. Er hat die karge Entlohnung des geizigen Vaters nicht angerührt und jeden Pfennig Trinkgeld zur Seite gelegt. Er hat das Abitur bestanden, mit Bestnote im Leistungskurs Französisch. Vor zwei Tagen ist Adam Nischzok 18 Jahre alt geworden. Er hat sich ein Zugticket gekauft und, um sich am Zielort nicht zu verlaufen oder eventuell zu spät zu kommen, auch Geld in ein Taxi investiert. Den Anzug hat er während der Zugfahrt angelassen, das knittert am wenigsten, hatte die Mutter gesagt, er achtete während der Reise darauf, sich nicht allzu viel zu bewegen. Kurz vor der Ankunft auf dem Bahnhof in Lyon hat er das verschwitzte T-Shirt gegen das Oberhemd ausgewechselt, das auf einem Bügel am Gepäcknetz hängend mitgereist war. Jetzt sitzt er im berühmten Restaurant und beobachtet die stolzen Kellner, wie sie mit weichen, reduzierten Bewegungen die Speisen auftragen, beiläufig Stühle zurechtrücken, alles sehen, lautlos korrigieren, nachschenken, das alles ganz routiniert und unaufgeregt. Adam bekommt Gänsehaut, er ist sofort verliebt in dieses Schauspiel und er weiß, dass er die Antwort gefunden hat, auf die Frage der Eltern nach seinen Lebensplänen. Er löffelt die klare Trüffel-Consommé, die würzig nussig nach Huhn und Waldboden duftet. Er zerdrückt die zarten, fettigen Foie-gras-Würfel mit der Zunge im Mund. Er genießt die würzige Rotbarbe unter dem krossen Kleid aus akkurat gelegten Kartoffelschuppen. Die cremige Sauce ist fein säuerlich, mit dem Aroma von Wein und dem Duft französischer Kräuter. Er löffelt zum Nachtisch luftigen Eischnee mit sonnengelber Vanillecreme, bewundert später erneut die Kellner, die Käse von einem Wagen servieren, dabei wirken sie wie Könige, sie sind Würdenträger.

Später am Tag döst Adam nach einem Spaziergang am Ufer der Saône im Gras, angenehm dösig vom Wein und glücklich. Er beobachtet einen älteren Mann, der auf einer Parkbank ein mitgebrachtes Deckchen entfaltet, der Mann zieht auch ein Weinglas aus der Tasche, eingewickelt in einer Serviette. Er öffnet eine Dose Sardinen, bricht ein Stück vom Baguette und entkorkt die Weinflasche mit genau jenen weichen, eleganten Bewegungen, die Adam schon mittags bei den Kellnern bewunderte. Als der Mann den gaffenden Jungen bemerkt, winkt er ihn zu sich und lädt Adam ein. Obwohl gesättigt, nimmt der die Einladung an, genießt die öligen Sardinen, das knusprig splitternde Baguette mit der weißen, buttrigen Krume, die nach Hefe duftet. Sie unterhalten sich über Paul Bocuse, über Gott und die Welt und Adam Nischzok lernt an diesem Nachmittag von dem Fremden, dass Genuss nur selten eine Frage des Geldes, immer aber eine Frage des Stils ist. Nach einer halben Stunde steht der Mann auf, verkorkt den Wein, faltet die Decke zusammen, wischt die Gläser mit der Serviette aus, verstaut alles ordentlich in seiner Aktentasche, fegt Baguettekrümel vom Anzug. Er verabschiedet sich mit einer angedeuteten Verbeugung, mit Worten des Bedauerns über die Kürze der gemeinsam verbrachten Zeit. Der junge Mann wünscht seinerseits einen guten Weg, schlüpft ins Jackett, zieht den Stoff gerade. Herr Adam beschließt, zu Fuß zurück zum Bahnhof zu gehen.

15

Tad Sobotka! Ja, natürlich kenn ich Tad! Super Typ, Amerikaner glaub ich, er macht die besten Cheeseburger in Town, drüben im Grill-Resto vom *Vitella Hotel*, ganz fabelhaft! Kosten richtig Geld, die Dinger, aber, Herr ...«

»Möninghaus, Gerd Möninghaus.«

»Herr Möninghaus, Sie haben es ja vielleicht auch schon gespürt, wir haben hier in St. Moritz ja mittlerweile selbst mit unserer Engadiner Nusstorte an den Goldpreis angeschlossen, nicht wahr, haha! Ein Wahnsinn ist das.«

Gleich der erste Mensch, den Möninghaus in St. Moritz ansprach, kannte Tad Sobotka. Sein Gesprächspartner entpuppte sich als Rechtsanwalt aus Zürich, der am See ein Wochenend-Chalet besaß. »Aber sagen Sie, Möninghaus, was führt Sie nach St. Moritz, Sie sehen, mit Verlaub, nicht aus wie ein Langlauf-Enthusiast, haha.«

Sie saßen in einer Bar im Zentrum des Ortes, es roch nach Holz und warmem Leder, aus den Musikboxen rieselten musikalische Belanglosigkeiten, vor den Panoramafenstern verloren sich die Konturen des Sees im Nachmittagsgrau. Möninghaus war hundemüde. Er log, er sei auf Urlaub und leidenschaftlicher Spaziergänger, er gähnte, die Reise hatte ihn müde gemacht, und als er bemerkte, dass sein Gesprächspartner sonst nichts zu berichten wusste von Tad Sobotka, entschuldigte er sich bald, trank den letzten Schluck Martini aus und ging zu Fuß ins Hotel am Ufer des Sees.

Um Mitternacht schrak er aus unruhigem Schlaf auf, die Luft war erfüllt vom Geräusch zischender und explodierender Feuerwerkskörper, er ging zum Fenster. Der Nachthimmel funkelte, überall stiegen aus der Dunkelheit Raketen auf, explodierten in bunt glitzernden Sternformationen über dem Dorf.

»Sehr aufmerksam, vielen Dank«, murmelte Möninghaus in die Gardine, lachte über die Idee, dann fiel es ihm wieder ein, der Zürcher Rechtsanwalt hatte es ihm erklärt, die russischen Gäste feierten ihr Weihnachtsfest am 7. Januar und auch das Ende der Neujahrsferien. In den nächsten Tagen würde es ruhiger werden im Ort. Er schlüpfte wieder unter die warme Daunendecke, aß noch ein Stückchen Schokolade, das helfe beim Einschlafen, hatte der Schweizer erklärt, die ersten Nächte seien unruhig in der Höhenluft und Schokolade beruhige die Nerven, ein paar Nächte der Umgewöhnung brauche der Körper immer, nach einer Woche aber schliefe man wie ein Stein. Möninghaus hatte drei Tage von Braunauer bewilligt bekommen und fluchte ins Zimmerdunkel. Er war hellwach, trotz der langen Reise. Die Erinnerung an das Gespräch mit Braunauer brachte ihn zusätzlich in Wallung, bitten und betteln hatte er müssen, für diese wichtige St.-Moritz-Reise, mantraartig hatte er seinem Chef die Dringlichkeit seines Besuches hier erklärt und dass die Glander-Skizzen eventuell zu des Rätsels Lösung um den verschollenen Künstler selbst führen könnten. Irgendwann hatte Braunauer genickt, aus Langeweile wohl, vermutete Möninghaus, er hatte den Chefredakteur erfolgreich müdegequatscht.

Möninghaus knipste die Nachttischlampe an, schlug die Bettdecke zurück, stand auf und lief durchs Zimmer, äffte Braunauer nach: »Gut, Möninghaus, meinetwegen, Sie fahren, aber Sie fahren alleine, der Volontär, der Dingens, ja genau, der Philip, der bleibt hier. Den brauch ich in der Onlineredaktion, wir wollen Ihnen da eventuell einen kleinen Auftritt verschaffen, mit der *KunstStücke*, richtige Internetseite, nicht nur Landing-Page, so mit Inhalten, Link zur Facebookseite, Archiv und allem Pipapo! Da soll sich der Philip mal reinfuchsen, das ist doch was für die jungen Leute.« Als Möninghaus überrascht nachgehakt hatte, ruinierte sein Vorgesetzter die kurz aufflammende Freude über einen begleitenden Onlineauftritt mit den Worten: »Nee, nee, Möninghaus, das ist dann *nur* noch online. Also, *statt* Magazin! Haha, Sie dachten wirklich … ach herrlich, gute Reise, Frau Eschenrieder macht Ihnen die Unterlagen fertig.«

Jetzt rüttelte Möninghaus am Griff der Minibar, die sich schmatzend öffnete und Kühle ausatmete. Nach kurzer Überlegung griff er zu einer Flasche Bier, stellte sie aber wieder zurück und entnahm dem Kühlschrank eine Portionsflasche Grünen Veltliner mit Schraubverschluss, den würde Braunauer ihm ausgeben müssen! Möninghaus kicherte gespielt böse und nahm einen ersten Schluck aus der Flasche, während er im Hotelzimmer nach einem Glas suchte. Die Sekretärin, Frau Eschenrieder, hatte am nächsten Tag angerufen, seine Reiseunterlagen seien jetzt zur Abholung bereit, nein, kein Flugticket, das sei mit der Bahn, habe Herr Braunauer angewiesen, weil man ja jetzt sparen müsse: »Um 07.18 Uhr also ab Hamburg-Dammtor, mit Umsteigen in Kassel-Wilhelmshöhe, Basel, Zürich und Landquart, 20:09 Uhr dann Ankunft in St. Moritz. Da sind Sie zum Abendessen da, und der letzte Abschnitt soll ja landschaftlich ungemein reizvoll sein.«

Möninghaus saß auf der Toilette und spülte seinen Ärger mit einem großen Schluck Veltliner aus dem Zahnputzbecher hinunter. In ein paar Stunden würde er den ominösen Besitzer der

Glander-Skizzen treffen, und es schien Möninghaus alles mehr als dubios. Einige Wochen nach der anonymen Sendung mit der Bilder-CD hatte sich der Mann telefonisch gemeldet, gefragt, ob die Post angekommen sei, und ein Treffen in St. Moritz vorgeschlagen. Er sprach mit einem Akzent, den Möninghaus nicht einzuordnen wusste, irgendwie italienisch vielleicht, aber es schwang auch eine schwäbische Klangfarbe und Melodie mit, so, wie er sie beim Besuch bei Magda Glander im Allgäu gehört hatte. Der Mann hatte sich als Alessandro Taggiasca vorgestellt, Buchhändler und Antiquar aus Mailand, der die Skizzen angeblich bei einer Dachentrümpelung im Nachlass einer älteren Dame gefunden hatte, einer Kunstsammlerin und vermögenden Witwe aus Pavia, die zu Lebzeiten Stammkundin in seiner Buchhandlung gewesen sei und ihm testamentarisch ihre antiquarischen Bücher und Bildbände vermacht hatte. Und in einem Band über die Anfänge der *Eat-Art* in den Sechziger- und Siebzigerjahren hatte er die Glander-Skizzen gefunden. Nun aber habe er, so erzählte der Fremde am Telefon, »ein Bedürfnis, einmal einen Fachmann über die Bilder sehen zu lassen«. Als langjähriger Abonnent der *KunstStücke* habe er gleich an ihn, Möninghaus, gedacht, der sich ja schon früh mit dem Künstler Glander auseinandergesetzt habe. Am Ende seines langen, gehetzt vorgetragenen Monologes, manchmal war es Möninghaus vorgekommen, als läse der Fremde ganze Passagen ab, war die Einladung nach St. Moritz erfolgt, auf neutralem Boden wolle er sich treffen, hatte der Mann gesagt.

Eine Antwort auf die Frage, warum er die CD mit den Bildern anonym versandt habe und sich erst jetzt melden würde, blieb der windige Alessandro Taggiasca schuldig, alles werde sich beim Treffen klären.

Möninghaus hatte schnell herausgefunden, dass es, zumindest online, keinen Alessandro Taggiasca in Mailand gab, keine Buchhandlung und kein Antiquariat unter diesem Namen. Schnell war er bei seinen Recherchen im Netz aber auf die ligurische Taggiasca-Olive gestoßen, eine winzige Olive, die in großer Höhe wuchs, von Hand geerntet wurde und sich bei Feinschmeckern ob ihres milden, nussigen Geschmacks größter Beliebtheit erfreute. Möninghaus hatte gleich online ein Gläschen bestellt.

Er sah auf die Uhr, es war kurz nach fünf. Er zog sich einen Sweater und eine Jogginghose an, tappte leise durch die dunklen Hotelflure und fand schließlich den verwaisten Fitnessraum, den der Hoteldirektor ihm am Vortag beim Willkommensrundgang gezeigt hatte. Leise schloss er die Tür, stieg auf das Laufband und betätigte den Anschaltknopf, leise summend setzte sich das Gummifließband unter seinen Füßen in Bewegung. Dass der seltsame Signore Taggiasca ihn ausgerechnet in jenes Grillrestaurant eingeladen hatte, in dem Tad Sobotka jetzt arbeitete, Glanders ehemals engster Freund aus New Yorker Tagen, wunderte Möninghaus schon nicht mehr. Eventuell kamen die Zeichnungen ja von Tad Sobotka, und Taggiasca war nur der Mittelsmann. Das würde mehr Sinn ergeben als der Dachbodenfund, denn in Kellern und auf Dachböden hatten erfahrungsgemäß viele der größten Kunstschwindel und Fälschungsskandale ihren Anfang genommen. Zufallsfunde bei Entrümplungen waren die bevorzugte Methode von Kunstfälschern, um ihre Werke ganz zufällig und unverdächtig auftauchen zu lassen. Wenn aber Tad Sobotka der eigentliche Besitzer der Skizzen war und Taggiasca nur der Mittelsmann, stieg die Wahrscheinlichkeit, dass es sich bei den Skizzen um Originale handelte, und das wäre eine großartige Geschichte für die *KunstStücke* und für den Redakteur

Gerd Möninghaus. Er hatte zu schwitzen begonnen, die Beine schmerzten bereits, und Möninghaus regulierte den Widerstand des Laufbandes, wählte die Option *leichter Spaziergang*. Vielleicht wusste Sobotka ja sogar etwas über den Verbleib von Glander, eine Möglichkeit, die Möninghaus sich nicht auszumalen wagte, alleine der Gedanke daran machte ihn zum Chefredakteur des Blattes. Es roch nach gerösteten, gemahlenen Kaffeebohnen. Möninghaus stoppte das Band, wischte sich mit einem Handtuch den Schweiß aus dem Nacken und machte sich, seltsam erfrischt und beschwingt, auf die Suche nach dem Ursprung des frühen Kaffeeduftes. Es war ihm eigentlich schon in Hamburg klar gewesen: Er war wegen Tad Sobotka hier.

Später am Vormittag stand er vor dem Hotel im Ortsteil St. Moritz-Bad und atmete tief ein, Champagnerluft nannten die Reiseführer das, kühl und klar und belebend. Er beschloss, zu Fuß zur Verabredung im Zentrum von St. Moritz-Dorf zu gehen, er hatte Zeit. Er lief los, in Richtung See, folgte dann den frisch gespurten Langlaufloipen, hinauf auf den Höhenwanderweg, hinein in den Tannenwald, durch die Zweige fiel die Morgensonne auf die verschneiten Wege. Möninghaus genoss die Stille, nur das Stapfen seiner Schuhe durch den glitzernden Schnee war zu hören. Hüfthoch lag der Schnee links und rechts des geräumten Hohlweges, immer wieder gaben die Tannen die Sicht frei auf das verschneite Hochtal, die mächtigen Berge, die steil von den Ufern des gefrorenen Sees aufstiegen. Auf der schneebedeckten Eisfläche waren Arbeiter damit beschäftigt, große weiße Zelte hochzuziehen. Bald begann das jährliche Gourmetfestival und später das *White Turf*-Rennen, bei dem edle Pferde mit glänzendem Fell und wehenden Mähnen im rasenden Galopp über den gefrorenen See flogen, angetrieben von ihren Jockeys, die, über den Sätteln schwebend, die Pferde zu Höchstleistungen trieben. Jetzt lag der See still unter dem tiefblauen Winterhimmel, der sich an den Rändern des Bergmassivs leicht aufhellte, das weiße Sonnenlicht zerfiel darin in tausend Strahlen, die der Schnee funkelnd reflektierte.

Gegen Mittag erreichte Möninghaus das Zentrum von St. Moritz, pünktlich betrat er den Rôtisseur-Grill des *Vitella Hotels,* der freundliche Concierge hatte ihn zum Restaurant geführt. Bodentiefe Fenster begrenzten den Raum zur Seeseite hin, dahinter die Winterlandschaft wie eine Fototapete. Die Wände des Gastraums waren mit langen Tannenholzbrettern verkleidet, auf den Stühlen und bequemen Ledersesseln waren flauschige Felle ausgelegt, ein Kaminfeuer verbreitete knisternd Wärme.

Er war der erste Gast an diesem Mittag, der Koch hinter der zum Gastraum offenen Frontküche nickte ihm knapp zu und wandte sich dann wieder dem Salatberg vor ihm zu. Möninghaus nahm auf der einladenden Bank eines Ecktisches Platz. Er sah gerne ins Restaurant, genoss es, das Treiben zu beobachten, das Gewusel der Kellner, ein Privileg, auf das er sonst zugunsten seiner Frau oder anderer Gäste verzichtete und dann leicht schlecht gelaunt mit dem Rücken zum Geschehen saß.

Ihm war, als beobachte der Mann hinter dem Küchenbüfett ihn aus den Augenwinkeln, während er Salat zupfte, er konnte sich aber auch irren. War das Tad Sobotka? Er hatte weder im Netz noch im Archiv ein Bild finden können, das Glander mit seinem besten Freund zeigte. Es blieb ihm nur die Erinnerung an die Fotografie, die der alte Sobotka ihm beim Italiener in New York gezeigt hatte, und diese Erinnerung war verschwommen, er erinnerte sich nicht an Tad oder das Baby auf dem Arm des jungen Vaters, einzig an Tads Frau konnte er sich noch erinnern, eine bleiche Schönheit mit dunklem Haar und braungrünen Augen.

»Herzlich willkommen, ich hab hier schon mal die Speisekarte, bleiben Sie alleine oder erwarten wir noch andere Gäste?«

Möninghaus schrak aus seinen Gedanken auf, vor ihm stand die Bedienung. Es war die Frau auf dem Foto. Die dunklen Haare waren kürzer, aber die Augen, das musste sie sein. Sprachlos starrte Möninghaus auf das Namensschildchen am Revers des bunten Trachtenkleids, das die Frau trug, *Vitella Hotel, Laraina Sobotka, Restaurantleitung Grill* stand da. Das freundliche, kurze Lachen der Frau brachte Möninghaus wieder zurück aus der Überraschung, er entschuldigte sich: »Verzeihung, ich war komplett in Gedanken, ja, danke, wir werden zwei, ich warte noch auf einen Herrn Taggiasca.« Frau Sobotkas Lächeln war für eine Sekunde verschwunden und wirkte anschließend auffällig schief und aufgesetzt.

»Möchten Sie schon etwas trinken, der Herr?«

Der Mann in der Showküche hatte bei der Erwähnung des Namens Taggiasca zu ihnen herübergesehen, hatte die Salatschleuder hastig abgesetzt und war, eiligen Schrittes, so hatte Möninghaus es empfunden, verschwunden.

Er bestellte Almdudler-Limonade und vertiefte sich in die Speisekarte. Der Showkoch war nicht wieder zurückgekehrt. Die Karte war zweigeteilt, die linke Seite listete Engadiner Spezialitäten auf, ein Brett mit Bündnerfleisch vom Bergmetzger Renato Giovanoli aus Maloja, Salsizwürste und gereifter Speck mit traditionellem Roggenbrot *Paun Sejel*. Ein roter Veltliner aus der Nebbiolo-Traube wurde dazu empfohlen. Weiter waren Kastaniensuppe und Appenzeller Huhn aufgeführt, Käsefondue und ein Kartoffelauflauf *Plain in Pigna*, der als Ofenrösti beschrieben war, die Engadiner Nusstorte war hausgemacht und wurde mit Walnusseis serviert. Auf der rechten Seite der Speisekarte, *für unsere jungen und jung gebliebenen Gäste, für Skifahrer und Skihasen mit Bärenhunger*, waren etliche Burger aufgeführt: Es gab Cheeseburger mit Raclette- oder Blauschimmelkäse und Birne, Burger mit Fonduesauce und Trüffeln und ganz unten in einem Kasten hervorgehoben *Unser Verkaufsschlager: das echte amerikanische Reuben-Sandwich, 150 g Pastramifleisch mit Sauerkraut, Schweizer Käse und russischer Sauce im Roggenbrot. Eine Spezialität unseres Küchenchefs Tad Sobotka aus New York.*

»Herr Möninghaus?«

Der Mann vor ihm war auffällig dünn, wirkte dabei aber drahtig, er war braun gebrannt, die unrasierten Wangen leicht eingefallen, auf seiner Nase saß eine randlose, runde Brille, das graue, lockige Haar hatte er zu einem Pferdeschwanz streng nach hinten gebunden. Er trug einen sandfarbenen Sommeranzug, der nicht ins winterliche St. Moritz passte und, wie sein Träger selbst, deutlich in die Jahre gekommen war, der Ärmelsaum des Anzuges am Handgelenk der zum Gruß ausgestreckten Hand befand sich stellenweise bereits in Auflösung.

Möninghaus stand auf, nahm die Hand und schüttelte sie. »Herr Taggiasca, nehme ich an?«, fragte er und konnte sich den Zusatz nicht verkneifen: »Wie die Oliven?«

»Ja, ja, ja.« Alessandro Taggiasca wirkte nervös, er setzte sich. Mit fahrigen Bewegungen suchte er einen Platz für den Kunstband, den er unter dem Arm getragen hatte, *Eat Art – die Anfänge*, fand schließlich einen Platz auf dem Tisch, rechts neben seinem Teller. Möninghaus bemerkte, dass der Koch wieder in der offenen Küche stand und sie jetzt nur noch wenig subtil, sondern ganz offensichtlich begaffte. »Zunächst einmal, Herr Möninghaus, möchte ich mich bei Ihnen bedanken, dass Sie meiner Einladung gefolgt sind, gleichzeitig bitte ich um Entschuldigung, dass ich Sie zunächst mit einer anonymen Postsendung auf meinen Fund aufmerksam gemacht habe, ich dachte …«

Möninghaus unterbrach den Mann: »Sie dachten, ich veröffentliche Ihren Fund gleich in der nächsten Ausgabe der *KunstStücke*, erzeuge Aufmerksamkeit, die dann den Wert Ihres Fundes steigert, ohne dass Sie dafür persönlich in Erscheinung treten müssen, das war doch der Plan, oder?«

Alessandro Taggiasca saß vor ihm, wie ein ertappter Schuljunge und griff dankbar zum Weißwein, den Laraina Sobotka jetzt servierte. Möninghaus nahm einen Schluck vom Almdudler, musterte fragend sein Gegenüber.

»Mir war nicht klar …«

»Ihnen war nicht klar, dass wir bei der *KunstStücke* einen Vorlauf von vier Monaten auf die jeweils nächste Ausgabe haben? Dass Ihre Fundstücke, wenn überhaupt, erst in vier Monaten erschienen wären? Dass wir momentan, mitten im Winter, an der Mai-Ausgabe basteln? Dass ich niemals ungeprüft so eine Räuberpistole veröffentlicht hätte? Das war Ihnen nicht klar, oder? Und dass die viel spannendere Geschichte für mich als Journalisten ja sowieso die wäre, wo denn diese Blätter herkommen, warum sie jetzt auftauchen und dass über allem ja noch die ganz, ganz große Frage steht: Was geschah mit Glander, wo ist er, der große Glander? Lebt er noch?«

Möninghaus bemerkte, dass er sich in Rage geredet hatte. Taggiasca, Laraina Sobotka und der Koch hinter dem Tresen sahen ihn mit offenen Mündern an. »Ist doch wahr!« Möninghaus nahm noch einen großen Schluck aus dem Limonadenglas.

»Vielleicht wollen Sie die Blätter ja erst mal sehen?«, fragte Taggiasca, zog einen Stapel Papier aus dem Bildband und überreichte Möninghaus das Bündel. Möninghaus ging damit zu einem Tisch an der Fensterfront, dort nahm er Platz und betrachtete die Seiten lange und einzeln im einfallenden Tageslicht. Das Papier wies deutliche Alters- und Lagerungsspuren auf, zeigte insbesondere an den Rändern eine graubräunliche Eindunklung, die bei eher günstigerer Papierqualität schnell auftrat, das wusste er.

Die Zeichnungen waren leichthändig erstellte Skizzen, der Zeichner hatte die Linien mit sicherer Hand geführt, es gab keine Absatzspuren, deutlich war zu sehen, dass der Künstler sich ausprobiert hatte, das aber mit Schwung und Ziel. Alle Blätter waren problemlos einzelnen Bildern aus Glanders überschaubarem Werk zuzuordnen. Einige Bleistiftskizzen zeigten die Entstehung von *Adams Rippe*, eine Seite spielte mit Ideen zur Anordnung der Kalbszungen auf den Tischen, die *Thoughts about*-Serie war fast vollständig mit Vorstufenskizzen vertreten. Zwischen den Blättern lagen Schwarz-Weiß-Fotografien aus den New Yorker Schlachthäusern, grobkörnige Abbildungen von Rinderhälften in dunklen Kühlräumen, die Schlachter an den Schneidebänken und über dampfende Tröge gebeugt, in Bewegungsunschärfe eingefroren. Ein Foto zeigte einen lachenden Schlachter in einem Büro, an der Wand hingen großformatige Plakate mit illustrierten Fleischzuschnitten und ein Kalender, auf dem sich eine barbusige Frau rekelte und dabei an einem Kochlöffel leckte, unter ihr zogen sich die Wochentage in dick gedruckten Zahlen durch den Monat Juni. Möninghaus ging ganz nah heran an das Foto, es war das Jahr 1996, zwei Monate später hatte es die erste Glander-Vernissage im *Tad's* gegeben. Möninghaus drehte die Fotografie um, unter dem Schriftzug *Kodak* war das Datum der Entwicklung aufgedruckt, 06-24-1996. Die Fotografien waren echt, ob sie von Glander stammten, war die nächste Frage. Auch die Skizzen schienen echt, Möninghaus drehte sich nach Taggiasca um, der schnell ein Lächeln aufsetzte und die Augenbrauen hüpfen ließ. »Was erwarten Sie jetzt eigentlich von mir, Herr Taggiasca?«

»Ist das nicht interessant für Sie, Herr Möninghaus? Schreiben Sie doch darüber, ich überlasse Ihnen die Blätter und Fotografien gerne auch leihweise, ich habe ja schon gesagt, dass ich langjähriger Abonnent Ihrer wunderbaren Zeitschrift bin, dem letzten großen europäischen Kunstmagazin, möchte ich sagen, und das ist mein Geschenk an Sie, berichten Sie darüber!« Taggiasca begann, den Oberköper von links nach rechts zu wiegen, riss dabei die Handflächen in die Höhe: »Nur mich lassen Sie bitte raus aus der Sache, mein Name tut nichts zur Sache!«

»Ach, Herr Taggiasca.« Möninghaus fiel seufzend in sich zusammen. »Wo Sie es gerade selbst erwähnen, Ihren Namen! Die kleinen leckeren ligurischen Oliven, nicht wahr, Ihr Name ist wirklich ein Problem für mich. Sie waren ja so freundlich, mir bereits am Telefon zu erzählen, dass Sie so ein treuer Abonnent sind. Wir haben das überprüft. Es gibt keinen Abonnenten Ihres Namens. Und ich habe mich auch der modernsten Technik bedient und in diesem Internet mal nach Ihnen geschaut, Herr Taggiasca: Nichts! Nur Oliven!«

»Nun, jaha, Moment, da muss ich mich entschuldigen, ich bin schon etwas älter und das Internet überfordert mich, ich habe meine Kundschaft und ein gutes Auskommen, das reicht mir, und das Abo hat ja meine Großtante Emilia Romagna für mich abgeschlossen, insofern …«

Möninghaus unterbrach den Mann, er war aufgestanden und im Restaurant auf und ab gelaufen: »Es reicht jetzt, Herr Taggiasca. Ich habe keine Ahnung, wer Sie sind und was dieses Possenspiel hier soll, ich weiß aber, dass wir hier gerade über ein paar sehr interessante Skizzen von einem der größten Künstler der jüngeren Kunstgeschichte verhandeln, der verschwunden ist, seit genau elf Jahren, wie vom Erdboden verschluckt. Ich weiß auch, dass diese Blätter da drüben auf dem Tisch, sollte sich die Echtheit bestätigen, nicht nur eine kleine Erwähnung in der nächsten Ausgabe der *KunstStücke* wert wären, sie wären auch ein größeres Vermögen wert, Herr Taggiasca, Sie wären ein gemachter Mann!« Möninghaus unterbrach seine Wanderung, hob den Zeigefinger: »Wenn es da nicht den Herrn Feininger gäbe, Herr Taggiasca, den kenne ich auch und ich glaube, ich kenne ihn gut. Herr Feininger ist der Galerist und, wenn Sie so wollen, Nachlassverwalter von Gustav Glander, und der wird Ihnen Ihren schönen Fund sowieso aus der Hand reißen, seine Anwälte werden das tun, denn geerbt haben Sie ja, wenn die Geschichte überhaupt wahr ist, lediglich die Bücher der alten Dame, deren Name mir im Moment entfallen ist, nicht aber darin liegende Kunstskizzen von Weltinteresse. Und wie kommt überhaupt diese Witwe aus Pavia an Glanders Skizzen?« Möninghaus schnappte nach Luft.

»Na ja, Signora Garibaldi war ja Kunstsammlerin und hat …«

»Hören Sie auf, Taggiasca. Glauben Sie ernsthaft, ich hätte nicht recherchiert? Nochmals, ich habe keine Ahnung, wer Sie sind, spüre aber den Bären, den Sie mir aufbinden wollen, bereits auf meinen zarten Schultern, und ich weiß zum Beispiel, dass der Ort, dieses Restaurant, dass das alles kein Zufall ist, und ich weiß auch, dass dieser Mann da«, Möninghaus zeigte mit dem ausgestreckten Finger auf den Koch, der mit offenem Mund in der Showküche stand, »Tad Sobotka ist. Gustav Glanders Freund aus seiner Zeit in New York. So.« Alle standen und starrten ihn an. »Glauben Sie etwa alle, ich hätte meine Hausaufgaben nicht gemacht?«, polterte Möninghaus in die sich ausbreitende Stille.

Die Schwingtür, die von der Vorbereitungsküche des Restaurants in die offene Showküche führte, bewegte sich, die Flügel wurden auseinandergedrückt und schwangen zur Seite, ein Riese durchschritt mit eingezogenem Kopf den Türrahmen, machte sich wieder gerade und lächelte: »Natürlich wissen wir, dass Sie Ihre Hausaufgaben machen, Herr Möninghaus, darum habe ich Sie ja herbestellt.«

In der Showküche stand Gustav Glander. Möninghaus blieb der Mund offen. Die Eingangstür des Restaurants bewegte sich, ein älteres Ehepaar schaute mit vorgebeugten Oberkörpern in den Gastraum und betrachtete das Stillleben, das sich ihnen bot: »Entschuldigung, ist schon geöffnet?«

Laraina Sobotka löste sich als Erste aus der Erstarrung: »Oh ja, aber natürlich, die Herrschaften, kommen Sie rein! Herzlich willkommen im *Vitella Grill*.«

Noch am gleichen Tag waren Glander und Möninghaus losgefahren. Die Zugfahrt von St. Moritz nach Göttisau hatte sich gezogen, sechs Stunden waren sie unterwegs gewesen, im engen Abteil war kaum Platz für ein Gespräch gewesen, über die Köpfe der Mitreisenden hinweg hatten sie Belanglosigkeiten ausgetauscht, über das Magazin gesprochen, über Restaurants in Hamburg und New York. Gustav Glander war ein netter Kerl, fand Möninghaus, und er war gespannt auf alles, was jetzt kommen sollte. Sie hatten noch in St. Moritz ein Interview vereinbart, jedoch hatte Glander darauf bestanden, das Gespräch auf dem Glanderhof zu führen: »Ich muss Ihnen ein paar Sachen zeigen. Und meine Mutter freut sich, die ist ja Fan von Ihnen, seit Ihrem letzten Besuch!«

Vom Bahnhof Göttisau nahmen sie ein Taxi, es war früh dunkel geworden, unablässig fiel der Schnee in dichten Flocken. Der Weg hinauf zum Glanderhof war geräumt, ebenso der kleine Parkplatz unterhalb des Wohnhauses, an dem sie ausstiegen.

»Ach doof, mit dem Rundgang wird das wohl schwierig bei der Dunkelheit. Na ja, gehen wir erst mal rein.« Glander lächelte aufmunternd, auf dem Weg hinauf zum Haus legte er Möninghaus kurz eine Hand auf die Schulter: »Danke, dass Sie mitgekommen sind!«

Möninghaus schüttelte den Kopf: »Ernsthaft, ich sterbe vor Neugierde, und das nicht nur aus beruflichem Interesse.«

Magda Glander öffnete ihnen die schwere Holztür, drückte kurz ihren Sohn an sich, gab dann Möninghaus die Hand, lächelte schelmisch: »Willkommen zurück, schön, dass Sie meinen Sohn mitgebracht haben!« Dann wurde ihr Blick ernster, sie schloss die Tür hinter den Gästen. »Sie verstehen das, Herr Möninghaus, nicht wahr? Eine Mutter steht zu ihrem Sohn, und Gustav brauchte Ruhe. Ruhe und die Chance auf ein anderes Leben.«

Möninghaus nickte: »Ihnen verzeihe ich doch alles, Frau Glander!«

Sie traten ein, im aufgeräumten Flur roch es angenehm nach frisch gesägtem Holz, auf Magda Glanders Geheiß zogen sie die Schuhe aus.

»Das hier ist übrigens mein Geburtshaus, das haben wir als Erstes renoviert, komplett neu ausgebaut, das ist alles neues Holz hier, schön warm, und das atmet«, erklärte Gustav Glander und klopfte gegen die Wand. Sie gingen in die Stube, auch hier waren alle Wände mit warmem, rötlichem Holz verkleidet, die alten Dachbalken glänzten ölig im Licht der Lampen, die Ofenbank war mit flauschigen Fellen belegt, um den würdevoll gealterten Holztisch standen mit dunkelgrünem Leder bespannte Stühle. An den ansonsten schmucklosen Wänden hing nur ein neonrot leuchtend gestrichenes Hirschgeweih: »Ein echter Rögger.« Glander lachte. »Den hat der Walter mir als Leihgabe überlassen.«

»Sie haben noch Kontakt zu Ihrem alten Kunstlehrer?«

»Ja, ja. Ist immer ein großer Spaß, ihn zu treffen, man kann sich einfach zurücklehnen und zuhören. Hahaha ... möchten Sie was trinken, Kaffee? Schon ein Glas Wein?« Möninghaus nickte unschlüssig, gerne hätte er Wein getrunken.

»Ist doch schon nach fünf und dunkel draußen, ich hol uns einen schönen Trollinger!« Magda Glander sprach ein Machtwort und verschwand in die Küche, kehrte mit einem Krug und einfachen Gläsern zurück, goss Rotwein ein. »Der ist noch ein bisschen kalt, aus der Speisekammer, ich mag ihn ja so! Zu gegrilltem Fleisch ein Trollinger aus Württemberg, gekühlt wie Weißwein, mmmhhh.«

Sie stießen an, tranken, der erste Schluck sauer, dann wurde der Wein im Mund saftiger, reicher und weicher, Möninghaus dachte an Kirschen, dunkelschwarze Kirschen, er spürte den Alkohol wärmend in sich aufsteigen, schon nach dem ersten Schluck. »Sehr gut!«

Magda Glander strahlte. »Ich hol noch ein bisschen Brot und Käse!«

Möninghaus nickte mehrfach, räusperte sich: »Herr Glander, Sie flogen im Herbst 2001 ...«

»Nennen Sie mich doch bitte Gustav!«

»… von New York nach Frankfurt, um der Beerdigung Ihres Vaters beizuwohnen. Am Frankfurter Flughafen verlor sich Ihre Spur. Jetzt, über zehn Jahre später, sind Sie wieder da. Was ist passiert?« Glander nahm sich Zeit mit der Antwort, so viel Zeit, dass Möninghaus sich nervös Wein nachgoss, obwohl er nur einen Schluck getrunken hatte.

»Ich bin nach Hause gekommen. Ich bin zur Ruhe gekommen. Und dann hatte ich Zeit zum Nachdenken. Sie können sich das nicht vorstellen. Das hat mich krank gemacht, der Rummel um meine Person in New York. Ich dachte, die Kunst spricht ja für mich, ich hab da unterschätzt, wie sehr der Markt die Person des Künstlers fordert. Ich hab noch nie so gut gekonnt mit Menschen, die Malerei hat mich immer beruhigt, da war ich für mich. Und dann kommt da über Nacht dieser riesige Erfolg. Ich war zu diesem Zeitpunkt ja noch Student an der Kunsthochschule, ich hatte gerade mal acht Bilder gemalt, die ich selbst als einigermaßen vorzeigbar empfand, und die gingen, aus dem Stand, für Zehntausende Dollar weg. Ich kam mir vor wie ein Trickbetrüger, wie ein Hochstapler. Ich stand immer daneben, wenn Feininger die Bilder zu Geld machte, und dachte die ganze Zeit: *Gleich fliegst du auf. Die müssen doch merken, dass du grade nur Glück hast, kaum Talent. Dass du eigentlich nichts wirklich gut kannst.* Die Selbstzweifel, das war so ein Horror.«

»Hatten Sie Ihr Verschwinden geplant?«

»Nein, nein, das ist hier passiert, einfach so. In New York konnte ich zum Schluss nicht mehr unerkannt die Straße überqueren, die New Yorker sind höflich eigentlich, geguckt wird aber trotzdem. Hier interessierte sich niemand für mich, selbst die Freunde und die alten Bekannten im Dorf, die freuten sich einmal, mich zu sehen, und dann war es am nächsten Tag schon so, als wär ich nie weg gewesen. Keine Fragen, kein Generve, kein Small Talk. Wir haben dann den Vater beerdigt, zwei Tage nach meiner Rückkehr, und ich hab dann erst mal bei der Mutter gewohnt, viel geschlafen, nachgedacht, so.«

»Eine ganze Woche hat er nur geschlafen, der Bub, ich hab mir solche Sorgen gemacht.« Magda Glander stellte ein großes Holzbrett auf dem Tisch ab. »Das ist unser Käse, den mach ich hier, Ziegenfrischkäse, das hab ich mir selber beigebracht. Die Salami ist vom Gustav und der Coppa auch.«

»Die Schweine beziehen wir momentan noch vom Bauern im Tal, ich denke darüber nach, selbst ein paar zu halten, wären dann ja echte Bergschweine«, Glander lachte. »Coppa und Schinken pökeln wir selbst und lassen ihn hier oben an der Luft reifen. Das habe ich in St. Moritz gelernt, drüben in Maloja, von einem Bergmetzger dort, toller Typ! Und wir haben wieder Vieh, ich zeig Ihnen nachher mal den Stall, da können die Tiere rein, die sind aber meist draußen, nur Regen und Schnee mögen sie nicht so sehr. Das gab's alles zu Vaters Zeiten noch nicht, da hatten wir Hühner, das war's, der Vater hat sich sehr aufs Sägewerk konzentriert.«

»Was für ein Verhältnis hatten Sie zu Ihrem Vater?«

»Ein gutes. Denke ich. Mein Vater war ein strenger Mann und doch letztendlich einer, der sich selbst auch stark zurücknahm, der die Meinungen, Pläne und Weltbilder anderer akzeptieren konnte, auch wenn er sie nicht oder nicht gänzlich teilte. Freiheit war ihm wichtig, gedankliche auch. Er hat mich immer unterstützt in allem. Jetzt, wo er tot ist, hab ich das Gefühl, dass ich alles, was ich über ihn weiß, nur glaube zu wissen, eigentlich weiß ich nicht wirklich viel über ihn, eigentlich haben wir wohl eine einfache Vater-Sohn-Beziehung gelebt, mit all dem Abstand, der wahrscheinlich dazugehört. Seit seinem Tod erst habe ich Fragen. Er war ein Familienmensch und hat seine Heimat geliebt. Sogar sein Fernweh hat er ignoriert dafür. Und ich weiß sicher, dass ihn seine Arbeit erfüllt hat, der Vater war ein Schaffer, mit seinen Händen hat er diesen Ort geschaffen. Sehen Sie sich hier um, der Hof, das Sägewerk, großartig. Das ist was ganz Konkretes, etwas, das bleibt. Das ist das Erbe, das ich jetzt angetreten bin.«

»Bevor wir über das Erbe reden: War es schwierig, zu verschwinden?«, fragte Möninghaus und schob sich eine Scheibe des fein marmorierten Coppa-Schinkens in den Mund, der würzig und zart war, hauchdünn und von feinem Biss. Möninghaus nickte Magda Glander anerkennend zu.

»Ach, das freut mich, ich hol noch schnell Brot.«

Glander schnitt sich ein Stück vom Bergkäse ab.

»Ich hatte eher das Gefühl, ich tauche wieder auf. Und zwar am richtigen Ort. Hier gehöre ich hin. Anfangs habe ich hier auch einfach nur wieder gelebt. Dann setzte der Presserummel ein, die Polizei begann zu ermitteln und ich bin dann erst mal mit Onkel Arturo nach Südtirol gefahren, raus aus der Schusslinie quasi, und hab dann schnell gemerkt, wie schnell man glücklicherweise auch in Vergessenheit gerät.«

»Und Onkel Arturo durfte ich ja in St. Moritz kennenlernen, oder? Den engagierten Herrn Taggiasca!«

Glander nickte, zuckte mit den Schultern und musste lachen: »Doofe Idee, der Name.«

»Und die Polizei? Die haben Sie aber doch nicht vergessen, oder?«

»Die hatten ja gar kein Interesse, zu ermitteln. Es ist in Deutschland ja nicht verboten, zu verschwinden. Wer volljährig ist, hat durchaus die Möglichkeit, abzutauchen, ein neues Leben anzufangen. Und außer meinem Galeristen in New York, Jean-Marie Feininger, hat ja auch niemand mein Verschwinden angezeigt.«

Magda Glander stellte einen Korb mit duftendem Brot auf den Tisch, es roch sofort nach Anis, nach Kümmel und Koriander: »Zweimal war einer da von der Polizei, ein Kommissar aus Konstanz, netter Mann, ich hab die trauernde Witwe gegeben, der auch noch der Sohn abhandengekommen ist, und hab ihm immer wieder gesagt, der Gustav lebe noch, eine Mutter spüre so was! Beim zweiten Mal hat er Blumen, Wein und Schokolade mitgebracht, hihi! Da war ich dann in Folge gezwungen, etwas abweisender zu werden.« Auch Möninghaus musste lachen, Magda Glander hob das Glas und sie stießen noch einmal an: »Auf den Herrn Kommissar!«

»Sagen Sie mal, Glander, Entschuldigung, Gustav, sagen Sie mal. Nach einer Weile hätte sich der Rummel um Ihre Person doch sicher auch so aufgelöst, warum haben Sie diese Mär des spurlos Verschwundenen überhaupt inszeniert?«

»Ich wollte einen sauberen Schlussstrich. Ich wollte ein gänzlich neues Leben. Ohne Presse, ohne Kunstausstellungen und Interviews, ohne Altlasten, Vorgeschichten und Vorurteile. Ich glaube ja, davon träumen viele. Und ich hatte gutes Geld beiseitegelegt, um mir diesen Traum zu erfüllen. Ich wollte einen Neuanfang. Ich hab dann eine Kochlehre gemacht.«

»Eine Kochlehre? Wie kamen Sie denn da drauf?«

»Ich habe mich ja schon als Künstler mit der Küche beschäftigt, mit Nahrungsmitteln, mit Transformation. Die Vorstellung des Einverleibens von Nahrung, von Kunst, von Ideen, das gefällt mir noch sehr! Und irgendwann hab ich da aber den Faden verloren. *Thoughts about* war ja der Versuch, Mensch und

Nahrung in eine beschreibende Wechselwirkung zu bringen, ein Spiel mit der alten Idee: *Du bist, was du isst.* Ich habe Prominente genommen, zu denen viele Menschen ein Bild haben, eine Vorstellung, eine Idee, und habe im Grunde Porträts dieser Prominenten angefertigt, ihre Persönlichkeit aber nicht mit Farben definiert, sondern über eine Darstellung von Zutaten, von Speisen, von Gemüse, Obst, Fisch und Fleisch. Erst als alles fertig war, ist mir aufgefallen, dass ich überhaupt nichts weiß über diese Produkte, über den Geschmack von Zitronen, über den Geruch von Sellerie, dass *Thoughts about* nur aus Behauptungen besteht, ein bisschen Kunstgeschichte-Zitat durch die Stillleben, ein bisschen Pop, beliebig, beliebt, eine gefällige Luftnummer.«

»Und die Promi-Darsteller in der Ausstellung, die Videos ...«

Glander schlug mit der flachen Hand auf den Tisch, Rotwein schwappte aus den Gläsern, Magda Glander tadelte mit einem Blick.

»Tschuldigung, darüber möchte ich nicht mehr sprechen. Das war Feiningers Idee. Damit hat er der *Thoughts about*-Reihe das letzte Fünkchen Seriosität genommen. Dafür schäme ich mich heute noch, und jetzt ist der ganze Quatsch auch noch für immer auf YouTube zu sehen. Ganz ehrlich, *Thoughts about* alleine war schon ein sehr guter Grund, unterzutauchen.« Glander lachte laut. »Ich habe mich meine ganze kurze Kunstkarriere lang immer wie ein Scharlatan gefühlt, meinen Erfolg als unverdienten Glücksfall betrachtet, jeden Moment würde mir alles um die Ohren fliegen, jeden Moment würde einer kommen und sagen: Glander! Du weißt es, wir wissen es. Luftnummer! Sechs Jahre habe ich damit gelebt, gelächelt und gemalt, den Zirkus mitgemacht. Ehrlich, als ich damals zur Beerdigung meines Vaters zurück nach Deutschland geflogen bin, wusste ich schon im

Flugzeug, das war's, ich kann nicht mehr zurück in dieses Leben. Und schon ging es mir besser.«

»Sie haben dann tatsächlich eine Kochlehre begonnen?«

»Ja. Und dann konnte ich gar nicht mehr aufhören. Das war mein Ding, das ich da gefunden hatte. Ich bin jetzt schon wesentlich länger Koch, als ich Künstler war, das macht mich glücklich. Ich glaube, ich sollte Koch werden, und ich bin es gerne. Ich werde unruhig, wenn ich einen Tag lang nicht koche.«

Glander drehte sein Weinglas in der Hand, versunken für einen Moment, dann sprach er weiter: »Ich hab da noch ganz andere Sachen gelernt, während der Lehre. Ich hab normales Leben gelernt. Ich bin ja quasi ohne jede Erfahrung in das Abenteuer New York geschlittert, ich war ja eigentlich noch ein Bub, als mir da sehr schnell ein Leben als prominenter, erfolgreicher Künstler übergestülpt wurde, ein Bub aus dem Allgäu, der zuvor gedanklich nie über Stuttgart hinausgekommen war. Und plötzlich verhandelte ich mit Leuten wie Feininger über *big money*. Dabei konnte ich kaum einen Satz geradeausreden, auf Englisch schon gar nicht, ich war ständig komplett verunsichert, schüchtern bis zur akuten Menschenscheu. Ich hab mir selbst nicht getraut. Das hab ich alles während der Kochlehre gelernt, Selbstvertrauen entwickelt, ein Vertrauen in die Menschen, die mich umgeben, Teamfähigkeit. Das Ganze in einem durchaus geschützten Rahmen, sag ich mal, die Welt blieb draußen in den Jahren meiner Kochlehre, es gab die Arbeit, es gab die Kollegen, ich habe manchmal Katrin getroffen, wenn wir am gleichen Tag frei hatten und hin und wieder hab ich die Mutter besucht. Das war ein kleines Universum, in dem ich mich wohlgefühlt habe.« Glander lachte: »Ich hab das Sprechen gelernt in der Zeit, den Mund aufzumachen. Zu sagen, was ich meine. Und das verdanke ich alles dem Bruno. Der Bruno, der hatte immer ein Faible für schwierige Fälle, für ungerade Biografien, das war ehrlich gesagt sogar ein wichtiges Einstellungskriterium für ihn. Der Bruno hat immer gesagt: Man ist nie fertig mit sich, Gustav! Man kann immer an sich selbst arbeiten. Wir haben sogar das Recht und die Pflicht, uns hier und da komplett neu zu erfinden. In diesem einen Leben möglichst viel Leben zu leben. Ausprobieren, lernen, lernen, Fehler machen, Fehler machen dürfen, weiter denken. Den Zweiflern gehört die Welt. Die Zufriedenen, die Selbstgewissen, das sind die gefährlichen Arschlöcher.«

Möninghaus schob das Handy näher an Glander heran, der einer Aufzeichnung des Gespräches zugestimmt hatte. Er überprüfte nochmals die Funktion, die App funktionierte, das Gerät zeichnete auf. »Bruno. Bruno Lugge. Sie haben hier in der Gegend gelernt, bei Bruno Lugge. Der Sternekoch ist vor sieben Jahren an einem Herzinfarkt verstorben, welches Verhältnis hatten sie zu Ihrem Lehrherren?«

Glander nahm einen Schluck vom Wein, goss sich nach, knetete die Knöchel seiner Hände und starrte auf das Smartphone vor sich: »Ja. Es ist traurig. Der Bruno ist viel zu früh gestorben. Alle haben ihn immer respektvoll *den Alten* genannt, das mochte er selbst auch, dabei war er noch gar nicht so alt, Anfang sechzig. Der Mann war alles, der war Lebenslust, Wissen und unendliche Neugierde. Er war ein feiner Mensch, einer, der die Menschen mochte. Ein großer Koch, ein Künstler. Ich habe von Bruno Lugge gelernt, dass Kochen ein Handwerk ist, das nur zur Kunst werden kann, wenn Leidenschaft, Persönlichkeit und Liebe der Motor deines Handelns als Koch sind. Er selbst hätte das sicher nicht so formuliert. Kochen war für ihn schlicht ein Handwerk, in dem es sich aber lohnte, die Meisterschaft zu erreichen. Kochen, das war für ihn lebenslanges Lernen. Ich habe später, noch bevor wir mit dem Umbau des Glanderhofs begannen, in verschiedenen Restaurants hospitiert und da Leute getroffen, die nur ihr Handwerk hatten, und was sie zubereiteten, schmeckte perfekt und gleichzeitig leer. Wissen Sie, was Brunos letzte Worte waren, bevor er da gestorben ist, in seiner geliebten Küche kurz vor dem Mittagsservice? *Dann ist gut*, hat er gesagt.«

Möninghaus zog die Hand zurück, die eben nach der nächsten Scheibe Coppa gegriffen hatte: »Das tut mir sehr leid. Wie ging es denn nach dem Tod von Lugge weiter bei Ihnen?«

»Das war schlimm. Ich war fertig mit der Lehre. Zusammen mit Matthiesen, Dreher, Frau Gellert und Herrn Adam haben wir noch überlegt, ob wir das *Fischerschilf* gemeinsam übernehmen und weiterführen sollen, da tauchte diese Erbengemeinschaft auf, Brüder, Schwestern, Tanten vom Bruno, ich hatte die alle mein Lebtag noch nicht gesehen. Die wollten nur verkaufen und ans Geld. Das war sehr lukrativ, Seegrundstück, große Gastronomie, Sonnenterrasse. Die sind alle reich geworden über Nacht. Heute ist da eine Strandbar drin, mit aufgeschüttetem Sand, Lounge-Bereich, Cheeseburger vom Grill, Champagner. Die Leute kommen sogar von Ravensburg runter, aus Wangen, aus Konstanz. Ich geh da nicht mehr hin, da kommen mir die Tränen.«

»Was haben Sie dann gemacht?«

»Erst mal nix. Darin bin ich aber schlecht. Kurz hab ich überlegt, ob ich mit Matthiesen und Adam nach Hamburg gehe, die hatten ein sehr gutes Angebot aus dem Restaurant *Belvédère*. Aber da hätte ich ja alles aufgeben müssen und es wäre wieder eine fremde Stadt gewesen. Der Papierkrieg, der mich erwartet hätte, wäre einfach zu viel für jemanden wie mich gewesen, der eigentlich seinen Frieden will.« Glander lachte: »Wissen Sie, man soll ja seine Mitmenschen mögen. Das klappt sehr viel besser, wenn man die nicht dauernd und in großer Zahl um sich hat. Ich bin nicht gemacht für die Großstadt. Ich hab dann ganz klassisch Wanderjahre gemacht, habe jeweils für ein paar Monate, mal ein Jahr, in den unterschiedlichsten Restaurants und Lokalen gearbeitet, um andere Küchenstile zu entdecken. Ich hab in Südtirol gearbeitet, in Italien, in Österreich und zuletzt eben im *Vitella Grill* in St. Moritz.«

Möninghaus stutzte und hakte nach: »Sie haben ohne Papiere im Ausland gearbeitet?«

»Gar kein Problem, Österreich war eh nie eine Hürde, in die Schweiz oder nach Italien bin ich über die grüne Grenze, ich wollte kein Risiko eingehen, trotz Schengener Abkommen wollte ich mein Glück nicht überstrapazieren. Onkel Arturo hat jeweils den Kleinumzug gefahren. Das war sowieso ein Segen, dass ich Leute hatte, die mir halfen, Freunde, Familie, die Mutter und Katrin vor allem.«

»Ihre Freundin aus Kindertagen?«

»Ja, wir sind hier wieder zusammengekommen, nach einer Weile. Vielleicht lernen Sie Katrin gleich noch kennen, sie ist grad im Stall, weil wir uns verspätet haben. Katrin hat mir das lange krummgenommen, dass ich nach New York bin, über Nacht.«

Magda Glander hob den Zeigefinger, wie ein Schulkind: »Der Herr Möninghaus kennt doch die Katrin schon, vom Maultaschenessen beim letzten Besuch. Und wissen Sie aber was, Herr Möninghaus?« Magda Glander kicherte: »Ich hab die Katrin immer schön an den Hof gebunden, hab ein bisschen auf hilfsbedürftig gemacht, damit sie mich besuchen kommt, ich wusste ja, die Kinder sind füreinander bestimmt und die Katrin ist ein großes Glück für den Gustav.«

»Mutter!«

»Und, was hatte ich? Recht hatte ich!« Magda Glander ließ ein perlendes Lachen hören, sie wirkte um Jahre jünger.

Möninghaus lachte mit. »Aber sagen Sie mal, Gustav, ich muss das jetzt einfach noch mal fragen, Sie brauchten keine Papiere, um zu arbeiten?«

Gustav Glander schüttelte den Kopf und hob die Schultern leicht an: »Oft wurde ich, ehrlich gesagt, nicht mal gefragt. In der Gastronomie schaut man sich in die Augen und gibt einander die Hand. Zeugnisse brauchen Sie im Grunde direkt nach der Lehre keine mehr, und auch später reichen oft die Namen der Restaurants, in denen Sie gearbeitet haben. Da ruft dann eher einer zur Kontrolle noch mal im alten Job an, Papiere braucht da keiner.«

»Nicht mal einen Personalausweis?«

»Nö. Wenn man überhaupt gefragt wird, sagt man einfach beim Einstellungsgespräch, dass der verloren gegangen ist und der neue Pass beantragt und dass man den dann später nachreicht. Das reicht immer, und dann gerät die Sache sowieso schnell in Vergessenheit.«

»Bitte?«

»Ja. Ich habe überall als einfache Küchenhilfe angeheuert, hab mich wochenweise bar bezahlen lassen. Selbst das Gesundheitszeugnis ist kein Problem, wenn man einmal eines hat. Und ich hatte eines, von unserem Hausarzt in Göttisau. Im Ausland haben die nicht mal danach gefragt. Sorge hatte ich eigentlich nur, in eine Verkehrskontrolle zu geraten, in einen Unfall verwickelt zu werden. Selbst bei Überprüfungen im Restaurant haben die Herrschaften vom Wirtschaftskontrolldienst immer nur und ausschließlich die afrikanischen Spüler kontrolliert, in der Schweiz waren es die Tamilen. Ich stand daneben, völlig unbehelligt. In St. Moritz kam mir dann der Gedanke, eine Kochschule aufzumachen, bisschen Gastro vielleicht, den Glanderhof auszubauen, mir gefiel die romantische Idee, mein Wissen zu teilen, von anderen zu lernen, einen Ort der kulinarischen Möglichkeiten und des Austausches zu schaffen. Es ist dann alles ein bisschen größer geworden.« Glander lachte und erhob sich: »Wollen wir es uns einmal ansehen?«

Draußen war es schneidend kalt, sie stapften durch den hohen Schnee, der jetzt verwehte, es hatte aufgehört zu schneien. Einen solchen Sternenhimmel hatte Möninghaus noch nie gesehen. Das ferne Muhen von Kühen war zu hören, Kuhglocken schellten leise.

»Wussten Sie, dass es jetzt Apps gibt, die mir den Standort meiner Kühe in Echtzeit auf das Handy übermitteln? Dazu brauchen die Viecher nur ein winziges Kästchen um den Hals. Aber ehrlich, ich find Kuhglocken viel besser! *More cowbells!*« Glander drehte sich lachend um, wartete, bis Möninghaus zu ihm aufgeschlossen hatte. »Da hinten sind die neuen Stallungen, das sparen wir uns jetzt bei der Dunkelheit. Und das hier ist das alte Sägewerk!«

Vor ihnen erhob sich aus dem Dunkel eine imposante Halle in den klaren Nachthimmel, zwei Stockwerke hoch und so lang wie ein halbes Fußballfeld, schätzte Möninghaus. »Die Holztore sind noch original«, rief Glander und öffnete die riesigen Flügeltüren, die Außenbeleuchtung sprang an.

»Das sind ja die Einbrecher!« Aus der Dunkelheit hinter ihnen trat Katrin in den Lichtkegel, sie trug grünbraun verklebte Gummistiefel und eine blaue Skihose mit Latz unter einem verwaschenen Sweater. »Schön, Sie wiederzusehen, guten Abend,

Herr Möninghaus, Schlossführung, ja?« Sie gab ihm die Hand, ein fester Händedruck, ein flüchtiges Lächeln, dann küsste sie Glander, dabei stellte sie sich auf die Zehenspitzen. »Er ist ein Spinner, aber ein netter, Herr Möninghaus.«

Der Eingang hinter den Flügeltüren war komplett verglast, Glander schloss die Türe auf, ging vor und schaltete das Licht an, alte Fabriklampen erhellten den weiten Raum: »Das ist das Herzstück des Instituts, die Küche, das Labor, im hinteren Teil das Restaurant, das dann zur Eröffnung auch über einen separaten Eingang zu erreichen ist, der Gastraum wird ebenfalls über die gesamte Höhe verglast sein, die Gäste genießen diesen einmaligen Blick ins Allgäu, genau an der Stelle, an der mein Vater abends oft stand und ins Land schaute, während er diese fürchterlich stinkenden Krumme-Zigarillos paffte. Mutter hat ihn immer hinausgeschickt.« Glander sah durch den Raum in die Ferne, während er erzählte. »Die Decke über dem Restaurant ist leicht abgesenkt, darüber befinden sich unsere Reiferäume für den Schinken, beim übrigen Teil des Sägewerkes haben wir die Höhe erhalten.« Der Raum war wirklich riesig, ging luftig in die Höhe, zwischen schweren Holzträgern waren Backsteinwände hochgezogen, die sich immer wieder mit gläsernen Fassaden abwechselten. »Vom Sägewerk selbst sind eigentlich nur die alten Holzträger übrig geblieben, mehr war das ja auch im Grunde nicht, nur ein hohes Dach für die großen Sägen, und wir haben dann Wände gezogen und eben auch das Dach neu gemacht.«

Möninghaus pfiff anerkennend, er hatte die erste Kochstation erreicht, strich über die kühle Arbeitsfläche aus grauem Naturstein, bewunderte die glänzenden Armaturen, die Öfenblöcke, die wie Monolithen anmuteten, mit lang gezogenen, schwarz glänzenden schweren Herdplatten und schimmernden

Induktionsfeldern. Er drehte sich zu Katrin und Glander um: »Alles vom Feinsten.«

»Ja. Ich habe keine Kompromisse gemacht. Acht Kochstationen, zwei davon ausschließlich für Kochkurse, die Patisserie ist gläsern und unabhängig temperierbar. Wir haben hier links eine funktionierende Schlachterei und Metzgerei. Eine Bäckerei soll jetzt über den Winter in einem separaten Gebäude gebaut werden, mit großen Steinbacköfen, die im Freien stehen und mit denen wir auch kontrolliert räuchern können. Dort wird es auch eine Feuerküche geben. Wir garen dort dann ausschließlich mit Holz, Asche und Heu. Das hat dann weniger mit Grillen zu tun, ein Steak zu grillen ist nicht kochen, es geht darum, mit Glut und im Feuer zu garen, es geht um Röstaromen, Rauch, direkte und indirekte Hitze und den richtigen Umgang mit Temperatur.«

Sie gingen tiefer hinein in die Halle, während Glander weitersprach: »Das Meisterwerk unserer Handwerker ist aber all das, was Sie nicht sehen können.« Möninghaus sah sich irritiert um. »Kühlhäuser zum Beispiel. Die sind unter uns. Reifekammern für Fleisch, Räume für Fermentationen und temperaturkontrollierte Lagerung. Es ist uns gelungen, den größten Teil des alten Sägewerks zu unterkellern. Und dann dieses Schmuckstück hier.« Glander ging hinüber zu einem Speisefahrstuhl, dessen Schacht nicht nur in der Erde verschwand, sondern sich auch bis hinauf zum Dach erstreckte. »Wir haben Gärten geplant, Gewächshäuser, alles auf dem Dach. Stellen Sie sich vor, Sie essen einen Salat, der erst bei Bestellung geschnitten und serviert wird. Frischer geht es nicht, das ist ein Unterschied, den Sie schmecken werden. Wir werden Kräuter pflanzen und Sprossen, Salate, Beeren und Bohnen anpflanzen, Tomaten, Lauch, Fenchel, wir werden Pilze züchten. Da kommt keine Schnecke hoch! Wir haben Ackerland in der Nähe gekauft, für Kartoffeln, für Kohl, wir haben Obstbäume und Streuobstwiesen unten am See gepachtet. Wir werden unsere Gäste im Jahreszeitenlauf ziemlich autark und ohne nennenswerte Zukäufe verpflegen können. Das Schönste ist, wir produzieren Wärme und Strom für all das mit dem Dung unserer Rinder, wir haben eine Biogasanlage gebaut.«

»Das muss ein Vermögen gekostet haben.«

»Och, die Biogasanlage wird sogar gefördert. Und der Rest, ja, ehrlich gesagt eher drei bis vier Vermögen. Das Geld aus den Kunstverkäufen in New York war schnell weg. Das alte Haus und das Sägewerk umgebaut, den neuen Trakt hier mit dem Küchenstudio … das Geld war irgendwann aufgebraucht, da hatten wir gerade erst die Hälfte unserer Ideen umgesetzt.«

»Und dann haben Sie Geld gebraucht.«

»Gehen wir doch wieder zurück ins Haus, Gerd!« Glanders Tonfall duldete keinen Widerspruch, mit schiebenden Armbewegungen trieb er Möninghaus nach draußen, löschte die Lichter in der Halle, schloss die Glastür und klappte die Flügeltüren zu: »So. Auf geht's. Ich glaub, wir haben noch Käse und Wein.«

Am Tisch kam die Unterhaltung wieder in Gang, nachdem Möninghaus einfach nochmals gefragt hatte: »Und dann kam Ihnen die Idee mit den Skizzen?«

»Dann kam mir erst mal die Idee, Feininger zu kontaktieren. Ich erinnerte mich an einen Cateringauftrag, das war noch im *Fischerschilf.* Ich habe belegte Brötchen zu einem Dr. Kallberg gefahren, oben auf der Seehöhe. Und bei den Kallbergs hing ein Bild von mir, aus der *Golden Calf*-Reihe. *Adams Rippe*. Eine gut gemachte, aber letztendlich im Detail schlampige Fälschung. Ich habe Feininger dann angerufen.«

»Und hatte er mit der Fälschung zu tun?«

Glander lachte schnaubend: »Also bitte. Das, Gerd, würde ich Sie bitten, selbst herauszufinden. Teilen Sie Ihre haltlosen Behauptungen doch mal mit Jean-Marie. Er bestätigte mir aber, wonach ich ihn gefragt hatte, es sei, sagte er, *durchaus Geld zu machen*, wenn ich wieder arbeiten würde. Noch mehr Geld allerdings, wenn ich selbst dabei verschwunden bliebe. Ein lukrativer Zufallsfund könne schnell viel Geld in die Kassen spülen.«

»Und so kamen Sie auf die Idee mit den Skizzen?«

»Ich hatte keinerlei Ambitionen, mich wieder der Malerei zu widmen, hätte das aber der Sache zuliebe gemacht. Nun ist es leider so, dass mein bescheidenes Werk so klein ist, dass es schwer werden würde, einen ganzen vergessenen Bilderzyklus glaubhaft auftauchen zu lassen. Zudem fehlte mir eine Idee. Feininger schlug dann die Sache mit den Skizzen vor.«

»Die Sie natürlich nicht hatten?«

»Fangfrage, Gerd? Sagen wir es mal so: Ich würde die Echtheit der Skizzen jederzeit bestätigen. Und ich hatte ein paar alte Fotografien aus meiner Schlachthofzeit in New York, zur Unterfütterung der Skizzen.« Glander ließ ein Lächeln der Unschuld erstrahlen und kicherte. Ein ganz unpassendes Geräusch für diesen großen Kerl, fand Möninghaus.

»Wir waren zu diesem Zeitpunkt schon sehr weit mit der Planung und dem Bau des Instituts, durch die Skizzen, wusste ich, würden wir frisches Geld bekommen. Ich habe dann die Jungs besucht, wie in diesem John-Landis-Film, *Blues Brothers*, erinnern Sie sich, *we're putting the band back together, we're on a mission from God!*« Wieder dieses Kichern, es schien, als hätte Gustav Glander Spaß. »Ich habe Tad einfliegen lassen, ich habe Matthiesen und Adam in Hamburg besucht, um die beiden für das Institut zu gewinnen. Das war übrigens der Abend, an dem Sie mich auf der Toilette im *Belvédère* in Hamburg angesprochen haben.«

»Sie wussten, wer ich war?« Möninghaus war überrascht.

»Ha, tja, nein, obwohl ich durchaus schon mal eine Ausgabe der *KunstStücke* gelesen habe, Gerd.« Glander lachte. »Adam wusste, wer Sie waren, beziehungsweise kannte er Ihre Frau. Sie hat er dann gegoogelt, und dann haben die Jungs mich direkt angerufen. Zu diesem Zeitpunkt war uns nicht ganz klar, wie wir eine breite Aufmerksamkeit auf dem Markt erzeugen könnten, wir wollten keinesfalls an einen Sammler verkaufen, das wäre über Feininger ein Leichtes gewesen. Wir wollten Nachfrage generieren, wir wollten den bestmöglichen Preis erzielen, denn das macht man nur einmal.«

»Und da kam ich Ihnen gerade recht!« Es hatte sich eine Müdigkeit eingeschlichen in Möninghaus' Stimme, trotzdem war er hellwach.

»Ich würde es anders formulieren, Gerd. Es ist ein Geschäft, das wir hier tätigen. Sie bekommen das exklusive Interview mit dem ach-so-großen-Glander, der zehn Jahre verschwunden war. Ich hörte, der *KunstStücke* geht es nicht so gut. Wir bekommen im Wechsel Aufmerksamkeit für die Skizzen. Das ist übrigens ein Geschäft, für das auch ich ganz persönlich bezahle, und zwar mit der Aufgabe meiner Anonymität. Der große Glander ist zurück, das wird ein Trubel, den ich gerne vermieden hätte, aber da Sie ja schlecht mit einem Toten sprechen können …«

Möninghaus unterbrach Glander: »Das ist doch jetzt Quatsch. Ich werbe nicht nur für Ihre Skizzen, sondern auch für Ihr Institut, Herr Glander.«

»Ich glaube, Sie überschätzen das, Gerd. Das ist eher kein Segen. Die Ideen, die wir hier umsetzen wollen, die werden tragen.

Da braucht es meinen Namen nicht, schon gar nicht den Künstler Glander, da ist einfach Gustav, der Koch, gefragt. Ich befürchte, dass wir hier überrannt werden, eventuell von den falschen Leuten, von Leuten, die sich für den großen Glander interessieren, nicht für die Kulinarik, unsere Küche und die Ideen, die wir hier entwickeln und umsetzen wollen. Der Preis, den ich zahlen werde, der ist hoch, glauben Sie mir, Gerd. Dennoch, und dafür bin ich Ihnen dankbar, indirekt sind auch Sie ein Geburtshelfer für dieses Institut.« Glander blickte auf den Boden seines leeren Weinglases, drückte dann den Knopf von Möninghaus' Handy auf dem Tisch, las vom erleuchteten Bildschirm ab: »Viertel nach sechs schon! Okay, Aufnahme beendet! Sag mal, Schatz, wann geht dem Gerd sein Flug?«

»Um 21.15 Uhr geht der Direktflug von Friedrichshafen, Taxi müsste gleich da sein«, sagte Katrin und sah aus dem Fenster, die Zufahrt entlang. Zu seinem Erstaunen erfuhr Möninghaus, dass alles für ihn nicht nur vorbereitet, sondern auch bezahlt war.

»Ich entführe Sie doch nicht nach St. Moritz, verschleppe Sie dann ins Allgäu und lasse Sie anschließend wieder über St. Moritz mit dem Zug zurück nach Hamburg fahren. Das könnte gegen mich verwendet werden! Und im Gegensatz zu Ihrer Redaktion habe ich noch ein bisschen Reisegeld, um guten Journalisten ihre Arbeit so angenehm wie möglich zu gestalten.« Glander lachte dröhnend, er war aufgestanden und umarmte Möninghaus, der im wolligen Pullover des Riesen fast verschwand: »Ich habe mich gefreut, Sie kennenzulernen, Gerd Möninghaus. Vielleicht war es eine gute Fügung, dass wir uns damals im *Belvédère* begegnet sind. Ich vertraue Ihnen.«

Jetzt erst entließ er Möninghaus aus der Umarmung, der sich schwer atmend die Frisur richtete und dabei nickte.

»Kommen Sie gut nach Hause, schreiben Sie Ihren Artikel, und dann kommen Sie uns wieder besuchen. Wir feiern Ende Mai Eröffnung, es wäre mir eine Freude, Sie und Ihre Frau als Ehrengäste willkommen zu heißen!« Die Männer gaben sich die Hand. »Da können Sie dann auch noch mal ganz persönlich mit Jean-Marie sprechen.« Glander lachte wieder, seine Augen blitzten freundlich.

»Taxi ist da!«, rief Katrin vom Fensterplatz.

»Ach, schade«, sagte Magda Glander und gab Möninghaus zum Abschied im Flur einen gehauchten Kuss auf die Wange, elegant kombiniert mit einem vornehm angedeuteten Boxschlag in die Magengrube des scheidenden Gastes. Der drehte sich in der Tür noch mal um: »Danke, Gustav. Für Ihre Offenheit. Wir sehen uns im Mai!«

BRUNO

Ihm ist, als wäre es heute besonders heiß im kleinen Küchenbüro, er wischt sich den Schweiß mit dem Torchon aus den Augenhöhlen und von der Stirn, die Augen brennen. Als er aufsteht, wird ihm für einen kurzen Moment schwindelig, er spürt ein Stechen in der Brust. Das Stechen. Seine Tabletten hat er genommen, er ist sich sicher, er zieht die Schreibtischschublade auf, da liegen die Tablettenboxen, das kleine Fach *Samstagmorgen* ist leer. »Also«, sagt er in die Schwüle des Raumes und denkt: ein Scheiß, die Tablettenfresserei. Langsam steigt er die Stufen hinauf, grüßt schnaufend mit erhobener Hand die Rezeptionistin, tritt gegen die Tür und geht in die Küche. »Salut, Chef!«, grüßen die Jungs, seine Jungs, schon wieder schwer am Arbeiten, heute Abend geb ich mal Bier satt aus, nach dem Service, ist ja Samstag. Zurzeit ist er so rührselig, er weiß auch nicht, woher das kommt, er blinzelt mit den Augen, er liebt seine Buben schon sehr, tolles Team hat er da grade, und den Stern haben sie auch halten können, jetzt schon im achten Jahr, toll ist das, denkt er und hält sich am Pass fest, es ist ihm nicht gut heute, das merkt er schon. Alles tut weh, er reibt sich die Brust: »Leute, dran denken heute, gell, das Extra für die Rotarier, die kommen ja schon gleich um eins.«

»Steht, Chef!«

»Dann ist gut.«

Ihm ist, als ginge die Luft aus, er öffnet das Oberlicht, die Luft tut gut, er atmet ein. Als läg mir was auf der Brust, denkt er und schaut in die Küche, die Hände an den Pass geklammert, er ist sich nicht sicher, ob er noch lang wird stehen können. Das Licht in der Küche ist gleißend hell, die Jungs verwischen in ihren Bewegungen, das Bild wird unscharf, die Kraft in den Händen lässt nach, er muss loslassen, rutscht zur Seite, fällt auf den Boden, Teller splittern. Er liegt auf dem Rücken, er kann nicht atmen, er sieht die Kacheln an der Decke, die Neonleuchten über der Spüle flackern und verlöschen, es geht schon, will er sagen, aber die Luft ist weg, da ist Adam, er beugt sich über ihn, Adams Hand an seinem Hals.

»Notarzt!«, ruft Adam, da ist auch Matthiesen, ob er ihn bitten kann, hier weiterzumachen, wenn er jetzt eine Weile nicht da ist. Bestimmt kommt gleich der Notarzt, Adam hält seinen Kopf, die gepflegten Hände seines Restaurantleiters, er sagt was, aber Bruno kann ihn nicht hören. Der Druck ist weg. Das Licht ist wieder an, es leuchtet hell auf, er muss die Augen schließen. Er kann wieder atmen, alles ist ganz leicht, so, als schwebe er. Hoffentlich ist das Essen gut. Ein gebuttertes Brathähnchen, das wär's, denkt Bruno, stößt sich sanft ab und fliegt davon.

16

Gustav Glander reckte das Kinn zur Badezimmerdecke, schabte sich Schaum und die ersten grauen Stoppeln aus dem Gesicht, sah missmutig hinaus aus dem Fenster, es regnete immer noch, dicke, schwere Tropfen, auf den Pfützen vor dem Haus bildeten sich Blasen, die Tannenwälder dampften nebelig. Er sah hinüber zur Halle, hinter den Scheiben bewegte sich etwas, er kniff die Augen zusammen, das war Adam. Der ließ das Poliertuch für die Gläser sinken und winkte mit einem Weinglas zu ihm herüber. Gustav hob grüßend die Hand. »Senile Bettflucht ist ein Schicksal«, murmelte er in den Rasierschaum und sah auf die Uhr. In fünf Stunden, um elf Uhr, würden die Gäste kommen.

Katrin erschien gähnend in der Badezimmertür, sie küsste ihn wortlos in den Nacken, sie roch nach Schlaf und einem verblassten Parfüm und sie war wunderschön, fand Gustav. Er stellte sich hinter sie, drückte sich an sie und ließ seine Hände über ihren Bauch gleiten, hinauf zu ihren Brüsten.

»Guten Morgen, ihr zwei Hübschen, ist es nicht ein wundervoller Tag heute!«

Gustav erschrak: »Mutter!«

Katrin lachte, Gustav nicht: »Mutter. Ehrlich, ich bau dir morgen ein Altenteilerhaus. Ganz hinten auf dem Grundstück! Und es ist kein wundervoller Tag, es regnet!«

»Wenn du so alt bist wie ich, ist jeder Tag ein wundervoller Tag. Alleine der Umstand, dass ich wieder aufgestanden bin! Und darf ich dich daran erinnern, dass du in meinem Haus wohnst? Und das in deinem Alter. Du solltest dich schämen!«

Die Frauen lachten, und Gustav Glander wusch sich energisch den verbliebenen Schaum aus dem Gesicht.

»Das Bad gehört euch.«

Später rannte er das kurze Stück zur Halle durch den nachlassenden Regen, vielleicht bestand ja doch noch eine Chance auf besseres Wetter. In der Küche arbeitete die Frühschicht, die jungen Köche hatten vor Stunden schon Brühen und Saucen für das Festmenü angesetzt, Teige geknetet und geformt, Gemüse geschnitten, Fisch filetiert, Fleisch portioniert, die Schneebesen zogen in den Schlagkesseln schmatzend cremige Schlieren durch süße Cremes. Gustav holte einen kleinen Löffel aus der Brusttasche seiner Kochjacke, probierte alles, herb-fruchtige Vinaigretten, Kräutersaucen, Pürees. Er gab Matthiesen die Hand: »Wie sind wir in der Zeit?«

»Moin, Gustav, top, läuft.«

»Danke. Schön, dass du da bist.«

»Ich weiß!« Matthiesen lachte.

Im Restaurant ließ Adam weiße Decken über die Servierwagen sinken, die Holztische selbst blieben blank, nur einfache Gläser, Besteck und Leinenservietten waren auf allen Plätzen eingedeckt, der Tischschmuck bestand aus langen rechteckigen Holzrinnen, die mit Erde gefüllt und mit Kerbel, Schnittlauch, Estragon, Pimpinelle, Sauerampfer und Kresse bepflanzt waren. Wer zweimal hinsah, entdeckte die kleinen Scheren neben den Minibeeten, die Vorspeise für die Festgesellschaft würde frisch geernteter Kopfsalat sein, mariniert mit einer Vinaigrette aus Apfelmost und Schlehensaft, mit Balsamessig und Nussöl, dazu würden gegrillte Birnenspalten mit schwarzem Pfeffer gereicht. Kleine Schälchen mit gerösteten und gesalzenen Haselnüssen und Walnüssen vom vergangenen Herbst standen ebenfalls auf dem Tisch, die Gäste waren dann aufgefordert, ihren Salat mit den Nüssen und den frisch geschnittenen Frühlingskräutern und Kresse aus der Tischmitte ganz individuell zu verfeinern und abzuschmecken.

»Bleibt's bei sechzig?«, fragte Adam und legte eine Hand auf Gustavs Schulter.

»Ja, mehr Freunde habe ich nicht!« Gustav musste grinsen: »Fast hätte ich auch noch ein paar Feinde einladen müssen.«

»Kommt der Möninghaus auch?«

»Ja, mit Frau, das freut mich, der Artikel war doch klasse.«

»Und wirst du ihm den Job anbieten?«

»Ich habe zu tun heute. Das wird Feininger übernehmen.«

In der Vorbereitungsküche kicherten die Spülerinnen, und Brankos Stimme war deutlich zu hören: »Jessas, des glaub ich ja net!« Gustav ging nachsehen. »Chef, ernsthaft mal. Ich bin jetzt Spüler seit 15 Jahre, aber was die Damen hier in Rekordschnelle weghauen an Geschirr, unglaublich, schafft nicht mal Maschine!«

Wieder kicherten die Damen, und Gustav verbeugte sich tief, bevor er den Spüler am Arm beiseitezog: »Branko, die Ladys habe ich zu deiner Entlastung bestellt, ist alles vorbereitet für heute Nacht?«

Branko nickte, gespielt nachdenklich, die Stirne in Sorgenfalten gelegt: »Sage mir mal so, Chef. Ganze Abend, feines Essen für die Leute und alle so: Mmmhhh, ja, ganz lecker, so fein, ja, heidenei, wie gut ist das! Und dann kommt Nacht und ich serviere kleine Überraschung und alle Leute so: Branko ist der beste Koch!« Er lachte dröhnend.

Gustav klopfte ihm auf die Schulter: »Ich ahne es!«

Draußen hatte es aufgehört zu regnen, die Berge lagen fern heute und noch im Nebel, es roch nach nasser Erde, nassen Steinen, nach Wiese und Wald. Die Temperatur hatte sich verändert, es war wärmer geworden. Gustav ging zum Apfelbaum, den sein Vater gepflanzt hatte, fasste den alten Stamm mit einer Hand, fuhr über die raue Rinde, sah hinaus und hinunter ins Tal. Ich bin zu Hause, dachte er, hier bleibe ich. Von ferne waren ein paar Takte Musik zu hören, die langsam lauter wurden, dann ein Knall, ein Stottern und Knattern: Hinter der Wegbiegung tauchte Arturos Bus auf, der Onkel winkte aus dem geöffneten Busfenster hinauf zu Gustav, auf dem Armaturenbrett wackelte Elvis mit den Hüften, vertrocknete Duftbäume tanzten unter dem Rückspiegel, Arturo hupte ausdauernd, bis er den Hof erreicht hatte.

Hastig löschte er den Joint im Klappaschenbecher, als er Magda Glander aus dem Haus treten sah, stieg dann unschuldig lächelnd aus, umarmte erst seine Schwester, dann Gustav: »Was bist du groß geworden!«

Magda Glander musterte ihren Bruder mit strengem Blick: »Der Anzug ist ja ganz schön rott.« Sie schnupperte. »Und sag mal, kiffst du etwa beim Autofahren?«

Arturo schüttelte energisch den Kopf und errötete.

»Das will ich dir auch geraten haben. Nicht dass dann für deine liebe alte Schwester nichts mehr übrig ist.«

Die Schiebetür des Busses öffnete sich, und eine junge rothaarige Frau stieg eher zögerlich aus, lächelte entschuldigend, Arturo strahlte und zeigte Zähne: »Das ist Donna. Wir machen Musik zusammen!«

Gegen Mittag hatte sich der Parkplatz unter dem Haus gefüllt, und die parkenden Autos der Festgesellschaft zogen sich beinahe bis hinunter nach Göttisau, das bereits in der warmen Sonne lag.

Der Nebel hatte sich aufgelöst, Kinder jagten einander hinterher, rannten kreischend über den Kies, der langsam trocknete. Eine Dreiviertelstunde standen Karin und Gustav nun schon vor dem Haus, begrüßten jeden ihrer Gäste im Defilee der Freunde und Gratulanten, wiesen den Weg ums Bauernhaus zur Halle.

Adam öffnete leise mehr und mehr eisgekühlte Flaschen an der improvisierten Sektbar vor dem Restaurant, schenkte volle Gläser mit perlendem Winzersekt aus: »Trinken Sie in nicht zu kleinen Schlucken, um dem Wesen des Weines auf den Grund zu gehen!«, rief er, und seine Stimme ließ keinen Zweifel daran, dass das kein Rat gewesen war, sondern ein Befehl, dem die Gäste gerne folgten.

Hinter Adam trugen Branko und Dreher mit ein paar Jungköchen die komplett eingedeckten Tische ins Freie, ein Balanceakt: »Vorsicht, Leute, heiß und fettig«, rief Branko. Die Gäste zogen lachend Hintern und Bäuche ein, bildeten einen Durchgang und nahmen bald an den Tischen auf der Wiese Platz.

Arturo und Donna hatten Barhocker organisiert, die sie im hohen Gras unter einem Baum nahe der Festgesellschaft aufgestellt hatten, durchs Gras lief ein Stromkabel, Arturo schaltete den kleinen Verstärker an und hatte mit einem hohen Fiepton die ungeteilte Aufmerksamkeit der Gäste. Nervös justierte er den Lautstärkeregler, entschuldigte sich murmelnd, nickte dann Donna zu, die ebenfalls eine verstärkte Akustikgitarre in der Hand hielt, dann spielten beide los, ein paar leichte Akkorde, ein geklopfter Rhythmus auf Gitarrenholz, Donna sang ein altes Liebeslied von Nils Koppruch: *Jeder Tag ruft deinen Namen, ich wünsch Glück an allen Tagen, nichts ist besser als ne Liebe auf der Welt, Kirschen gibt's an Sommertagen nur solang die Bäume tragen und lebend gehen wir nicht mehr aus der Welt.*

Magda Glander wischte sich eine Träne aus den Augen, diese helle reine Stimme, diese fröhliche Kraft des Liedes. Und sie sah das Glück ihres Bruders, der Donna selig beobachtete, während er die Saiten schlug. Magda Glander empfand plötzlich Dankbarkeit für dieses Leben, dafür, dass sie alt werden durfte, mit ihrem Bruder, mit diesen Menschen hier, dass sie das hier gefunden hatte, ihren Mann gefunden hatte, den sie vermisste, diesen Ort, diese Heimat. »Ich bin eine gefühlsduselige, alte Frau geworden«, schimpfte sie und suchte in den Schößen ihres Rocks nach dem Taschentuch, das sie heute morgen vorausschauend eingesteckt hatte.

Walter Rögger zückte ein Papiertaschentuch und reichte es Magda, die den Lehrer nicht hatte kommen hören: »Walter, jetzt haben Sie mich aber erschreckt!«

»Jaha! Oh, Tschuldigung, Hallöchen und Tach auch, so traurig an einem so schönen Tag, hier, Tempo, ach neee, die heißen ja jetzt Tröööt! Momentino, hier steht es, Tröööt mit Ausrufezeichen, lustig, nicht? Ich hab ja sonst nie Tröööt dabei, aber heute, dachte ich, vielleicht kann ich Ritter sein für eine schöne Dame, und jetzt sind Sie das, Magda, also ich freu mich! Sagen Sie mal …« Rögger kam verschwörerisch näher, deutete ein Flüstern an: »Dieser Möringhusen, na, Sie wissen schon, kommt der heute auch? Weil. Wenn der rauskriegt, dass ich dem Feininger das alte Papier gegeben hab, für die Skizzen, dann – ich hatte das ja noch, ich schmeiß ja nix weg, und Sie haben mir das ja auch erklärt, Magda, ich helf ja gerne, und das alte Papier war ja nun echt schon zwanzig Jahre alt, da war ja schon der Gilb dran. Ich hab die Papiere also wie verabredet dem Herrn Feininger geschickt, jetzt lese ich da in der letzten Ausgabe von der *KunstStücke*, da les ich über die aufgetauchten Skizzen und über Gustav und den

Herrn Feininger und ich guck mir so die Bilder zu dem interessanten Artikel an ... Jedenfalls, da war ja auch für mich viel Neues dringestanden, ich versteh nur nicht, warum ich gar nicht genannt bin, als Gustavs Entdecker? Und plötzlich hab ich gedacht, da bin ich ja dann vielleicht auch in was Größeres verwickelt, und wenn heute der Mehringhaus hier auftaucht und dann vielleicht, ne, das kann ja? Kann das ja, ne, also langer Rede kurzer Sinn, ich denk halt ...«

Magda Glander drehte sich zum Lehrer, legte ihren ausgestreckten Zeigefinger auf seine Lippen, gespielte Strenge im Gesicht: »Wir zwei, Walter Rögger, kommen jetzt mal beide runter und trinken ein schönes Glas Sekt an der Bar. Mitkommen!«

Walte Rögger folgte ohne Widerrede.

An der Bar trafen die beiden Tad und Laraina in Begleitung eines älteren Ehepaars, das Tad mit unüberhörbarer Begeisterung als seine Eltern vorstellte, die extra aus New York angereist waren.

»Glaub ich jetzt nicht!« Gustav kam über die Wiese gerannt: »Magdalena, Tadeusz! Ihr seid hier! Oh, Wahnsinn, ich freu mich! Mutter, das sind die Menschen, die mich aufgenommen haben, damals in New York. Tadeusz, Magdalena, das ist meine Mutter, Magda.«

Magdalena und Magda versuchten einen angedeuteten Handschlag, änderten dann aber auf halbem Weg gleichzeitig ihre Meinung, fielen sich in die Arme und drückten einander fest. Gustav umarmte vorsichtig Tadeusz, der seine Enkelin im Arm hielt, begrüßte Laraina und Tad.

»Zu Tisch«, rief Adam und klatschte in die Hände. Langsam nur füllten sich die Stühle und Bänke um die Tafel auf der Wiese, erwartungsvolle Freude lag in der Luft, Gläser klingelten, es wurde angestoßen, Adams Leute gingen noch mal mit den Sektflaschen rum. Dreimal schlug Gustav an sein leeres Wasserglas, dann noch mal, und dann waren nur noch die Vögel zu hören und ein fernes Geläut von Kuhglocken.

In die Stille hinein sagte Gustav: »Danke. Danke, dass ihr hier seid. Danke, dass es euch gibt. Ihr seid meine Freunde, ihr seid meine Familie, ihr seid die Menschen, die ich liebe. Für einige von euch war ich eine Enttäuschung in den letzten Jahren, einige wurden getäuscht von mir, viele lange in Unklarheit gelassen. Dafür möchte ich mich entschuldigen. Ich weiß, wie egoistisch mein Weg gewirkt haben dürfte, aber mir ist erst mit den Jahren klar geworden, dass ich eventuell nur dieses eine Leben zu leben habe. Ich habe mir das Recht genommen, mein Leben selbst zu gestalten, selbst herauszufinden, wie und wo, mit wem und für was ich dieses Leben leben will. Ich war sehr ferngesteuert in New York und musste damals einfach einen Cut machen. Ich wollte niemanden verärgern oder verletzen. Heute sind wir hier, um in die Zukunft zu schauen, und ich danke allen, die mitgebaut, mitgedacht und mitgeholfen haben, diesen Ort zu schaffen. Einen Ort, an dem Menschen sich über Genuss austauschen können, inspiriert werden sollen, kochen lernen und lehren können. Wir haben während der Bau- und Planungsphase von einem Institut gesprochen, das hat mich immer gestört, es klingt so leer und kalt. Und darum möchte ich heute mit euch den *Josef-Glander-Hof* eröffnen, denn dieser Ort ist, was er schon immer war: Der Hof meines Vater. Dem wahren und einzigen wirklich großen Glander!«

Applaus brandete auf.

»Ich habe viele gute Leute versammeln können, die den Glanderhof mit neuem Leben füllen werden, mit ihren Ideen und ihrer Kreativität. Dafür bin ich dankbar und sehe gelassen in die

Zukunft. Nur einen Menschen hätte ich fast verloren auf der Reise.« Gustav suchte Katrins Blick unter den Gästen. »Katrin kenne und liebe ich nun schon fast mein ganzes Leben und ich habe das immer gewusst, das kannst du mir glauben, Katrin. Und ich bin dir so unendlich dankbar, dass ich dich habe, dass du dieses Leben mit mir teilst.« Glander nickte, als wolle er damit seine Worte noch bekräftigen, ging hinüber zu Katrin, die ihn kopfschüttelnd und mit einem Lächeln umarmte, sie küssten sich, und die Festgesellschaft auf der Wiese applaudierte dem schönen Paar.

»Meine Güte, mein Junge kann ja Reden halten!«, flüsterte Magda Glander.

Adam legte einen Arm um sie und beugte sich hinab, er flüsterte: »Wir haben das geübt.«

»Hör mal, die klatschen doch? Was läuft denn da, ich glaube, wir verpassen da grade was ganz Großes!«, stöhnte Möninghaus und beschleunigte seine Schritte nochmals, rannte jetzt beinah über den Kies zum Hof hinauf: »Silke, komm jetzt, wir sind echt spät dran.«

»Gerd Möninghaus, wer wollte denn mit dem Navi nach Göttisau?«

Möninghaus winkte unwirsch ab: »Da kann ja ich nichts für, wenn das Navi selbstständig von Göttisau nach Göttlingen im Schwarzwald umschaltet.«

»Aber dass der Herr dann treudoof erst mal bis Offenburg durchfährt, das ist dann doch schon einen Vermerk in der Geschichte des Automobils wert.«

»Silke, du hättest ja auch mal schauen können, statt nur in zehntausend Zeitschriften zu blättern!«

»Und Sie sind?« Branko stoppte die verschwitzte Reisegruppe mit ausgestreckten Armen.

»Möninghaus«, keuchte Möninghaus: »Wir sind eingeladen, vom Herrn Glander.«

»Hier ist grade Rede, also pssscht und wartet ihr mal da!«

»Ähm, ja, aber ich ...«

»Willsch du mich ärgerlich machen?«, fragte Branko beiläufig, als wäre er unbeteiligt, und antwortete selbst, in gleichbleibender Tonlage: »Verrat isch dir: Willst du nisch. So vor deiner schönen Frau.«

Silke Möninghaus grinste ihrem Mann zu. Wieder wehte Applaus herüber zu den Wartenden, dann sahen sie, wie ein Defilee von Kellnern gläserne Salatschüsseln aus dem Restaurant hinüber zu den Gästen auf der Wiese trug, Möninghaus hatte großen Hunger: »Sie, Herr, ähm, da scheint es jetzt aber ...«

Branko drehte den Kopf und sah hinauf zur Wiese: »Gut, Abfahrt, herzlich willkommen!«

»Das habe ich gemerkt!« Möninghaus rannte vorbei am Riesen, der noch ein Lächeln mit Silke Möninghaus tauschte.

»Zwei Plätze für Möninghaus!«, rief Adam über die Wiese, Gustav sah hinüber zur Sektbar, nickte erfreut, entschuldigte sich bei seinen Tischnachbarn und stand auf, um Möninghaus zu begrüßen: »Gerd, ich freu mich!«

»Ja, ich mich auch, sach mal, Gustav, dein strenger Herr Türsteher da unten am Haus ...«

»Ach!« Gustav lachte und drückte Silke Glander: »Willkommen! Das ist Branko, der beißt nicht, der guckt nur ein bisschen nach unerwünschten Gästen, Presse und so, der muss das gerochen haben bei dir!«

»Nicht witzig«, grummelte Möninghaus, hob sein Glas kurz in die Luft und nahm einen Schluck vom Perlwein.

»Nun setzt euch erst mal und esst und trinkt, eure Plätze sind fertig, es sind doch mehr Gäste gekommen als erwartet, sogar aus New York! Tadeusz Sobotka mit seiner Frau, er sagt, ihr kennt euch von dort?«

»Ach, das ist ja nett.« Möninghaus entdeckte den alten Sobotka und winkte. »Danke für die Einladung übrigens, Gustav.«

»Sehr gerne, dank dir für den wunderbaren Artikel. Das war doch hilfreich, der Verkauf der Skizzen läuft großartig.«

»Ich hab die übrigens von einem Gutachter prüfen lassen, die eine, die du mir geschenkt hast.« Gustavs Augen weiteten sich: »Und?«

»Das Papier ist alt. Neunzigerjahre.«

»Und weiter?«

»Weißt du doch, Gustav, geschenktem Gaul schaut man nicht ins Maul, oder?« Gerd Möninghaus zwinkerte und folgte dann seiner Frau auf die Wiese.

Der Hauptgang wurde aufgetragen, geröstete und karamellisierte Wurzeln und Möhren, mit Anis und Fenchelsaat gewürzt, Erbsenpüree mit Estragon und weißem Spargel in Butter, zum zarten Tafelspitz in duftender Brühe. Goldgelbe Kartoffeln und frischer Gurkensalat mit Dillblüten wurden dazu serviert, verschiedene Saucen gereicht, Frankfurter Grüne Sauce, Salsa verde aus Italien und eine Sauce mit gehacktem Ei, Petersilie, Dill und gewürfelten Salzgurken, die Magdalena Sobotka einen spitzen Schrei ausstoßen ließ: »Tadeusz! Gib Handy! Beeilung! Ich muss eine Selfie mit Sauce machen, für Frau Ewa und Frau Barbara, glauben die mir sonst nicht. Das ist polnische Sauce, Originalrezept!«

Alle Speisen waren in Schüsseln auf Platten angerichtet, die Gäste nahmen sich selbst, das entlastete den Service und sie kamen untereinander ins Gespräch. Niemand nahm Notiz von dem Mann, der unten am Hof aus einem Taxi gestiegen war und direkt im Bauernhaus verschwand, der Mann zückte im Gehen sein Handy und wählte eine Nummer.

Möninghaus hatte die Augen geschlossen und genoss die Sonne in seinem Gesicht, während er kaute. Summend meldete sich sein Handy. Ja, das hatte er vergessen, das auszuschalten, obwohl doch eigentlich Wochenende war. Möninghaus drückte das grüne Telefonhörersymbol und meldetet sich mit unverhohlenem Ärger in der Stimme: »Möninghaus!«

Silke Möninghaus schütteltet den Kopf und verwies ihren Mann pantomimisch des Tisches. Zu ihrer Verwunderung stand er aber nicht nur auf, um sich auf ein paar Schritte außer Hörweite zu entfernen, sondern er lief weiter, über die Wiese und in Richtung des alten Bauernhauses, verschwand hinter diesem. Silke Möninghaus zuckte die Schultern und beantwortete die Frage des Kellners wahrheitsgemäß: »Sehr gerne, ein toller Wein!«

Möninghaus musste sich kurz an die Dunkelheit im kühlen Hausflur gewöhnen, dann erkannte er Feininger, der ihm die Hand reichte: »Guten Tag, Gerd, schön, dass Sie gekommen sind. Verzeihen Sie bitte meinen theatralen Spionageagentenauftritt, aber ein bisschen Konspiration gehört an diesem schönen Tag doch dazu. Ich möchte Ihnen ein Geschäft anbieten und fliege leider morgen schon wieder zurück nach New York, ich dachte, wir sollten alle noch nüchtern sein, für einen Vorschlag, den ich Ihnen, auch im Namen von Gustav Glander, unterbreiten möchte.«

»Sie arbeiten für Gustav?«

»Ich habe immer für Gustav gearbeitet. Sie haben das vielleicht nicht immer verstanden, Gerd, ich kann Ihnen das nicht übel nehmen, denn selbst Gustav hat ab und zu nicht gänzlich verstanden, dass ich immer in seinem Interesse gehandelt habe. Unsere Geschäftsbeziehung hat sich in den letzten Wochen, ich sage mal, intensiviert, und ich werde auch weiterhin für Gustav tätig sein. Ich habe wirklich, von Anfang an, an sein Talent geglaubt, und ich habe im Laufe unserer gemeinsamen Zeit eine hoffentlich verzeihliche Schwäche für diesen wunderbaren Mann entwickelt, ich vertrete also weiterhin die Interessen von Gustav, und ich tue es gerne. Und in dieser Funktion habe ich ein Angebot für Sie, Gerd, das Sie interessieren dürfte, wir glauben nämlich, wir brauchen Sie.« Feininger lächelte, ein strahlendes, breites Grinsen, den Kopf leicht angewinkelt, beobachtete er Möninghaus erwartungsvoll.

»Jetzt bin ich aber wirklich mal gespannt.«

»Es läuft ja wohl nicht mehr ganz so rund, mit der *KunstStücke*, hört man.«

Gerd Möninghaus protestierte matt: »Also mein Glander-Interview stieß ja doch auf reges Interesse. Wir hatten sogar noch einen kleinen Zuwachs bei den Abos!«

»Herzlichen Glückwunsch, das freut mich für Sie. Aber ich hörte auch, es gab da dennoch Entscheidungen, die nicht so erfreulich für Sie sein dürften?«

»Sie sind wirklich auf dem Laufenden, was? Na gut. Die *KunstStücke* gibt es künftig nur noch online und das einzig Erfreuliche daran ist, dass Chefredakteur Braunauer zumindest meiner Empfehlung nachgekommen ist, meinem Volontär Philip die Leitung zu übertragen. Das hat er gemacht, bevor er den

Kollegen Lechner und mich in den Vorruhestand und sich selbst in den Verlagsvorstand verabschiedet hat. Da kann er jetzt zusammen mit den anderen Marketing- und Wirtschaftspfeifen systematisch guten Printjournalismus zu Grabe tragen. Gewinnoptimiert!« Möninghaus lachte bitter: »Die ganzen neuen Abonnenten haben mit der letzten Printausgabe der *KunstStücke* ein Schreiben bekommen, darin eine herzliche Einladung ins, Achtung, jetzt kommt's: *exklusive Online-Member-Portal der neuen KunstStücke mit vergünstigtem click-n'read-Smart-Tarif in der Treuezone oder zuschaltbarer All-in-One-Abo-Option zum Early-Adopter-Tarif!*«

Möninghaus hatte nicht geahnt, dass Feininger in der Lage war, derart herzlich und ausdauernd zu lachen.

Feininger zog ein gefaltetes Stofftaschentuch aus der Hosentasche, tupfte sich Lachtränen von den Augen und wurde augenblicklich wieder ernst: »Aber dann kommt unser Angebot doch gerade richtig! Wir möchten Ihnen anbieten, die Presse und PR für den Glanderhof zu machen, da kommen jetzt viele Dinge auf Gustav zu, die er nicht leisten kann, und da brauchen wir Sie an der Tür, quasi als Sprachrohr.« Feininger las im Gesicht des Redakteurs und lächelte: »Sie können das sehr gut auch von Hamburg aus machen. Moderne Zeiten, Gerd! Und wir haben einen Vorschlag bezüglich Ihrer Bezahlung.« Feininger beugte sich nach vorne, kam ganz nah an das Ohr seines Gegenübers und flüsterte eine Summe über die Schulter von Gerd Möninghaus. »Was sagen Sie?«

Möninghaus schluckte den Honorarvorschlag trocken hinunter, räusperte und sammelte sich, bevor er antwortete.

»Vielen Dank, Jean-Marie. Ihr Angebot ehrt mich. Und sehen Sie es mir nach, wenn ich nicht weiter darüber nachdenke, denn ich habe schon sehr viel nachgedacht in letzter Zeit. Ich habe eine gute Abfindung bekommen, ich bin jetzt Frührentner. Vor allem aber habe ich von Gustav Glander gelernt. Ich habe beschlossen, Prioritäten zu setzen. Welche das sein werden, finde ich noch heraus. Eventuell schon auf Ibiza. Denn da besuche ich jetzt erst mal meine Tochter. Zusammen mit meiner Frau. Familientreffen, schön ist das!« Möninghaus strahlte bei dem Gedanken.

»Reisende soll man nicht ... Sie wissen ja, Gerd, dann sag ich jetzt mal herzlichen Glückwunsch und alles Gute!« Feininger reichte Möninghaus die Hand, die Männer nickten sich zu und traten aus dem Haus, zurück in den warmen Sommertag.

Draußen stand Silke Möninghaus: »Hier bist du, Gerd!«

Möninghaus küsste seine Frau flüchtig und stellte die beiden einander vor: »Silke, das ist der Herr Feininger. Jean-Marie, das ist meine geliebte Frau, mit der ich künftig mehr Zeit zu verbringen gedenke.«

Silke Möninghaus hob die Augenbrauen, nickte Feininger mit gespieltem Erstaunen zu, dann reichte sie ihm die Hand: »Hört, hört! Freut mich, Herr Feininger. Von Ihnen habe ich schon einiges gehört.«

Feininger deutete eine winzige Verbeugung an, zog die angebotene Hand zu sich und hauchte einen Kuss auf den Handrücken von Silke Möninghaus: »Hoffentlich nur Gutes? Die Freude ist ganz meinerseits.«

Silke Möninghaus trat einen Schritt zurück, musterte die Männer auf den Stufen des Hauses: »Was macht ihr beiden denn eigentlich hier, habt ihr was ausgeheckt?«

Feininger hielt die Hände in die Höhe: »Erwischt! Nein, nein, Frau Möninghaus, ich hab Ihren Mann nur auf ein paar wunderbare Schnitzereien in der guten Stube aufmerksam gemacht, schöne Arbeiten! Aber wir waren gerade bei Zukunftsplänen, sagen Sie, Gerd, was macht Ihre Tochter denn auf Ibiza? Tourismus, Gastronomie?«

Möninghaus machte sich gerade: »Sie ist DJ, Musik und so. DJane Mika! Schon mal gehört?«

Feininger lächelte entschuldigend und schüttelte den Kopf.

»Und ich bin stolz auf meine Tochter«, rief Silke Möninghaus. Dann etwas leiser: »Zumindest hab ich mir das fest vorgenommen.«

»Himbeertorte mit weißer Rieslingsekt-Holundermousse«, annoncierte Sabine Gellert.

Auf den Tellern fand sich eine Straße aus krümelig-knusprig gerösteten Bröseln, einer Mischung aus dem Bruch hausgebackener Aniskekse, Honigbiskuit und gehackten Mandelkernen. Die Straße war gerahmt von Gartenhimbeeren, die kurz in Rhabarbersaft geschwenkt worden waren, daneben waren wilde Himbeeren angerichtet. Mittig fand sich ein Streifen luftiger Champagnermousse, die mit Holunderblütensirup aromatisiert und gesüßt worden war, die Leute löffelten sofort los.

»Richtige Torte gibt's nachher noch!«, rief Sabine Gellert.

Tad saß etwas abseits auf einem Baumstumpf und rauchte, Gustav setzte sich dazu. »Na. Wie ist das Leben als Vater?«

»Schöne Party, Gustav! Gute Rede auch, alter Schweiger!«

Tad lachte und nahm den Freund in den Schwitzkasten: »Jetzt fragt mich meine Süße, warum ich eigentlich für sie noch nie so schönes Süßholz geraspelt habe wie du Arsch da eben!«

Gustav hieb Tad in die Seite, dass diesem die Zigarette aus dem Mund flog, Gustav löschte die Kippe und trat mit dem Fuß darauf.

»Ey«, schrie Tad, »weißt du, wie kostbar eine einzige Zigarette für den Vater einer Neugeborenen ist?« Er drückte den Arm um Glanders Hals noch fester zu, der rollte sich ab und zog den Freund über seine Schulter. Sie fielen gemeinsam vom Baumstumpf, lagen dann schwer atmend nebeneinander im Gras. »Tut mir leid, dass ich hier nicht helfen konnte«, keuchte Tad und sah hinauf in den Himmel.

»Du hast mir doch total geholfen! Ohne dich wäre das nichts geworden, mit New York und mir.«

»Ja, ich habe dich mit gebratenen Spiegeleiern und Pastrami großgezogen, das stimmt! Aber das mein ich nicht. Ich bin hierhergekommen, um mit dir den Glanderhof aufzubauen und …«

»Und dann hast du Laraina kennengelernt, die Liebe deines Lebens, und ihr Vater hat dich zu lebenslang am Grill vom *Vitella Hotel* verurteilt, das zufällig sein Hotel ist. Du hast recht, ich hasse dich!« Die Keilerei ging wieder los.

Der Tag verabschiedete sich mit goldrotem Licht, Schwalben segelten tollkühn durch den Abendhimmel, Lampions wurden entzündet, Wachsfackeln brannten rauchig. Rund um die gemauerte Feuerstelle am Ende der Wiese hatte Branko Arbeitstische gestellt, mit trockenem Heu entfachte er einen imposanten Stapel gespaltenen Buchenholzes, aufmerksam beobachtet von Dutzenden Kindern, die sich im Sicherheitsabstand um ihn geschart hatten, mit geröteten Wangen und zerzausten Haaren. Oben am Haus zog Adam die hohen, gläsernen Flügeltüren des Restaurants beiseite und schaltete seufzend die Klimaanlage ab. Mit strengen Blicken fing er die Servicemitarbeiter auf der Wiese ein, dirigierte wortlos das Abräumen der Kaffeetafel. Frisches Eis raschelte in den Kühlwannen der Freiluftbar, Gläser und Schalen mit gerösteten Nüssen und gebackenen Kartoffelchips standen bereit, Herr Adam nickte zufrieden. Drinnen war Tad über einen Laptop gebeugt, die Playlist spiegelte sich in den Gläsern seiner Lesebrille, er nickte und drückte eine Taste. Ein Tusch, nervöse Streicher setzten ein, ein federnder Bass, die Leute auf der Wiese johlten, kamen näher und hoben die Hände, die großen Boxentürme vibrierten druckvoll, Trommeln setzten ein, alle sangen mit, *Hey! Alles glänzt! So schön neu!*

Möninghaus stand am Feuer und sah Branko zu, der jetzt die schweren Grillgitter über die Flammen legte, sich mit einem Tuch den Schweiß von der Stirn wischte, dann konzentriert die Behälter, Töpfe und Schüsseln auf den Serviertischen durchging und zufrieden nickte. Möninghaus hatte Feininger nicht kommen hören, zuckte zusammen, als dieser eine Hand auf seine Schulter legte, und ärgerte sich über seine Schreckhaftigkeit.

»Ich bin's doch nur! Schade, dass wir nicht zusammenkommen, Gerd!«

Möninghaus schüttelte den Kopf und sah wieder zu Branko, der dabei war, appetitlich glänzende Fleischröllchen auf den Grillrost zu legen, sofort züngelten die Spitzen der Flammen um die schwitzenden Cevapcici, leises Knistern und Brutzeln war zu hören.

»Ich bin Journalist gewesen, mein ganzes Berufsleben lang, ich erzähle Geschichten, und ich habe Gustav Glanders Geschichte erzählt.« Gerd Möninghaus machte eine ausholende Armbewegung, als stelle er dem Galeristen das Gelände vor. »Nicht bis ins letzte Detail, ich gestehe, aber ich möchte auch nicht weiter an dieser, ich sag mal, Legende stricken. Sie verstehen?«

Jean-Marie Feininger nickte: »Ich nehme das, wie gesagt, mit Bedauern zur Kenntnis, Gerd.«

»Wir bleiben ja Freunde, Jean-Marie. Eine letzte Frage hätte ich aber.«

Feininger sah in den Himmel, schüttelte den Kopf: »Na gut.«

»Den Glander bei den Kallbergs? Wer hat den gemalt?«

Feininger lächelte, immer noch schüttelte er den Kopf, sah dann Möninghaus tief in die Augen: »Wissen Sie, was man über Musikjournalisten sagt? Sie sind Musikjournalisten, weil sie nicht Gitarre spielen können. Mit mir ist das ähnlich. Ich bin Galerist geworden, weil ich nicht malen kann. Sagen wir es so, ich habe ein bisschen Gitarre gespielt, nach Feierabend, ein Akt der eitlen Selbstgeißelung, das können Sie mir glauben. Als ich das Bild fertig gemalt hatte, war mir klar, dass ich nicht an Glanders Talent heranreichen würde, und ich habe das Bild beschämt für den nächsten Nachbarschaftsflohmarkt gespendet, Leinwand ist teuer! Wie es das Gemälde aber vom *Carlston Neigbourhood Flea Market* in New York City zu Dr. Kallberg an den Bodensee geschafft hat, das entzieht sich meiner Kenntnis! Mmmhh, Branko, was gibt es denn bei Ihnen Leckeres?«

Branko strahlte und wendete die Cevapcici: »Original kroatische Streetfood, sag ich mal! Und ich hab den Branko-Burger erfunden! Branko-Burger geht so!« Er legte die Grillzange beiseite und schnitt mit einem Sägemesser eines der bereitliegenden Burgerbrötchen in zwei Hälften: »Selber gebacken mithilfe von liebe Frau Gellert! Ist wie Brioche, sagt Frau Gellert, aber mit Branko-Spezialzutat, bisschen Rosmarin, nur ganz wenig, in Teig! So, jetzt hier Ajvar, Rezept von meiner Großmutter, geschmorte rote Paprika und Zwiebeln, rote Pfefferschote, Knoblauch und, ganz wichtig, ein paar weich gekochte Sultaninen, das macht nur meine Mutter so, für Fruchtigkeit. Streichst du auf Brötchen, guck, jetzt Krautsalat mit Kümmel, so, bitte schön, jetzt drei Cevapcici, oh, heiß! Und rohe rote Zwiebel nach Wunsch von Gast. Und wer fragt, bekommt Branko-Cheeseburger! Mit Fetakäse extra!« Branko halbierte den Burger mit einem Sägemesser und reichte den beiden Männern die Hälften: »Probieren! Glücklich sein!«

Möninghaus und Feininger bissen in die Burger, würziger Fleischsaft lief ihnen über die Finger, Ajvar kleckste, sie aßen mit geschlossenen Augen, nickten zustimmend. Feininger rollte mit den Augen. Branko war zufrieden, klatschte in die Hände und brüllte: »Essen ist fertig!«

Heaven, I'm in heaven, and my heart beats so that I can hardly speak ... Tad spielte *Cheek to Cheek,* Ella Fitzgerald und Louis Armstrong sangen im Duett und die Tänzer drehten sich auf der improvisierten Tanzfläche vor dem Restaurant. Gustav sah Katrin tief in die Augen, während er verzweifelt versuchte, sich an die Schrittfolge für den langsamen Walzer zu erinnern. Sie hatten extra eine Tanzkurs gemacht und gleich würde er Katrin in eine galante Drehfigur führen. Nur wie? So konzentriert war Gustav, dass er Adam nicht bemerkte, der neben ihm mit Sabine Gellert tanzte und ihr ein galantes Küsschen in die Halsgrube hauchte, das die Pâtisière still erröten ließ, sie sah hinauf zu Adam und ihr Blick verlor sich in seinen Augen.

Gustav erinnerte sich, dass der Tanzlehrer von einem imaginären Bierkasten gesprochen hatte, *das werden Sie sich doch merken können, Herr Glander*, von einem Viereck, das es nachzutanzen galt, Gustav zählte leise mit, *eins, zwei, drei, eins, zwei, drei* ... und bemerkte auch den Mann nicht, der jetzt aus der Dunkelheit des Bauernhauses herübergelaufen kam.

»Erwarten wir noch jemanden?«, fragte Katrin, Gustav hatte gerade damit begonnen, ihr den Arm umzudrehen.

Gustav sah auf und über die Wiese, da ging ein Mann auf die Festgesellschaft zu, ein Mann, der ihm seltsam bekannt vorkam, er kam nicht gleich drauf, doch dann, New York, ja klar, das konnte nicht sein, oder doch? Gustav ließ Katrins Hand los, die sich erleichtert den Knöchel rieb. Der Mann, der da eben über die Wiese gelaufen kam, war Robert De Niro.

Gustav löste sich aus dem Pulk der Tänzer und ging De Niro entgegen, die Männer trafen sich am Lichtersaum der Lampions, Licht fiel auf das Gesicht des späten Gastes, der Gustav seine Hand entgegenstreckte: »Bolten, Helge Bolten, guten Abend, Sie müssen der große Glander sein?«

Gustav schüttelte mechanisch die Hand seines Gegenübers: »Sie sehen aus wie ...«

»Robert De Niro! Ja, das höre ich bisweilen! Jaha, das ist, ja, mein Schicksal, haha, Herr Glander, ich freu mich, Sie zu sehen, wir haben uns ja so was von verfahren, mein Team ist grade noch unten am Auto, Kamera, Ton, die haben aber auch immer viel Technik dabei, Herr Glander, ich sag es Ihnen. Aber wo bleiben meine Manieren, *Starmagazin exclusiv*, vielleicht schon mal gesehen, meine Sendung? Nicht? Nein? Also das läuft immer im Vorabend und diese Geschichte da, mit Ihrem Verschwinden, also da würde ich Sie gerne um ein paar O-Töne vor die Kamera bitten, das interessiert die Leute ja, wir könnten uns vielleicht so stellen, dass wir hinter uns die ...«

Gustav Glander drehte den Kopf in Richtung Feuergrill und rief: »Branko! Kommst du mal kurz?«

Katrin und Gustav standen vor dem Haus und sahen dem Wagen der Fernsehleute hinterher, bis die Rücklichter in der ersten Kurve verschwanden.

»Ich glaub das nicht. Geht das schon wieder los. Woher haben die das? Woher wussten die das?«

Katrin legte ihre Arme um Gustavs Hals, küsste ihn. »Das war doch klar, dass die Presse kommen wird.«

»Ja, aber doch nicht so schnell. Stehen die da unangemeldet auf der Matte.« Gustav sah hinunter nach Göttisau, ein Lichterfunkeln im dunklen Tal.

Der Wind wehte ein paar Takte Amy Winehouse vom Tanz herüber, Katrin sang leise mit: *»Our day will come, if we just wait a while, no tears for us, think love and wear a smile«*, dann musste sie lachen, fuhr Gustav durchs Haar: »Komm, wir schaffen das.«

»Ich hätte große Lust, ins Auto zu steigen und wegzufahren. Ans Meer vielleicht.« Gustav drehte den Kopf und sah Katrin an: »Norwegen soll toll sein. Oder Finnland.«

»Oh ja! Und wir klauen Onkel Arturos Bus, dann haben wir gute Musik auf der Reise.« Katrin nahm sein Gesicht in ihre Hände, zog ihn zu sich herunter und küsste ihn lang, wischte dann mit ihrem Daumen über seine Lippen: »Und diesmal komm ich mit.«

GUSTAV

Es ist eher wie ein Zaubertrick.«
Gustav zeigt auf den stählernen Topf, aus dem duftender Dampf aufsteigt, es riecht nach Lorbeer und Dill, nach Zwiebeln, nach Meer und Muscheln. »Und der ist gar nicht mal so schwierig, Zaubertricks kann man lernen.« Er verteilt Löffel an die Schüler: »Probieren Sie den Sud!« Die Kochkursteilnehmer pusten, schlürfen, nicken. »Sie nehmen die besten Zutaten, kombinieren sie mit anderen Zutaten, Würzungen und Aromen und verwandeln sie dabei in etwas völlig Neues, Einzigartiges. Ihre Helfer dabei sind das Feuer, das Wasser, ein paar Bakterien und bisweilen Enzyme, etwas Physik und ein Quäntchen Glück! Machen Sie jetzt bitte an Ihren Plätzen weiter.«

Gustav geht durch die Reihen, zeigt, wie die Fische vorbereitet, wie Kräuter geschnitten werden: »Nicht zerhacken und zerdrücken, schneiden Sie die Kräuter, mit wiegender Bewegung.« Er sieht auf: »Erinnern Sie sich, meine Damen und Herren, wir hatten Fischgräten. Fischabfälle, haben Sie gesagt. Wir hatten Gemüse, ein paar Gewürze, etwas Butter und Wermut und Meersalz und Wasser. Und jetzt haben wir einen Grundfond für unsere Fischsuppe, Sie durften gerade probieren. Die Süße der Zwiebeln, die Säure der fruchtigen Tomaten! Die würzige, leicht alkoholische Süße des Wermuts, Chef Safran singt dazu und das Suppengemüse-Orchester spielt im Hintergrund. Da ist Musik drin! Vorsicht, die Röstbrote verbrennen.« Gustav wirft ein dickes Küchentuch, die Ofenklappe wird geöffnet, ein Blech mit goldbraun geröstetem Sauerteigbrot herausgezogen.

»Direkt buttern jetzt!«

Der Schüler bestreicht die krossen Scheiben mit der weichen Butter, die glänzend auf der Krume zerfließt. Es duftet nach Knoblauch, frischer Zitronenschale und Estragon. Zwei Schüler passieren den Fond, schöpfen die duftende Brühe und lassen sie langsam durch Sieb und Tuch in einen zweiten Topf rinnen, zurück bleiben ausgekochte Gemüse, schlaffe Kräuter, bleiche Fischgräten. Der Fond im Topf ist von bernsteinfarbener Klarheit.

»Zauberei!« Die Schüler lachen.

»Herrschaften, Forellenfilets, Egli und Felchen braten, ins heiße Öl legen und darin erst mal anbraten lassen, dann buttern und wenden. Ist die Löwenzahnmayonnaise fertig?«

»Ja, Chef!«

Die Männer und Frauen arbeiten konzentriert, Glander sieht durch die Glasscheibe ins Restaurant, Adam hebt drinnen den Daumen und nickt.

»So, dann anrichten, Leute!«

Später sitzt die Gruppe an einer langen Tafel. Seine erste Kochkursklasse.

Gustav schlägt mit einem Löffel ans Glas, erhebt sich: »Ladies and gentlemen, großartig. Sie haben eine Fischsuppe gekocht, herzlichen Glückwunsch, einen Applaus für Sie selbst bitte!«

Als das Klatschen und Lachen wieder leiser wird, spricht Gustav weiter: »Es ist schön, dass Sie hier sind. Dass Sie sich interessieren, für das Kochen, den Geschmack, die Aromen. Für echtes, gutes Essen. Ihre Wahl der Ernährung bedingt alles. Es beeinflusst Ihr Leben ganz direkt, es ist entscheidend für Ihre Gesundheit und Ihr Wohlbefinden. Wenn das nicht gegeben ist,

ist alles nichts. Noch etwas spricht sehr für gutes Essen. Es verbindet uns, bringt uns zusammen, es macht neugierig. Genuss schafft Kultur, Gemeinsamkeit. Und nicht zuletzt bedeutet gutes Essen auch: einfach schnell damit anzufangen, es wird ja alles kalt! Guten Appetit!«

DANKE

Ich danke der Kulturbehörde Hamburg und Herrn Dr. Wolfgang Schömel, dem Laudinella Hotel in St. Moritz, Hoteldirektor Felix Schlatter und der Vizedirektorin und Kulturbeauftragten Frau Vera Kaiser, für die Vergabe des Laudinella-Stipendiums 2014 der Kulturbehörde Hamburg, Basis und Startpunkt für diesen Roman.

Ich danke Herrn Holger Vehren von der Polizeipressestelle der Polizei Hamburg für die kriminaltechnische Beratung und die erhellenden Einblicke in die Arbeit der Polizei bei der Suche nach langzeitvermissten Personen.

Für Inspiration, Zeit und Geduld danke ich meiner Frau Cathrin Paul, meinen Verlegern Daniel Beskos und Peter Reichenbach und dem Team des mairisch Verlages: Blanka Stolz, Stefanie Ericke-Keidtel, Carolin Rauen, Annegret Schenkel und Hannah Zirkler.

MEHR VON STEVAN PAUL

»Seine Erzählungen vom Kochen haben genau das, was auch große Küchen-Kunst ausmacht: Inspiration, Leidenschaft und Präzision.« *(Dr. Holger Hettinger, Deutschlandradio Kultur)*

SCHLARAFFENLAND

Ein Buch über die tröstliche Wirkung von warmem Milchreis, die Kunst, ein Linsengericht zu kochen, und die Unwägbarkeiten der Liebe

Stevan Paul
Schlaraffenland
Hardcover mit Lesebändchen
192 Seiten | 18,90 Euro
ISBN Buch 978-3-938539-24-8
ISBN E-Book 978-3-938539-82-8

MONSIEUR, DER HUMMER UND ICH

Geschichten vom Kochen

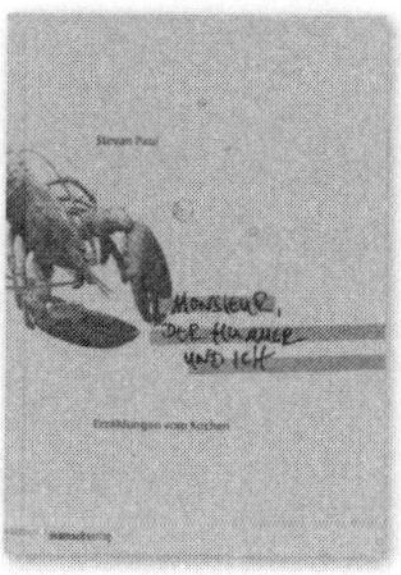

Stevan Paul
Monsieur, der Hummer und ich
Hardcover mit Lesebändchen
176 Seiten | 18,90 Euro
ISBN Buch 978-3-938539-12-5

Foto: Andrea Thode

STEVAN PAUL

1969 geboren, verbrachte Kindheit und Jugend in seiner Heimatstadt Ravensburg, am Bodensee und im Allgäu, seit über zwanzig Jahren lebt er nun schon in Hamburg. Der gelernte Koch ist Autor zahlreicher Kochbuchbestseller, schreibt als freier Journalist kulinarische Texte und Reisereportagen für Zeitschriften und Magazine, ist Radiokolumnist.
Auf *www.nutriculinary.com* betreibt Stevan Paul eines der meistgelesenen Genuss-Blogs im deutschsprachigen Raum.